우주의 목소리는 멀찍이 들려오고

안승혁 지음

우주의 목소리는 멀찍이 들려오고

발 행 | 2022년 10월 13일
저 자 | 안승혁
펴낸이 | 한건희
펴낸곳 | 주식회사 부크크
출판사등록 | 2014.07.15.(제2014-16호)
주 소 | 서울특별시 금천구 가산디지털1로 119 SK트윈타워 A동 305호
전 화 | 1670-8316
이메일 | info@bookk.co.kr

ISBN | 979-11-372-9783-8

www.bookk.co.kr

우주의 목소리는
멀찍이 들려오고

안승혁 지음

CONTENT

들어가며

'글을 왜 쓰는가?' 질문에 먼저 '글을 왜 읽는가?'라는 반문으로 응답한다.

그러나 허무하게도 글을 쓰는 이유, 글을 읽는 이유 모두 '그냥' 이다. 조금 더 정성스럽게 대답하자면 쓸 수밖에 없기 때문이고, 읽을 수밖에 없기 때문이다. 글, 다시 말해 지식은 참된 지식을 계속해 추구하도록 설계되어 있다. 파편적으로 알게 된 지식에 대해 진중한 관심을 기울인다면 그 생각의 편린만으론 만족할 수 없다. 오히려 알지 못하게 된 적보다 못하다. 알고자 하는 욕심은 『논어』의 중용처럼, 지나치면 지적 허영이라는 만용에 빠지게 되고, 부족하면 어리석고 치기 어린 지적 비겁함에 빠지게 된다. 그래서 지식이 주는 그 자체의 중용을 지키려고 노력한다면 계속하여 글을 추구하는 길에서 내려올 수 없다.

책이 책을 부르도록 읽기 위해선 책을 잘 알아보는 눈을 길러야 한다. 책을 알아보는 눈은 역설적으로 책을 읽어야만 기를 수 있다. 그러므로 책을 읽고 싶다던가, 좋은 책을 알아보고 싶다던가 어떤 한 가지를 얻고자 한다면 시기와 장소를 불문하고 지금 당장 그저 읽기 시작하면 된다. 큰 수레바퀴에 나 있는 바퀴살 중 하나를 잡고 바퀴를 돌리기만 하면 어느새 한 바퀴를 돌고 두 바퀴를 돌고 수십 바퀴를 돌아 영원한 수레바퀴를 돌리고 있는 자신을 발견할 수 있다.

길러진 눈으로 책을 골라내고 책을 읽어내는 이런 과정속에서 참을 수 없는 또 한 과정이 생긴다. 머릿속에서 수많은 정보와 지식이 뒤엉키고 편집되고 짜깁기되어 새로운 견해와 시각이 만들어지는데 이 생각을 표현하고자 하는 욕구다. 그것은 비단 글로만 가능한 일이 아니다. 사람들과 나누는 일상적인 대화 속에서 드러나고 같은 주제에 대해 관심을 가지고 있는 사람들과 심도 깊은 토론을 할 때 역시 드러날 수 있다. 그러나 최근의 사회는 문해력의 위기가 심각하다. 뉴스에 젊은 층이 '심심한', '금일' 등의 단어를 몰라서 오히려 단어를 아는 사람을 오만하다고 말하거나 자신이 그런 단어를 왜 알아야 하냐고 성을 내는 기사가 나왔다. 또 초등학생들이 글을 읽지 못하고 수업을 따라가지 못하는 일들이 전국의 교사들로부터 증언되고 있다. 그들을 탓하려는 의도가 아니다. 언어는 늘 동시대와 함께 하기 때문에 한 시대의 사람들이 사용하지 않아 도태되는 언어는 사라지는 것이 당연하다. 그러나 그로 인해서 지식을 알아가는 즐거움을 모른 채 지식을 알고 나누는 사람들을 매도하는 세태가 당황스러움을 넘어 서글픔을 자아낸다. 그래서 실제로 대화를 나눌 상대는 날로 사라지고 종국에는 각자가 홀로 남아 지식을 탐독하는 상황에 이르게 된다.

코로나로 촉발된 개인사회화는 이러한 추세를 더욱 가중시켰다. 나는 오히려 홀로 있는 시간이 많아지면 외부에서 강제되는 조건에 의해 고독하게 자신을 대면하는 시간이 많아질 것으로 예상했다. 내가 발견한 고독한 시간을 채워주는 유일하고도 실질적인 해결책은 독서다. 유튜브와 티비에서 나오는 사람들의 웃음소리와 대화는 그 공간을 마치 사람들이 북적이는 곳으로 만들어주는 듯하지만 실제로는 이 곳에 사람이 없음을, 오직 당신밖에 없다는 사실을 강조함으로 공허함을 더욱 드러내고 만다. 사람은 자신의 생각과 감정에 대해 응답하는 인격적 존재, 생명체의 목소리가 갈급하기 때문에 타인을 끊임없이 요구한다. 그러나 그런 인격적 존재는 가장 가까운 곳에 있다. 자신의 목소리에 감응하고 자신과 대화하는 일이다. 그 일을 가능하게 하는 가장 강력한 매개가 독서다. 독서를 도구 삼아 자신에게 말을 거는 일이 가능해진다. 어색한 소개팅 자리를 유연하게 해주는 식사나 보드게임 정도라고 보아도 무방하다.

 자신에게 말을 거는 행위는 새삼 놀라운 일들을 만들어 낸다. 자신은 생각보다 나에게 할 말이 많은 편이다. 힘들었던 일을 참아내고 이겨냈던 사연부터 무엇을 지향하고 무엇을 원하고 무엇으로 살아가고 또 무엇을 좋아하는지를 말하고 싶어 안달이 나있다. 독서는 비로소 내면의 나를 내 앞에 꺼내놓는 작용이다. 그리고 나와의 깊은 교제를 실체화하는 일이 글쓰기다.

 글쓰기를 하지 않고 내 안의 나와 나눈 대화를 간직한다는 말은 사실상 불가능하다. 생각은 휘발성이 강하기 때문도 있지만 생각은 글로써 구체화되지 않으면 그 자체로 붕괴되는 경향이 있기 때문이다. 나 자신과 어렵사리 만났는데 그 소중한 내가 조각조각나 퍼즐이 떨어지듯 부서지는 모습을 본다면 매우 슬플 것이다. 그래서 글은 나를 유지하는 동시에 내 안의 나와의 질기고 굳센 유대를 지켜주는 지지대와도 같다. 글이 사라지지 않고 버티고 있는 한 이런 생각을 나눈 내가 존재했다는 사실 역시 존재한다.

 우리의 의식은 늘 무언가를 지향하고 있다. '생각하지 말아야지!'라고 생각한 순간도 저 목적을 향해 지향되고 있다. 그러므로 우리의 의식은 끊임없이 유동한다. 생각도 감정도 계속해서 움직이며 부유하고 있다. 그런 부유물은 실제 생활에서도 그렇듯 어느새 흔적도 없이 사라지고 만다. 다시 찾으려면 너무나 많은 비용을 지불해야한다. 오히려 다시 만드는 일이 더 쉽고 값싼 일이다. 글은 이런 면에서 의식의 보증이자 금고 역할도 해주는 셈이다.

그렇게 읽은 책 목록은 다른 말로 나와의 대화록이 되었다. 나와 나눈 대화록이 이렇게 많았구나 하는 데서 스스로를 알아가려는 노력이 있었다는 사실과 그 노력은 나 자신에 대한 애정에서 비롯되었다는 사실 또한 깨달았다. 그것은 내가 못난 부분과 잘난 부분을 가늠하고 비교하는 일과는 하등 상관이 없다. 나의 있는 그대로의 모습을 더이상 체벌하거나 교정하려는 수고없이 넉넉히 수용할 수 있는 마음을 길러갔다. 내심 그런 과정이 마음이 들었고 그래서 더욱 독서와 글쓰기를 이어나가지 않았나 싶다.

전권에 썼던 글은 너무 무겁고 진중하고 또 어려운 주제와 내용을 다루고 있었다. 첫 작품에 힘이 들어가는 것은 늘상 잘하고 싶어하는 사람의 공통된 치기다. 노래도 몸의 힘을 빼고 불러야 고음도 잘 올라가고 훨씬 유연한 발성을 낼 수 있다고 한다. 완전히 힘을 빼려면 앞으로도 몇백 권의 책을 읽고 몇백 장의 글을 써야 할지 모른다. 그럼에도 불구하고 전권보다 힘을 빼기 위해 부단한 애를 썼고 또 그런 글을 보다 보니 스스로도 편안해지는 경험을 했다. 독자에게는 여전히 딱딱한 글처럼 느껴질 수도 있다. 전권이 돌이었다면 이건 플라스틱 정도 아냐? 라고 느낀다면 나의 이 글이 민망하기 그지 없겠다.

읽어낸 책의 일부를 발췌하여 왼쪽 지면에 적고 나의 소감을 오른편에 적었다. 발췌문은 때론 한 문장이기도 했고 한 문단이 되기도 했다. 핵심을 잘 아는 사람일수록 한 권을 한 페이지로 축약하고 종국에는 한 문장으로 요약해낼 수 있다고 한다. 그런 면에서 책의 핵심을 뽑아내는 내 능력은 매우 부족하다고 할 수 있다.

꼭 이러한 시각이 아니더라도 책에서 마음이 준동하는 순간을 놓치지 않고 적어낸 구절이 태반이니 반드시 핵심만을 적어둔 것은 아니다. 읽는 독자에게 발췌문이 동일하게 마음을 울리는 메시지가 되었으면 좋겠다. 내가 그렇듯 이미 책을 낸 모든 작가의 책 또한 그들의 진심과 애정 그리고 독자를 향한 제각각의 염원을 담아 써졌기 때문이다.

　오른편의 소감은 처음부터 다양한 감정과 생각을 가감없이 적고자 의도했다. 형식 또한 노래가사나 시 등의 여러 형식을 적고싶었다. 그러나 나의 소양이 일천한 까닭에 결국 수기에 준하는 글로밖에 채우지 못했다. 비록 형식은 소감에 그쳤지만 내용은 다양하게 쓰고자 노력했다. 반드시 발췌문과 해당 책의 내용에 묶인 소감에 얽메이지 않고 다양한 감상을 적어내려 애썼다. 독자들은 오른편의 나의 소감을 읽고 발췌문과 필히 엮어내려는 사고행위를 멈추어도 좋다. 전권을 의식해 최소한 자유로운 마음으로 적어내려 용을 썼다는 작가의 모습만 상상해보면 된다. 독자들도 자유롭고 편안한 마음으로 책에 대한 흥미를 북돋아보길 바란다.

　뒷부분의 보설에 대해서 궁금해할 수도 있다. 책의 형식상 짧은 단상으로밖에 뜻을 전달할 수 없었다. 내가 내뱉은 한 마디를 부연하고 설득하기 위해선 여러 말을 해야만 했음에도 그럴 수 없었다. 유명한 작가라면 이른바 '북토크'나 '작가와의 만남', '북콘서트'를 하며 질의응답을 받을 수 있었을 텐데. 그런 부분은 나의 작음을 알기에 불가능할 것이라 생각했고 그럼에도 마음대로 내 생각만 배설해선 안된다는 책임감을 가지고 보설을 썼다. 그 안에는 본문에서 '왜 이 사람이 지금 이런 생각을 하고 있지?' 혹은 '도대체 그게 무엇이기에 이렇게 즐겁게 공부하고 독서할 수 있지?'라는 질문에 대한 짧은 답을 내놓고 있다. 보설은 책의 내용과 별개의 문서이기 때문에 읽어도 좋고 읽지 않고 본문에 그쳐도 좋다. 말 그대로 보설補補(보충하는 글)로 기능하는 글을 적었기 때문이다. 부디 그 글은 사족蛇足이 되지 않았으면 좋겠다.

 본서는 2022년 한 해 동안 읽은 책을 종합하여 집필되었다. 하지만 일부 책은 이전 해부터 읽어오던 현재완료진행형의 두꺼운 책도 있다. 짧아서 한 두 시간 안에 읽어낼 수 있는 단편선도 있다. 그렇게 십시일반 읽고 모은 책은 훨씬 많지만 그 중에서도 애정있게 쓸 수 있는 책들을 모아 적어두었다. 글을 쓰는 시간은 두 달 정도 소요되었다. 성의가 없어서가 아니라 아마 책의 형식상 발췌문이 절반을 차지하는 이유 때문이라고 생각한다. 마침 책을 내는 지금은 가을하늘이 높아진 계절을 지나고 있다. 한 해의 독서를 결산하는 마음으로 책을 내놓게 되어 짧고도 긴 시간의 독서를 마친 성과표를 제출하는 기분이다. 그러나 독자의 평가에도 불구하고 마음이 가볍고 유쾌하다. 왜냐하면 이러한 평가와 도전은 바라던 바이며 팔을 잡고 말려도 다시금 뛰쳐들어갈 즐거운 도전이기 때문이다. 또 다음 권에서 한 층 성숙된 글쓰기와 사유세계로 인사하고 싶다.

독서의 즐거움을 통해 독자 여러분 스스로에게 자기애를 더욱 양생하는 시간을 갖길 바란다.

추천하는 글

　　책을 읽어내려갈수록 저자가 얼마나 도서와 독서와 글쓰기를 사랑하는지, 그리고 글과 사랑에 빠진 사람의 글이 이토록 정성스러운지를 알게 되는 책이다. 한 문장, 한 문단의 발췌문과 이에 대한 저자의 글을 보면 처음 마주하는 도서임에도 도서의 전문을 알고 싶어지고 또한 소감문을 보고 스스로와 대화를 하고 있었다. 그렇기에 이 책을 추천한다. 도서와의 대화를 시도하다 보면 스스로와 대화하고 있는 나를 발견할 것이다.

　　　　　　　　오치정(가톨릭관동대학교 교수, 노원문화원장)

　　좋은 책을 고르는 안목과 읽은 책을 충분히 이해하는 능력, 그리고 한 권의 도서를 핵심만 끄집어 내어 한 페이지로 정리하는 것은 분명 서로 다른 재능이다. 이것은 글을 좀 써 봤다고 자부하는 내게도 어려운 일이다. 그런데 저자는 세 마리 토끼를 잡은 듯 하다.

　　　　　　　　이주완(POSCO 포스코경영연구원 연구위원)

　　독서가 실종된 시대에… 독서의 필요성과 독서의 즐거움을 알려주는 책을 만나니… 그저 행복할 뿐이다. 독서의 즐거움은…. 독서를 해본 사람만이 느낄 수 있는 특권아니겠는가? 독서를 사랑하는 모든 이들에게 강력하게 추천한다. '우주의 목소리는 멀찍이 들리고' 말이다.

　　　　　　　　류성완(EBSi 수능방송 강사, 동화고등학교 교사)

이 책은 MZ세대가 자신의 길을 찾아갈 수 있게 돕는 이정표이자 꿈을 꾸게 하는 자극제이다. 시대를 아우르는 다양한 저자들의 혼이 담긴 창작물에 저자의 생각을 더해 또 다른 가치를 제시하고 있다. 수많은 청춘들에게 각자의 가치를 찾고 도전하게 하는 단초를 제시하고 있기에 기꺼이 마주하게 되는 시간들이 이어지리라. 뉴노멀의 시대에 자아를 찾으려 하는 미래의 주인공들에게 친절한 길라잡이가 될 것이다.

김영수((前 SKT PS&M 대표이사)

우리는 우주의 시작에 대해 알고 있으나 최초의 생명에 대해 알지 못한다. (...) 생명이 당연해 보인다면 그건 단지 생명이 넘치는 지구에 당신이 살고 있기 때문이다.

김상욱, 『울림과 떨림』(동아시아,2018)

평소 즐겨보는 과학 유튜버가 겪은 일이다. 음식점 주방장이 격앙된 표정으로 뛰어가더란다. 그리고 가게 옆 주차장에 있는 사람들에게 이렇게 외쳤다고 한다. "교신에 성공했대요!" 그렇다. 누리호가 2차 발사에 성공했다는 소식이었다. 나는 마치 기자라도 된 듯 아이패드, 아이폰, 컴퓨터를 각 지상파 방송사와 유튜브를 동시에 시청하며 누리호의 발사 과정을 실시간으로 지켜봤다. 4시 정각에 고흥나로우주센터에서 누리호가 발사될 때 나는 사실 길거리에서 혹은 카페나 식당에서 탄성 소리가 나오지 않을까 내심 기대했다. 아, 발사는 좀 감동이 덜한가? 그렇다면 발사 성공 소식으로 하자. 이미 다 알고 있을 결과지만 발사는 성공했다. 그래도 탄성 소리는 듣지 못했다. 아마 내가 방학동의 작은 건물 안에 조용히 일하고 있었기 때문에 듣지 못했으리라.

거슬러 올라가 2002년을 회상해본다. 나는 당시 6학년이었으니 어려도 그 때의 풍경을 아주 잘 기억한다. 16강에 진출했을 때의 온 동네가 무너지는 소리. 지금도 대다수의 국민이 그 날을 잊지 못하고 있다. 월드컵 16강 진출과 누리호의 2차 발사 성공은 어떤 온도차가 나는걸까? IMF 위기 속에서 희망을 보여준 태극전사들의 분투와 12년간의 시간 동안 열악한 국내연구환경에서 2조라는 약소한(!) 금액으로 최초의 한국형발사체를 만든 항공우주연구원의 연구자들의 분투는 다른 온도였을까?

외국영화에선 발사기지 휴스턴에서 연구원들이 서류뭉치를 던지며 서로 얼싸안는 장면이 나온다. 현장 중계에 비친 우리 연구원들은 소심하게 종이를 흔들며 서로 안아주는 장면, 옷소매로 눈물이 찔끔 나오는 것을 닦는 장면이 나왔다. 그 작고 소심해 보이는 동작에 한국인의 한 같은 애환과 환희가 모두 들어있었다. 그 노고를 알고 같이 흐느끼며 기뻐할 국민들에게도 이 날의 기쁨을 다시금 전한다.

종각의 큰 종, 큰 북소리를 따라 각전 각방의 종, 북, 바라, 목탁들이 한꺼번에 모조리 발광을 하자 (중략) 노화상의 독경 소리와 함께 엄숙하게 불문이 열리고 새빨간 가사의 서른두 젊은 승려의 어깨에 괘불이 메여 나와, 대웅전 앞 넓은 뜰 한가운데 세워진다. 삼십여 장의 비단에 그린 커다란 석가불상! 장삼가사를 펄럭이는 승려들은 말할 것도 없고 모여든 구경꾼들은 상감님 잔치에나 참례한 듯이 엄숙해진다.

국립중앙박물관, 『빛의 향연』 (국립중앙박물관,2022)

첫 만남은 말 그대로 우연이었다. 나는 평일에 쉬는 날이 생기면 일찌감치 국립중앙박물관에 가곤 하는 버릇이 있는데 그 날도 그랬다. 오전 11시 즈음의 드넓은 박물관은 마치 내가 전세를 낸 듯이 초등학생들도 없고 막돼먹은 어른들도 없는 고요한 정원 같았다. 유리관 속에 대좌하고 있는 국보, 보물 및 수십만 점의 문화재들이 이제야 한숨 돌리고 쉬는 날이라고 생각하니 속으로 웃음이 나왔다(실제로 실실 웃으며 박물관을 돌아다니고 있다는 사실은 유리창에 비친 나를 보며 알게 되었다). 그렇게 수백 년의 시간 속에서 살아남은 분들의 모처럼 쉬는 시간을 방해하지 않고 조용히 걸어가다 우연히 '그'를 만났다.

　키가 10미터, 가로폭만 7미터나 되는 거인이었다. 길을 가다가 골목길에서 오른쪽으로 돌았는데 10미터짜리 거인을 만난 기분을 뭐라고 표현 해야 할까? 나는 말을 잃고 10분간 그 자리에서 그를 쳐다보았다. 그도 아무 말 없이 나를 내려다보았다. 그는 손을 가슴부근에 올려놓고 한 치의 변함없는 표정으로 나를, 나 역시 부동의 자세로 그를 한참 쳐다보았다. 그에게서 헨델의 오라토리오 『메시아』를 들었을 때의 감격을, 허블 울트라 딥필드(Hubble Ultra Deep Field, HUDF)의 수천억 개 은하 사진을 보았을 때의 장엄함과 같은 감정을 받았다. 도록엔 이 거인을 『예산 수덕사 괘불』이라 부른다고 했다.

　종교에 상관없는 이 경외감은 미처 형언하기 어려운 영혼을 관통하는 기분을 들게 한다. 마치 그림에 영혼이 들어있는 마냥. 이 그림을 그리고 담았을 수많은 사람들의 염원과 기도가 살아 숨 쉬고 있다. 거인에게 나는 인간의 역사는 사람들의 기도가 끊기지 않고 바통을 전달하는 계주와 같다고 말했다. 괘불의 주존도 모나리자 같은 웃음으로 내게 그렇다고 답했다.

우리는 낚시가 취미인 사람에게 "낚시를 뭐 하러 해요? 클릭 몇 번이면 싱싱한 생선을 산지 직송으로 배송받을 수 있는데"라고 따지지 않는다. 골프가 취미인 사람에게 "골프를 뭐 하러 치세요? 프로가 되시기에는 이미 늦었잖아요"라고 묻지 않는다. "프로 골퍼라도 세계 랭킹 100위 밖이면 일반인은 알지도 못하는데요"라고 말하지도 않는다. 정작 낚시나 골프 애호가들은 그런 질문을 받더라도 당당하게 대답할 것이다. "제가 좋아서 하는 건데요"라고. 그 손맛, 그 희열을 느끼기 위해 하는 거라고. (...) 모든 초심자에게 이토록 공평하게 막막한 분야가 세상에 얼마나 남았단 말인가.

장강명, 『책 한번 써봅시다』(한겨레출판,2020)

원고지의 추억을 말하면 아! 하는 감탄과 함께 "나도 열심히 썼던 때가 있었지"라고 회상할 사람은 모두 서른 살이 넘은 사람이다. 지금은 출판사도 손으로 쓴 원고는 받지 않는다고 한다. 식자 수를 파악하는 것 외의 원고지가 가진 모든 장점을 워드프로세서가 계승하고 있기 때문이다. 원고지를 들면 늘 매미가 온 나무에 붙어 시끄럽게 울어대던 여름날 방과후교실을 반추하게 된다. 뜨끈한 여름내 짙은 바람이 창문으로 들어오고 오후 두 세시의 햇볕이 내리쬐는 교실에 초등학생 서너 명이 앉아있다. 흠집 많은 나무 책상에 놓인 약간은 저렴한 듯 얇은 원고지 위에 짧은 나무 연필로 또각또각 글을 써내려 가며 어린 친구의 얼굴에 사뭇 진지한, 그러면서도 필사의 노력으로 작품을 완성해가고 있는 모습이 그려진다. 원고지 필법을 계속 생각하며 서사를 이어나가고자 생각하고 또 고민하는 모습이 상당히 흐뭇하지 않은가? 이해찬 세대의 초등학생답게 그리고 다양한 학습활동을 지원해주셨던 부모님의 은덕 덕분에 나는 교과과정 외의 꽤나 많은 활동을 하곤 했다. 그 중에 가장 감사한 일은 바로 이 '소논문 반'이라고 할 수 있겠다.

소논문은 요즘의 말로 에세이다. 그 시절의 나의 글을 읽어보면 그저 머리가 헝클어질 정도로 쓰다듬어주고 싶지만 그 이유가 비단 글이 뛰어나서는 아니다. 글은 말과 다르게 형식을 가진다. 우리가 평소 하는 말을 글로 그대로 적으면 전혀 '말'이 안된다. 그런 점에서 글은 형식을 갖추는 부단한 노력이다. 글쓰기를 하는 행위를 본다는 건 어린이가 어른으로 성장하는 가시적인 과정을 보는 굉장히 보기 드문 장면이랄까.

그 여름날에 느꼈던 글쓰기의 애환은 지금도 생생하게 살아있다. 글을 쓴다면 앞으로도 마찬가지겠지. 그러나 오늘보다 더 어른이 될지는 나도 모르겠다.

"지난 40년간 우리가 그리는 우주의 그림은 크게 변화했고 저는 이렇게 살아서 이론물리학을 연구하는 영광스러운 시간을 보냈습니다. 제가 작은 부분이라도 기여했다면 더할 나위 없이 기쁠 겁니다."

짐 오타비아니, 『호킹 Hawking』(더숲,2020)

우리의 우주는 뜨겁고 조밀한 상태였죠
그리고 거의 140억년 전 팽창되기 시작했죠, 잠깐...
지구는 차가워졌고,

자가영양생물은 침을 흘리게 되었고,
네안데르탈인은 도구를 만들었구요,
우린 벽을 만들었죠(우린 피라미드를 지었어요)

수학, 과학, 역사, 미스테리를 풀어가는 일,
모든 것은 빅뱅에서 시작되었죠

우주는 계속 바깥쪽으로 팽창하고 있지만, 어느날
별들을 다른 방향으로 움직이게 할 거예요

안쪽으로 붕괴되기 시작할거고,
우리는 없을테니까 다치진 않을 거예요.

우리의 가장 뛰어난 석학들은 그러면
더 큰 빅뱅이 일어난다고 하더라고요!

종교나 천문학, 백과사전, 성서
모든 것은 빅뱅에서 시작되었지요.

It all started with the big BANG!

(빅뱅이론 OST, '모든 것의 역사(History Of Everything))

자신이 직접 읽고 싶은 책을 선택하는 건 독서에 대해 긍정적인 인식을 심어주는 가장 중요한 행위이다. (...) 책은 교훈을 얻거나 지식을 높이거나 권장도서여야 의미가 있다는 잘못된 인식이 뿌리 깊게 박혀 있기 때문이다. 책을 마음 편하게 고르지도 읽지도 못하는 아이들이 독서의 진정한 즐거움을 알 리가 없다.

김윤정, 『EBS 당신의 문해력』(EBS BOOKS,2021)

책을 고른다는 결정은 자신이 어떤 부류의 사람이 되겠다는 결정과 동의어다. 대개 생각한 대로 읽게 되고 읽은 대로 사유하게 된다. 오래된 사유는 행동으로 변하기 마련이고 행동은 습관으로, 습관은 태도가 되고 태도는 삶이 된다(독서는 얼마나 무서운 행위인지 새삼 생각하시게 되는건 좋지만 이 책을 덮지는 마시길). 어른들의 권장도서가 권위와 위엄을 갖게 되는 사정엔 이런 이유가 있는 것이다. 그러나 누구도 권장도서를 좋아하는 사람은 없다.

　호킹지수1)가 높은 책일수록 명작, 고전의 반열에 올라있다. 그런 책은 단언컨대 참된 의미의 독서와 1광년은 족히 떨어져 있다. 보지 말라고 해도 자꾸 손이 가는 간식거리, 만화책처럼 책 또한 그런 즐거움을 주는 책이 내게 맞는 책이다. 시작은 늘 그렇듯 작고 쉬운 것부터 해야 하는 것이 이치에 맞다. 젖은 땅에서 수줍게 쌍떡잎이 나온 날부터 비료와 물을 퍼부어 거목이 되는 꿈을 심어준다면 그 잎은 땅 위로 나온 날부터 자신을 저주하게 된다.

　책은 호모 사피엔스가 인류의 신체조건을 역주행해 만들어낸 신비이다. 인간은 유전자적으로 작은 활자와 글을 읽도록 설계되지 않았다. 이집트 문명의 상형문자 이래로 진화해왔어도 활자에 적응하기에는 터무니없이 적은 시간이다. 그러니 안심하시라. 책에 친밀감을 쉽게 가지지 못하는 당신이 정상이고 책벌레들이 비정상적 개체들이다. 그래도 사피엔스의 위대한 유산을 공유하고 2022년의 인류가 집대성한 장엄한 문명사를 남이사 외면하고 지낸다면 과거의 위인들과 미래의 우리가 조금은 원통해하지 않을까. 마음이 통하는 책을 친구삼자.

---

1) 스티븐 호킹이 시간의 역사를 집필한 이후 등장한 표현으로, 책 전체 페이지를 100으로 가정했을 때 독자가 처음부터 끝까지 읽은 비율을 계산한 것이다. 시간의 역사와 같이 책 자체는 잘 알려져 있고 실제로 읽은 사람도 많지만, 정작 내용을 제대로 읽고 이해한 사람은 별로 많지 않다는 조크에서 나온 표현.

어느 시절 가슴을 치며 읽었던 책들을 다시 꺼내 보고, 저자의 다른 작품을 다시 읽고, 관련된 자료를 수십 권씩 찾고, 읽고, 생각하고, 쓰는 과정은 즐거운 만큼 고통스러웠다고 고백하고 싶다. (...) 그러나 이 책이 아주 적은 사람들에게라도 가닿을 일을 생각하며, 우리는 모두 까마득히 다른 세계에 살지만 이따금씩 언어의 지평 위에서 만날 수 있다는 믿음, 내가 느낀 것을 다른 이도 느낄 수 있고, 그래서 아주 가끔 외롭지 않을 수 있다는 믿음으로 끝내 읽고 쓴다.

김겨울, 『활자 안에서 유영하기』(초록비책공방, 2019)

작가 김겨울은 북튜버 세계에서 제일 가는 유명인사라고 해도 과언이 아니다. 책을 좋아하는 사람들이 그렇게 많은지도 몰랐다. 물론 북튜브가 가진 조회수는 다른 재미난 유튜버들에 비해 초라하기 그지없다. 그러나 책을 주제로 하는 채널이 그 정도의 조회수(가령 5만에서 10만대)를 낸다는 사실조차도 내겐 매우 많게 느껴졌다.

　김작가의 책은 독립출판이 아니라 정식출판사의 교정과 편집을 거친 책이라 화려한 풀칼라의 단행본은 아니더라도 정교한 교정교열이 마쳐진 상태였고 교교하게 셋팅된 규격과 이미지 배열로 잘 다듬어져있었다. 내심 부러운 감정이 드는 순간이었다. 나의 책도 그녀의 책과 크게 다르진 않다. 물론 형식에서만 말이다. 책의 내용은 오로지 독자들의 판단이며 그런 것을 비교,대조하여 평가받는 일은 작가로서 크게 사양하고 싶은 일이다.

　들어가는 글에서 김작가가 적은 글에 마음이 닿는 부분이 있었다. '다른 이의 글로 내가 먹고 사는 일의 쑥스러움'이라고 적은 표현이었다. 나는 다른 이의 글을 소개하고 평론했다는 일로 먹고 살지는 않아 부끄러움 까지는 아니지만 쑥스러움 정도는 들고 있다. 그럼에도 이 시대는 정보를 제조,생산하는 일보다 편집하고 이어붙여 갈무리하는 일이 더 각광받고 가치있게 평가되는 시대다. 넘치는 정보 속에서 시의적절하고도 응용이 가능한 정보를 제공받기를 원한다. 김작가의 글이 그런 면에서 사람들의 환영을 받는 데는 이유가 있는 것이다.

　책을 읽는 지루함을 토로하며 어떻게 그렇게 읽고 쓰냐는 사람들이 꽤나 많다. 구구절절 변론할 필요 없이 김대중 전 대통령의 일화를 들려준다.

비서실장: 골프가 재밌는 운동이라는 데요, 한 번 배워보시죠?

DJ: (시간이)얼마나 걸립니까?

비서실장: 한 3 ~ 4시간 걸립니다.

DJ: 책이 한 권이요, 책이! 그걸로 책을 한 권 읽을 수 있어요.

절망의 한가운데서도 무엇인가를 시작할 수 있는 것이 인간이다. 시작할 미래가 없다면, 무엇인가 시작할 수조차 없다면, 우리는 인간성을 완전히 빼앗긴다.

이진우, 『한나 아렌트의 정치강의』 (휴머니스트,2019)

월요일부터 시작되는 한 주 동안 받을 스트레스를 생각하면 이른바 '생각하고 산다는 일'이 얼마나 피곤한지 다들 입 모아 말한다. 특히 고된 일상을 소화하는 사람일수록 무관심 속에 그저 빠르게 오늘 하루를 소진시키는 것이 목적인 경우가 많다. 생각조차도 자본의 계급에 따라 할 수 있는 자격이 부여되는걸까? 1984가 아른거린다. 리 실버의 『리메이킹 에덴』(Remaking eden)에 보면 세대를 거듭하면서 부유층은 많은 재산을 토대로 자신들의 유전자를 편집해 우수한 인자를 남기고, 빈민층은 열악한 생활환경 속에서 열등한 유전자를 남기게 된다. 양극화의 끝에서 두 계층은 더 이상 같은 종족으로 인식하기 어려운 상태까지 가고 그들은 인간이 침팬지를 보듯, 동종 생식도 불가능하다고 생각하는 차원에 이른다.[2)]

아렌트가 말한 대로 사유하는 능력이 가장 인간적인 특성이라는 주장을 믿는다면[3)] 사유가 사라져가는 오늘날은 리 실버가 말한 디스토피아적 상상이 설득력을 얻는 불쾌한 경험을 피할 수 없다. 오히려 나는 모두가 깊은 사유 속에 살고 있다고 믿는다. 입 밖으로 말할 수가 없기에, 그렇기에 많은 말을 하지 않고 있으리라 생각한다. 그러나 스마트폰과 자본은 언제나처럼 친절하고 교묘하게 잠식해 우리의 정신과 나아가 영혼을 앗아간다.

완고한 자본주의와 진보하는 뇌과학은 사유함이 인간 고유의 능력이라 믿는 근대이성관을 흔들고 있다. 아렌트의 유산은 인간이 인간으로 남을 수 있는 희망을 전달하고 있다.

---

2) 초파리와 인간의 유전자는 60%나 동일하다. 리실버의 『리메이킹 에덴』에서 양극화된 계층의 유전자 차이는 60%에도 미치지 못할 정도로 큰 상황을 가정하고 있다. 이 상황에서 두 계층은 인간과 초파리를 보듯 이종(異種)으로 인식한다는 뜻이다.
3) 뇌과학 연구결과에 의하면 의식작용은 영혼과 이성의 형이상학적 영역이라기보다 신체기능에 의존해있다는 주장이 있다.(아닐 세스, 『내가 된다는 것』,2022)

하지만 자연은 그런 곳이 아닙니다. 손을 잡은 자들이 미처 손도 잡지 않은 독불장군을 몰아내고 함께 사는 곳이 자연입니다. 우리가 MZ세대라 부르는 우리 아이들은 이미 함께 살아갈 준비를 하고 있습니다. 그들에게 걸맞은 교육이 필요합니다

최재천, 『최재천의 공부』 (김영사,2022)

7차 교육과정을 거친 지금의 30-40대 초의 청년(!)들은 국어(상)에 나오는 〈황소개구리와 우리말〉 지문을 기억할 것이다. 이 유명한 지문은 최재천 교수의 글이다. 그는 하버드 대학의 저명한 생물학자 에드워드 윌슨(Edward Osborne Wilson)의 제자로 국내에 윌슨 교수의 저서를 번역해 『통섭』이라는 제목으로 출판하기도 했다.

'통섭'이란 그 전까지 없던 단어로서 간학문적 연구 즉 한 연구주제에 대해 여러 학제 간 상호협력을 하는 접근법을 말한다. 『통섭』의 출판 이후 국내에선 '한 우물만 파라'라는 말은 사라졌다고도 한다. '서로 협력하는 전략'이란 한 개인의 의견에 국한되지 않고 과학적으로도 증명되고 있는데, 수많은 예를 통해 곤충과 동물들은 협력을 통해 서로의 생존확률을 높이고 실제로 공생하는 방식으로 생존과 번식을 이어나가고 있음이 밝혀졌다. 약육강식이라고 하는 자연의 편견이 깨지는 순간이다. 최재천 교수의 이런 열린 생각은 공부와 삶의 태도에 있어서도 매우 신선함을 주기에 충분했다. 그의 말 중에 이런 구절이 있다.

"생태사상가인 사티쉬 쿠마르(Satish Kumar)를 인터뷰할 때 큰 힘을 얻은 말이 있는데요. 제 말로 옮기면 이렇습니다. '특별한 사람만이 다재다능한 것이 아니라 인간의 특질은 다재다능함에 있다.' 그는 강조했어요. 우리는 모두 르네상스 인간이라고. 뭐든지 잘할 수 있으니 굳이 한 분야의 전문가가 되려 하기보다 정원사이자 미술가이자 생물 교사도 될 수 있다고. 그러니 스스로 한계를 짓지 말고 마음껏 하라고요. '아! 내가 하고 싶었던 것을 죽기 전에 다 해야겠구나!'"

세상의 기대 속에서 스스로를 낙오시키는 모든 세대원에게 생물학적으로 증명된, 뭐든 할 수 있는 인간의 특질을 발휘하자고 응원하고 싶다.

2017년 출제되었던 프랑스 바칼로레아의 논술 주제는 '문화로부터 개인이 자유로워질 수 있는가'였다. 바칼로레아처럼 주어진 사안에 대한 통찰력을 묻는 문제들이 우리나라 수능에 출제되지 못하는 것은 평가의 공정성을 보장할 자신이 없기 때문일 것이다. 공정성이 보장되지 않는 사회에서의 평가 방식은 암기된 지식을 평가하는 사지선다형일 수밖에 없다. 동양과 서구의 시뮬레이터 훈련과 평가의 핵심이 다른 것도 수능과 바칼로레아의 차이와 비슷하다. 절차는 외우면 그만이지만 조종사의 신중하고 침착한 태도는 승객의 안전에 대한 깊은 책임감과 끊임없는 자기 노력 없이는 얻어지지 않는다.

김동현, 『플레인 센스』(웨일북, 2020)

덕통사고라는 단어가 있다. 무슨 사고의 일종이냐고 묻는다면 정말 답을 할 수가 없다. 그냥 그러려니 받아 들여달라. 모세와 수많은 예언자들이 직통계시를 받듯 계시는 자신도 예상하지 못하는 순간에 일어난다는 점에서 사고는 사고다. 다만 그 장르 또한 알 수 없다는 점이 맹점이다.

내가 가진 수십 개의 취미 안에는 우주 항공분야도 포함되어 있다. 그 중 항공 분과에서도 민항기(여객기)에 특히 심취하는 독특한 미학을 가지고 있다. 유체역학적으로 설계된 유려한 몸체와 날개, 심장을 뛰게 하는 강력한 추력을 만들어 내는 제트엔진, 첨단 항공 운항장비와 에어포트의 지시체계, 각국의 플래그를 도장한 채 육중한 수백 톤의 무게를 가진 항공비행체가 이륙결심속도를 넘어 테이크 오프(take off)하는 장관은 얼마나 아름다운가(일명 덕후는 여러분 주변에 많이 포진해 있다는 사실을 잊지 말자).

최근엔 영화 『비상선언』이 꽤나 화제다. 공중납치(하이잭킹)을 소재로 한 항공재난영화. 줄거리를 스포할 생각은 없으니 안심해도 좋다. 그러나 초급 항공마니아의 시선으로 봐도 비현실적인 상황이 많이 연출되어서 아쉬웠다. 어떤 대상을 좋아해서 몰입한다는 게 늘 좋은 일은 아닌가보다. 세상엔 모든 일이 다 정석대로 흘러가는 법이 없기 때문이다. 불편함을 늘 감수해야하니 말이다. 영화를 보는 내내 이것도 틀렸고, 저것도 틀렸고... 이래서야 제대로 된 영화감상이 가능할 리가 없다. 불쌍한 오타쿠들을 가엾이 여겨달라. 아무쪼록 저자가 의기소침해진 모습을 본다면 공항에 데리고 가거나 비행기 피규어를 사준다고 하는 것도 좋은 방법이다. 자신의 취미를 인정받는 일만큼 기쁜 일도 없다. 그러고보면 사람들은 사실은 누구나 인정받기 위해 살아가고 인정받기를 내심 갈구하고 있는지도 모른다. 오늘 주변에 통크게 인정해줄 사람을 한번 찾아보자. 높은 확률로 상대의 얼굴엔 웃음꽃이 피리라.

우울증에 걸렸다 하더라도 뇌에 흠이 생긴 게 아님을 이해하는 것이 중요하다. (...) 우울증 상태일 때도 뇌 자체에 근본적으로 잘못된 점이 있는 것은 아니라 단순히 특정 신경 회로가 우울 패턴으로 가도록 맞춰졌을 뿐이다.

알렉스 코브, 『우울할 땐 뇌 과학』 (심심, 2018)

지나온 시간 중 다시 겪기 싫은 최악의 경험을 뽑자면 다섯 손가락 안에 들어갈 일 중 하나가 '우울증'이다. 걱정하지 말길. 그렇게 심각하게도 그렇게 길게도 앓지 않았다. 돌이켜본다면 작은 증상일 때부터 추산하면 2년, 짧고 강하게는 1년을 어둠의 터널 속에 있었다. 독자에게도 그런 경험이 흔하다는 사실을 나는 이미 알고 있다. 어쩌면 정신질환이란 모두가 경미하게 겪고 있거나 마치 바이오리듬이나 호르몬 주기처럼 인생의 특정 시기에 두드러지게 강도가 세지는 날이 오는 것일지도 모른다. 그러나 어떤 일이든 첫경험이 무섭고 당황스러운 것은 사실이다.

그 때의 당혹스러움과 공포는 피할 수 없는 과제이다. 무던히도 해결방법을 스스로 찾아내기 위해 애썼다. 내게 있는 자산이라곤 책 뿐이기 때문에 또 나는 책에 구원이 있다고 믿었기 때문에, 내가 갈 곳은 여전히 책 뿐이었다. 지나서야 알게 되었지만 책을 뒤적여볼 여력이 있었다는 것만으로도 나는 상대적으로 어둠이 덜 짙은 터널을 지나고 있었다.

저자 엘릭스 코브가 말하는 '나선하강곡선'을 본능적으로 느끼고 있었음에도 쉽게 실천할 수 없는 것이 이 병의 핵심증상이다. 나는 그 경험을 잊지 않고 두고두고 앙심을 품듯 마음 한 곳에 고이 보관하고 있다. 오히려 아크릴 전시장 안에 진열해두고 있다. 저 루틴을 늘 상기하며 수렁에 빠지지 않는 삶을 보존하며 나를 지켜주기 위해. 2022년을 산다는 건 역시 행운이다. 과학, 특히 뇌 과학은 나의 모든 걱정과 증상을 꿰뚫어 알고 있다. 벌거벗은 채로 관통당하는게 기분 좋냐고? 글쎄, 모름지기 한 번쯤 우울증에 걸려보는 것도 좋은 방법 같다. 사자성어로 이런 걸 뭐라고 하더라.. 역지사지?(웃음)

하지만 우리의 아Q는 그렇지 않았다. 그는 영원히 우쭐거렸다. 그것은 아마도 중국의 정신문명이 세계에서 제일이라는 증거일지도 모르겠다.

루쉰, 『아Q정전』(문학동네,2011)

젊은 날에 거둔 몇 가지 인생의 교훈 중에 '거짓말은 하지 않는다'가 있다. 거짓말의 대가는 생각 이상으로 크고 치명적이다. 공감을 위해 개인의 삶에 국한하지 말고 세계로, 아니 역사로 눈을 돌려보면 좋다. 〈체르노빌 원자력발전소 폭발 사건〉은 어떠한가? 미국 HBO에서 제작한 『체르노빌』의 등장인물 발레리 알렉세예비치 레가소프의 말이다.

 "진실이 불쾌할 때 우리는 진실의 존재를 잊을 때까지 거짓을 반복합니다. 하지만 진실은 여전히 존재하죠. 우리의 모든 거짓은 진실에게 빚을 지고 언젠가 그 빚은 갚게 됩니다. RBMK 반응로는 그렇게 폭발하는 것입니다. 거짓 때문이죠." (Every lie we tell incurs a debt to the truth. Sooner or later, that debt is paid. That is how an RBMK reactor core explodes. Lies.)

 "진실을 찾는 데만 열중한 나머지 진실을 원하는 자들이 드물다는 사실을 잊고는 한다. 그러나 진실은 늘 어딘가에 존재한다. 우리 눈에 보이지 않고 우리가 보려 하지 않아도. 진실은 우리의 필요와 바람에, 체제와 이데올로기와 종교에도 관심이 없다. 진실은 숨어서 언제나 우리를 기다릴 것이다. 그리고 이것이 체르노빌의 진실이 우리에게 준 선물이다. 한때 나는 진실의 대가가 두려웠으나, 이제 다만 묻는다. 거짓의 대가는 무엇인가?" (When I once would fear the cost of truth, now I only ask: What is the cost of lies?)"

 일본의 역사 왜곡과 중국의 문화공정은 덤이다.

우리는 인류 문명이 인간 지성의 필연적 결과라고 생각하는 오만을 저지르고 있지만, 지구 역사를 보면 이 역시 좋은 기후 조건을 만난 덕에 일어난 우연한 사건일 뿐이었다.

조천호, 『파란하늘 빨간지구』 (동아시아, 2019)

사람들 앞에서 기후위기와 지구환경변화를 논하는 일은 암투병 환자가 있는 집에서 항암과 검진에 대한 이야기를 꺼내는 것과 같은 부류의 일이다. 자신이 한 일이 아니라 다국적기업이 한 일이라고(자신의 기여도가 가려지는 건 본인도 알고 있다), 미국과 중국 같은 나라가 공해의 태반을 차지한다고[4] 항변하기도 한다. 반박하고 싶은 마음도 없고 그저 고개 들어 하늘을 쳐다보고 침묵하게 된다.

  최근에는 〈스페이스X〉의 일론 머스크가 자신들의 목표는 화성에 가서 기지를 건설하는 것이라고 밝혀 실제로 현실에 가깝게 그 목표를 구현해내고 있다. 지구는 곧 종말하기 때문에 우리의 새 터전은 화성이 되어야 하는걸까? 지구는 대단히 높은 확률로 망하지 않는다. 그저 인류가 버거워할 뿐이다. 사랑하는 칼 세이건은 나의 생각을 수십 년 전에 전 세계에 TV화면에서 그리고 글로서 대변해주었다.

  "저것이 우리의 고향입니다. 저것이 우리입니다. 아직까지 알려진 바로 지구는 생명을 품은 유일한 행성입니다. 적어도 가까운 미래에 우리 종이 이주할 수 있는 곳은 없습니다. 다른 세계를 방문할 순 있지만, 정착은 아직 불가능합니다. 좋든 싫든, 현재로선 우리가 머물 곳은 지구뿐입니다.
  천문학을 공부하면 겸손해지고 인격이 함양된다는 말이 있습니다. 멀리서 찍힌 이 이미지만큼 인간의 자만이 어리석다는 걸 잘 보여 주는 건 없을 겁니다. 저 사진은 우리가 서로 친절하게 대하고, 우리가 아는 유일한 보금자리인 창백한 푸른 점을 소중히 보존하는 것이 우리의 의무임을 강조하고 있는 것입니다."

칼 세이건, 『창백한 푸른 점』(사이언스북스, 1997)

---

4) 한국은 1인당 에너지 사용량 전 세계 7위이며 에너지 효율은 OECD 34개국 중 30위이다.

물음 가운데도 여러 종류의 물음이 있습니다. 아마도 존재와 진리에 관한 물음이 가장 보편적이고 오래되고, 그러면서도 답하기 어려운 질문이 아닐까 생각합니다.

강영안&우종학, 『대화』 (복있는사람,2019)

그 때가 언제였을까. 기독교에서 손을 떼기 시작했던 날. 상당한 시간을 투자했다고 해야 할까, 매몰했다고 해야 할까. 만약 그 오랜 고민과 구도의 시간이 언젠가 마주할 진리의 문으로 가는 시행착오였다면 그 역시 구도의 길에 있어 꽤나 성공한 투자라고 봐야겠다.

나의 최후가 양자역학에 의해 다시 원자로서 최초의 성운으로 돌아갈 미래나, 아우구스티누스의 『하나님의 도성』 앞에 서는 영광이나 큰 문제가 되지는 않을 것이다. 아무쪼록 나는 복잡한 과거가 하나의 사건으로 고정된 지금, 이른바 '유신론적 불가지론자'가 되었다. 너무 어렵다고? 그럼 편하게 '범신론자'라고 불러도 좋다(상당히 마일드하고 라이트한 범신론자다 마치 카페라떼처럼). 그래서 현재 나는 아주 관대한 상태. 아랍의 이슬람, 인도의 힌두와 불교, 페르시아의 조로아스터, 이집트의 엔네아드 그리고 서양의 카톨릭 등 모두의 말을 잘 경청한다. 그럼에도 불구하고 야훼와는 다른 신보다 유대를 맺어온 시간과 깊이가 있기에 그를 더 신뢰하는 편이다. 경멸하기 그지없는 현대 이스라엘이 오히려 그와의 사귐을 막는 가장 큰 장애물 중 하나랄까.

그래도 내가 불가지론자로 들어서기 전 가장 설득력 있게 읽은 책들의 작가는 단연 철학자 강영안과 과학자 우종학이었다. 그들은 평범한 철학자와 과학자로서가 아닌 수준급의 상당한 석학들로 깔끔한 논리와 설득력있는 사상을 가지고 있어 나로서는 흡족한 표정을 지을 수 있었다. 이른바 유신논증은 그 결과를 도출할 수 없는 태생적 한계에도 불구하고 구도의 길을 걷는 어느 누구에게나 이루어져야 하는 필수불가결한 과정이다. 비록 두 사람 모두 고신과 예장의 신자라는 스탠스에 서있지만 그런 유신론적 입장이 논증에 무리를 주진 않는다. 작은 소책자임에도 정신이 올곧은 사람들의 쾌청한 논리의 티키타카가 읽는 사람에게도 유쾌함과 호기를 준다.

나는 실천적으로나 이념적으로 사회민주주의가 앞으로 살아남을 수 있을 뿐만 아니라, 더욱 발전할 수 있다고 믿는다. 그러나 그것은 사회민주주의자들이 여태껏 해온 것보다 더욱 철저하게 기존 견해를 수정할 준비가 되어 있어야만 가능하다.

앤서니 기든스, 『제 3의 길』 (생각의나무, 1998)

하루 중 의미 없이 스마트폰을 열어보는 시간을 재보지 않는 건 이미 진실을 두려워하고 있기 때문이다. 그 헛된 시간 중 가장 많은 시간은 네이버 뉴스와 SNS에 치중되어 있다. 네이버 어플에서 뉴스란을 지운 건 대선 직후부터다. 그러나 대선은 발화점이었을 뿐 그 전부터 화약은 모아져 왔던 일인데 가장 큰 거슬림은 바로 댓글이다. 2000년대(즉 SNS가 활발하지 않았던 시절)에는 기사 제목을 보고 신문사를 맞추는 일이 취미 아닌 취미였다. 지금은 기사 제목을 보고 어떤 양극의 댓글이 달릴지 예상된다. 그리고 그 기사를 쓴 기자가 어떤 사람일지, 어떤 연관 기사를 썼을지도 예상된다.

냉탕과 온탕을 오가는 고통을 느낄 때면 신자유주의와 사회민주주의의 갈등 속에서 태동한 정책적 대안인 『제 3의 길』이 떠오른다. 개인적으로 이 정책이 제대로 성공했다고 보긴 어렵다고 판단한다. 우리 편을 잃는 희생을 감수함에도 또 그렇다고 상대편을 그렇게 많이 가져오지도 못한다. 나치의 정치철학자 칼 슈미트는 『정치적인 것의 개념』에서 '서로에 대해 기꺼이 투쟁할 용의가 있는 적대적인 집단으로 분류하는 행위는 그 내용에 상관없이 정치적 성격을 가지게 된다'고 했다. 이런 곳에서 『제 3의 길』은 실효도 명분도 없는 기치일 뿐일까. 중요한 것은 이념의 잠수함 안에 갇혀 그 곳에 있는 잠망경으로만 세계를 봐선 안 된다는 점이다. 앤서니 기든스도 더 이상 자신의 『제 3의 길』이라는 용어를 사용하지 말고 시시각각 순식간에 변해가는 세계를 조망하길 권하고 있다.

지금처럼 어제와 오늘이 다른 모습으로 격변하는 유례없는 세상에서 그만큼 타당한 말이 있을까. 다들 자신의 사상적 토대를 무너뜨리기 싫어서 사상의 프레임을 꼭 끌어안고 사는지도 모른다. 인간의 생각은 늘 좁다. 아인슈타인은 '과학은 늘 고정불변해야 한다'는 '믿음'(!)을 가졌지만, 양자역학이 아인슈타인 같은 인류사의 천재도 틀릴 수 있다는 점을 가르쳐주듯이.

사실 왜 선인이 패배하고 악인이 잘되느냐 하는 문제는 인간의 종교와 윤리의 역사로도 풀지 못한 오랜 숙제다. 그러나 한 가지 분명한 것은 수난이 자기 자신에 대한 징벌이요, 성공이 선행의 보상이라는 논리로써는 절대로 그 숙제를 풀 수가 없다는 것이다.

김대중, 『배움』(다산책방,2007)

누군가는 그랬었다. 자신을 알아주고 믿어주는 진정한 친구 한 명만 있어도 성공한 인생이라고. 나는 그런 말을 믿지도 않거니와 나와 친분이 생기는 큰일을 바라지도 않는다. 나는 그저 제정신인 사람이(친구가 아니어도 좋다!) 삶을 살아가는 모습을 보고 싶다. 그런데 보통 그런 사람은 대부분 일찍 죽거나 고초를 겪다가 병을 쉽게 얻는다. 대우 명제[5]를 대입해보자. 일찍 죽지 않거나 고초를 많이 겪지 않는 사람의 대부분은?

고초를 겪은 사람에게서 나오는 진신사리가 바로 잠언집이다. 일신의 영달과 안녕을 위해 살아가는 사람에게서 잠언이 나올 수는 없는 일이지 않겠는가? 세상에 태어날 때 주변의 사람들이 웃어주고, 죽을 때 울어주는 인생이 잘 산 인생이라고들 한다. 한 개체는 죽음을 맞이하지만 그의 인생은 잠언이 되어 세상에 남는 순간이다.

누구나 진신사리를 남길 수 있지만 아무나 진신사리를 남길 수 있는 것은 아니다. 마찬가지로 그것을 소중하게 여겨줄 사람을 만나는 일 역시 아무나 맞이할 수 있는 일은 아니다. 뜻을 알아듣는 사람 그리고 뜻을 이어가는 사람은 전쟁터에서 피어나는 꽃처럼 어디에든 있다. 그래서 인생은 아름답고 역사는 발전한다.

---

5) A->B 가 명제라면 대우명제는 not B->not A이다.

스스로 모질게 구는 자와는
함께 이야기할 것이 못 된다.
스스로 돌보지 않는 자와도
함께 일할 것이 못 된다.

예의가 아닌 것을 말함은,
스스로 모질게 군다(自暴)라고 한다.

내 자신이 '인(仁)에 살고 의(義)를 따르는 것'을
할 수 없다고 하는 것은,
스스로 돌보지 않는다(自棄)고 말한다.

맹자, 『맹자』(홍익, 2021)

2022년 7월, 최근 연세대학교 재학생 3명이 청소노동자들의 처우개선에 관한 시위의 소음으로 인해 학업에 피해를 입었다며 청소노동자를 고소하였다. 앞서 말했지만 네이버 어플의 뉴스란을 없애도 세상은 여전히 나를 화나게 한다. 그럴 땐 그저 다시 고개를 들고 하늘을 쳐다봐야 한다(하늘의 누군가에게 따지는 게 아니다).

나는 대학생이던 2009년에 친구들과 홍익대학교 청소노동자 비정규직 철폐연대에 동참했다. 본관에서 같이 노숙했고 그들의 이야기를 듣고 발언을 하기도 했다. 그 당시 청소노동자들이 당하던 부당한 대우는 나열하기 싫다. 10여 년이 지난 지금은 다른 의미에서 황당할 뿐이다. MZ세대란 그런 것일까. 나는 이 수오지심을 잃은 삶의 태도를 도통 이해할 수 없다. 그들에게 맹자의 말씀을 전한다.

맹자가 양혜왕을 뵈었다. 왕이 말하였다.
"어르신께서 천 리를 멀리 여기지 않고 오셨으니, 역시 내 나라에 이로움이 있겠습니까?" 맹자가 대답했다.
"왕께서는 하필 이로움(利)을 말하십니까? 다만 인의(仁義)만이 있을 뿐입니다. 왕께서 '어떻게 하면 내 나라를 이롭게 하겠느냐'고 말하시면, 대부(대신)들은 '어떻게 하면 내 집이 이로울까' 말하며, 선비나 백성들은 '어떻게 하면 내 몸을 이롭게 할까' 말합니다. 윗사람이나 아랫사람 모두가 서로의 이익만을 취하게 된다면 나라는 위태로워 질 것입니다. 만승의 나라에서 그 임금을 죽이는 자는 반드시 천승의 집안이며, 천승의 나라에서 그 왕을 죽이는 자는 반드시 백승의 집안입니다. (...) 진실로 의리를 뒤로 미루고 이익만을 앞세운다면 모든 것을 다 빼앗지 않고서는 만족할 수 없게 될 것입니다. 무릇 어질면서 부모님을 버린 사람은 없으며, 의로우면서 임금을 뒷전으로 하는 사람은 없습니다. 왕께서는 오직 인의만을 말씀하실 것이지 하필이면 이로움을 말씀하십니까?"

-양혜왕, 상(上)편-

분명한 것은 그 어떤 시대가 되더라도 사상의 역할이 줄어들지는 않으리라는 점이다. 인간은 시대의 구속 아래 놓인 존재이지만, 인간에 내재한 사유의 본성과 의지는 그 구속을 넘어서는 새로운 자유와 평등으로의 행진을 비출 등불이 될 것이라고 나는 믿는다.

김호기, 『세상을 뒤흔든 사상』 (메디치미디어,2017)

다시 한번 대학생이 되어 전공을 자유롭게 선택할 수 있다면 하는 상상을 해봤다. 나의 대학수학능력6)이 문·이과에 무관하게 일정 수준이 된다는 전제라면, 문과에서는 〈사회학과〉와 〈사학과〉, 이과에서는 〈물리학과〉와 〈지구시스템공학〉을 해보고 싶다. 공통점이 있다. 모두 돈을 벌기는 그른 기초 학문이다. 그래서 반대로 재미있는 게 아닐까?

그렇지만 전공생이 아니란 이유로 해당 분야를 알아갈 자격이 박탈될 리는 만무하다. 부단한 노력과 시간을 투자해 나름 열심히 읽어왔다. 그럼에도 불구하고 읽을 책은 많고 나의 시간과 비용 등 가용자원은 턱없이 부족하다. 그래서 가끔은 편법을 쓰곤 한다. 김호기 교수의 『세상을 뒤흔든 사상』엔 40명이나 되는 사상가를(비록 간략하게지만) 소개해주고 있다. 사실 대부분 알고 있는 사상가들이고 그 저작들도 완독까진 아니지만 발췌독으로 상당 부분 읽었다.

아르놀트 하우저, 에드워드 팔머 톰슨, 페르낭 브로델, 이매뉴얼 월러스틴, 베네딕트 앤더슨 등은 이 책을 통해 새로 발굴한 사상가다. 이렇게 내가 알지 못했던 영역을 발굴해내면 나는 때로 온 몸에 환희가 들곤 한다(드디어 미쳤다고 생각하시겠구나). 무언가를 깨달을 때 느끼는 행복감은 엔돌핀보다 훨씬 강력하다고 한다. 내가 모르는 영역을 포착해서 '네가 지금 이걸 모르고 있단다'라고 알려주는 책을 가장 좋아한다. 물론 그 이후엔 설명해주길 바란다.

나의 독서편력은 이렇게 유구하고 깊은, 그리고 별로 타인의 입장에서 알고 싶어하지 않는 영역이다. 나도 그 편이 좋다.(그런데 이런 글을 쓰고 있는 것 역시 범상치 않은 편력이다)

---

6) 대학수학능력(大學修學能力). 수리능력이 아니라 고등교육기관의 교육을 받고 이해할 능력을 말한다.

미국은 항상 좋은 의도로 중동 문제에 개입한 것도 아니며, 언제나 최악의 순간에 문제에서 빠졌다.

장피에르 필리유,
『중동, 만들어진 역사』 (다른,2011)

EBS의 인기 프로그램 〈세계테마기행〉으로만 보면 중동만큼 신비한 인류문화유산의 나라가 없다. 폭넓게 보자면 이집트도 중동일뿐더러 터키(지금의 튀르키예)도 유럽이자 중동이니까. 중동의 문화란 중세 서방세계가 그토록 부러워하고 동경해 마지않던 오리엔트 그 자체다. 자기들 중심으로 동쪽에서 해가 뜨면 그곳을 오리엔트라 불렀으니 오리엔트의 동쪽의 동쪽의 동쪽에 있는 러시아의 캄차카 반도같은 극동 지방이나 우리 한반도의 사람들은 글쎄 익스트림 오리엔트라고 해야 할까? 그런 신비의 중동이 현대인에겐 전쟁과 폭력의 땅으로 각인된 건 비단 9.11 때문만은 아닐 거라 생각한다.

사실 우리 주변에 중동에 대해 제대로 알고 있는 사람을 찾기란 바닷가에서 바늘을 찾는 일만큼 어려운 일이리라. 일단 사막 바람이 부는 나라를 신경 쓸 경제적, 심적 여유가 있는 사람이 있는 것은 둘째 치고 중동이라는 땅과 그곳의 석유, 그리고 미국. 이 세 가지 요소가 얽히고 설킨, 날씨만큼이나 변화무쌍하고 무서웠던 과거를 제대로 알고 있는 사람은 거의 없기 때문이다.

1990년 7월. 내가 태어난 날로부터 3일 뒤에 이라크는 쿠웨이트를 침공했다. 〈걸프 전쟁〉의 시작이었다. 십여 년이 지나 역사를 읽고 들여다볼 수 있는 나이가 되었을 때 사담 후세인의 이라크와 조지 부시(아버지 부시)의 미국이 서로에게 그리고 세계에 얼마나 처참한 일들을 저질렀는지 알게 되었다. 누군가가 그랬다. 중동에 석유가 아니라 물이 매장되어 있었다면 사람들은 지금보다 더욱 행복하고 평화로웠을 것이라고. 혹자는 석유가 있어서 그들이 풍요롭게 살 수 있다고 말할지도 모르지만 그동안 무고하게 죽어간 수백만 명의 국민들과 그 가족들의 아픔의 대가는 돌아오지 않는다. 그리고 석유가 가져다준 부도 언제나 국민의 것이 아니라 탐욕자들의 것이었고 오늘도 그 사실은 비단 중동뿐만 아니라 우리 사회에도 마찬가지다.

오늘의 주인공은 최초의 천체물리학자로 일컬어지는 요하네스 케플러이다. 천재 수학자였던 케플러는 천체의 운동을 수학적으로 연구하고 싶었으나, 당시에는 망원경이라는 것이 없었다. 때문에 당시에는 눈이 좋은 관측자가 맨 눈으로 별을 관측하고 기록했는데 이 분야의 1인자는 튀코 브라헤였다. 그러나 브라헤는 자신의 자료를 공유하기를 거부하고 둘은 계속 대립한다. 그러던 어느 날, 브라헤는 한 귀족이 주최하는 파티에 가게 되는데... 포도주를 잔뜩 마시고 오줌을 참던 그는, 돌연 사망한다 (?)

맹기완, 『야밤의 공대생 만화』(뿌리와이파리,2017)

모름지기 과학책을 읽었으면 과학적으로 말하는 법을 익히는 편이 좋다. 나는 교육만화를 좋아한다. 그리고 나는 경증의 활자중독자에 가까울 정도로 활자 매체를 좋아한다. 즉 만화중독자인 나와 활자중독자인 나는 양자적으로 〈중첩〉 상태에 있다. 내가 어느 한 쪽이 되는 일은 확률적으로 일어난다. 어느 날 고도의 정신작용을 느껴보고 싶은 기분이 드는 날은 활자중독자가 될 확률 85.2%(임의의 확률입니다). 난 이제 지쳤어요, 만화라는 성육신을 입지 않고서는 어떤 내용도 머리에 들어오지 않는다. 만화중독자가 될 확률 98.6%(역시 임의의 확률입니다). 이런 식이다. 내가 근래에 양자역학과 상대성이론으로부터 받은 지적 자극은 대단하기 때문에 앞으로의 글에도 자주 등장하게 될 전망이다. 그보다 나는 저자의 말을 통해 역시 지적호기심을 충족시키는 자신의 열정에는 만화든 활자든 어떤 수단을 동원해서든지 만족스럽게 채우고 또 자연스럽게 상대에게 전달할 수 밖에 없는 운명이 있다는 생각을 했다. 만화를 우습게 보지 말라(특히 이 책은 그림체가 우스울 수도 있다..). 인류의 뇌는 고도의 작용을 통해 그림을 활자보다 더 빠르고 쉽고 효과적으로 인식한다(구석기 시대의 라스코 동굴 벽화같이. 물론 구석기라 비교대상이 될 활자는 없었다) 저자의 말이 바로 내 말이다.

"연재하는 내내 만화의 탈만 썼을 뿐 1도 재미없는 교육만화와 달리 재미있는 과학만화를 그리자고 생각했습니다. '야공만'은 여러분에게 과학을 배우려고 보는 만화가 아니라, 엄마가 공부하라고 사주는 교육만화가 아니라, 그냥 재미있어서 보는 만화였으면 좋겠습니다. 그래서 과학에 관심이 없는 사람도 재미있게 읽고 그를 시작으로과학과 과학사에도 약간 관심을 가지는 첫 계기가 되는 책이었으면 좋겠습니다."

과학만화를 보는 어린 날 말리지 않은 부모님께 감사한다.

우주의 나이가 138억 살인지 알려준 게 누굽니까. 지구에 살고 있는 동물과 식물의 이름을 알려준 게 누굽니까. 꽃이 예쁘다는 걸 누가 알려줬습니까. 우리 호모 사피엔스입니다. 여섯 번째 대멸종은 오로지 사람들이 일으킨 일입니다. 사람들이 일으킨 일이니까 사람들이 해결할 수 있습니다. 우리에겐 희망이 있습니다.

JTBC 〈차이나는 클라스〉제작진,
『차이나는 클라스』(중앙북스,2019)

국립과천과학관장 이정모 관장에 말에 의하면 지구상에서 최대의 생물량을 자랑하던 생물종은 모두 대멸종을 돌파하지 못했다. 이는 지구가 38억 년의 자연사를 통해 가르쳐주고 있는 사실이다. 5차 대멸종은 고생대에서 중생대로 넘어가는 공룡이 멸종한 사건이다. 멕시코 유카탄 반도에 떨어진 소행성 충돌설이 가장 유력한 요인으로 뽑힌다. 그런데 최근 2021년 네이처 커뮤니케이션의 연구에 따르면 소행성 충돌 이전에 대멸종이 시작되고 있었다고 한다. 인도의 데칸고원에 대규모의 화산폭발이 일어났는데 그 이후에도 지구 전체의 생물량은 동일했다고 한다. 다만 〈생물 다양성〉이 줄어들었다. 현대의 오리와 닭 같은 가금류 가축은 모두 인간에 의해 선별되어 살아남은 종들이다. 살집이 빠르게 오르는 특정 유전자를 가진 가금류만이 살아남았다. 다양한 유전적 특징을 가진 A부터 Z까지의 오리 종이 아니라 인간에게 유리하게만 선별된 A부터 C까지의 오리 종만 남았다. 이런 상태에서 조류 인플루엔자(AI)가 전국에 돌면 AI에 저항이 없는 A부터 C까지의 소수종은 거의 모두 전멸한다.[7] 다시 돌아가 인류와 가축은 현재 지구 생물량의 97%를 차지한다. 가축이라고 해봤자 닭, 오리, 돼지, 소 등 10종 내외다. 반면에 야생종은 3%가 채 안 된다. 이런 상태에서 대멸종의 스위치 뚜껑은 열린 것이다. 열린 뚜껑 속 스위치는 '온도' 즉, 기후변화다.

　최대의 생물량을 이루는 인류는 6차 대멸종을 이기지 못하고 죽는다. 포유류의 많은 종은 100만년 정도 생존한다고 한다. 호모 사피엔스는 이제 겨우 30만년 살았다. 우리는 당연히 영원할 수 없다. 그러나 아직 바꿀 수 있는 여지는 남았다. 지혜로운(사피엔스) 호모(인간)가 스스로를 구할 수 있기를 기도한다.

---

7) 가금류 뿐만 아니라 돼지도 마찬가지다. 우리가 뉴스에서 보는 살처분은 학살을 행정적 용어로 치환한 것 뿐이다. 매립되는 가축이 영문도 모른 채 생매장되는 경우는 이 때문이다.

지구를 떠나보지 않으면, 우리가 지구에서 가지고 있는
것이 진정 무엇인지 깨닫지 못한다.

문경수, 『창문을 열면, 우주』 (시공사,2021)

초기의 우주, 은하의 변천, 항성의 생명주기, 외계의 발견. 이 주제들은 SF영화나 소설의 이야기가 아니다. 오늘 가장 최신의 인류가 밝혀나가고 있는 엄연한 현실이다. NASA의 〈제임스 웹 우주 망원경〉(James Webb Space Telescope, JWST)가 그 주인공이다.

오늘 한국 날짜 2022년 7월 12일에 미항공우주국 NASA는 제임스 웹 우주 망원경이 찍은 첫 관측 사진을 공개했다. 90년대에 『과학소년』지에서 허블 우주망원경이 찍은 사진들을 보던 나의 어린이시절은 이른바 사이언스 키즈세대다. 그 당시 남자 초등학생 치고 한번쯤 과학자가 꿈이 아니었던 아이는 드물었다. 내가 알기로는 물로켓 발사, 글라이더, 고무동력기 등의 항공대회도 그 즈음에 생긴 일이다.

상상이 현실이 된다는 사실은 때로 섬뜩한 일이다. 19세기 프랑스의 유명한 SF작가 쥘 베른의 『지구에서 달까지』는 아폴로 프로젝트에 의해 옛날에 현실이 되었고, 『해저 2만리』 해저 도시를 탐험하던 잠수함 '노틸러스 호'는 이미 세계 여러 해군의 잠수함 이름으로 쓰이고 있다. '상상은 그저 상상이잖아. 맘대로 생각해도 돼. 어차피 말이 안되니까'라는 마음에서 시작하기 때문에 상상은 본질적으로 자유롭다. 그러나 호모 사피엔스의 무서운 점은 그런 말도 안되는 상상을 현실에 구현한다는 것이다.

어른이 된 나의 안에는 어떤 어린이가 아직 남아있을까. 그 어린이는 어떤 상상을 아직 간직하고 있을까. 제임스 웹 우주망원경이 관측해 보내준 사진들 곧 찬란한 135억년 전의 우주와 중력렌즈 현상, 은하가 서로 충돌하는 사진, 물이 존재하는 행성의 데이터들은 다시금 내 안에 충분히 상상력이 발휘하도록 독려하는 다른 무엇과도 비교되지 않는 강력한 외침이다. 그 증거는 바로 가슴이 두근거리고 있음을 통해 알 수 있다. 나무위키에 당장 검색해보라.

절망은 자기 자신의 병이며, 그렇기 때문에 세 가지 형태를 보인다. 절망하여 자기 자신을 소유하는 것을 알지 못하는 형태, 절망하여 자기 자신이길 원하지 않는 형태, 절망하여 자기 자신이길 원하는 형태이다.

쇠렌 키에르케고르,
『죽음에 이르는 병』(동서문화사,2007)

여러분이 이 책을 언제 읽고 있는지 궁금하다. 출근길의 버스 안일지, 퇴근길의 지하철일지 혹은 한 숨을 돌리고 편안한 의자에 앉아 있거나 한가한 주말의 오후를 이 책에 할애하고 있을지도 모른다. 확실한 것은 마음의 여유가 있을 때 이 책을 집어 들었을거란 사실이다(특히나 이런 책은 저자에 대한 각별한 마음 없이 읽을 일이 별로 없다). 사실 여유로움은 축복이자 저주이다. 일하는 동안에는 사념(思念)이라고 할 만한 생각이 들어올 틈이 없다. 그러나 비로소 노동을 그치고 쉼을 얻는 순간이야말로 사념의 저주가 스물스물 올라온다. 인간은 그래서 온통 저주의 삶을 사는 운명을 지닌 걸지도 모른다. 그 사념은 보통 존재에 대한 허무일 가능성이 크다. '내가 이 일을 왜 하고 앉았나', '나는 겨우 이런 걸 하려고 태어나서 결국 이렇게 살다 가는건가' 하는 허무감이다. 나는 이 추상적인 허무를 〈내가 다른 존재가 될 수많은 가능성을 잃어버린 슬픔〉이라고 표현한다. 만약 삶이 여러 번이었다면 존재의 허무는 없었을 것이다(무한이라면 더 큰 슬픔이 있었을지도). 키에르케고르도 이런 허무를 지독히도 앓다가 '죽음에 이르고야' 말았다. 존재의 허무가 사무치게 올라올 땐 안치환의 노래 〈그런 길은 없소〉를 들어보자. 실존은 혼자지만 인간은 혼자만은 아니다.

아무리 어둔 길이라도 나 이전에 그 누군가는
아무리 가파른 길이라도 나 이전에 그 누군가는
이 길을 지났을 거요 이 길을 올라 갔을 거요
아무도 걸어간 본 적이 없는 그런 길은 없소
아무도 올라가 본 적이 없는 그런 길은 없소
나의 이 어두운 시간이 나의 이 더딘 발걸음이
비슷한 여행 길을 가는 사랑하는 그 모든 이에게
작은 기쁨이 될 수 있기를 머물 그늘이 될 수 있기를

많은 인류의 고전들은 특정한 시기에 인간 공동체가 누군가를 피해자로 만드는 일을 다루고 있다. 하지만 그런 책을 읽고서 강자인 가해자의 시선이나 구경꾼 같은 방관자의 시선을 받아들이는 경우가 꽤 있다. 사람은 자기 처지에 따라 책을 다르게 소화하고, 자신의 인식 수준과 사고의 깊이에 따라 다른 해결책을 찾곤 한다. 같은 책을 읽고 같은 교육을 받고 같은 세상에 살아도 모두 다른 게 바로 인간이다. 그래서 교사는 어떤 것을 투입했느냐에 만족해선 안 된다. 학생에게 무엇이 남았느냐를 살펴야 한다.

송승훈, 『나의 책 읽기 수업』 (나무연필, 2019)

세상엔 불편한 진실들이 많다. 공중파 TV 방송을 보다 보면 분명 불편한 사실을 다루고 있음에도 누군가의 심기를 거스를 만한 이야기는 교묘하게 피해가고 종국엔 귀가 간지러울 결말로 마무리하는 경우가 전부다.

학교부터 사회까지 조용히 관망을 해보면 우린 사실 모든 진실을 알고 있다. '되는 사람'과 '안 되는 사람'. 그게 정 불편하다면 '하는 사람'과 '결국 안 하는 사람'의 분류가 있다는 사실 정도는 인정해야 한다. 언젠가 학생들을 놓고 가르칠 기회가 있었다. 주제는 글쓰기였던가 독서였던가. 그 스펙트럼의 가운데에 있는 주제였다. 10명 중 3명 정도는 이미 내가 지도를 할 필요가 없는 모범생이었다. 글쓰기의 실력과 생각의 깊이의 차이 정도는 있지만 그런 것은 하등 문제가 되지 않을 수준이었다. 4명 정도의 친구들은 글쓰기와 사고에 일정 부분 어려움은 겪었지만 애써 생각하며 연필과 종이를 붙잡고 사투를 벌였다. 이 역시 아름다운 모습이 아닐 수 없다. 문제는 나머지 3명이다. 이 아이들은 포기 수준이 아니라 아예 스스로 이 일이 자신과 상관없다는 판단을 마쳤다. 흥미를 일으키기 위해 여러 방향에서 접근하려는 나를 보고 "선생님, 애 쓰실 필요 없어요. 저희는 그냥 포기하세요."라고 했다. 아이들은 우리의 생각만큼만 순수하며 상상 이상으로 현실적이다. 꼭 바른생활 어린이의 결론은 아니더라도 호기심과 질문 또는 간단한 소회 정도로 마칠 수 있는 글도 그 아이들에겐 무시무시한 결론으로 맺어지곤 했다.

사람은 책을 만들고 책은 사람을 만든다는 말을 믿는 마음이 무너지지 않았으면 좋겠다. 분명 책에서 얻는 환희를 한 번이라도 맛본다면 누군가가 때리고 막는다고 해도 그 아이는 책을 읽고야 말텐데. 왜냐면 책은 사람을 바꾸기 때문이다. 책 속엔 일정량의 구원이 들어있다. 모두에게 맞춤옷 같은 구원이.

아무리 사소해 보이는 것이어도 당신이 어떤 결정을 내릴 때마다 뇌의 회로, 깊숙한 생물학적 욕구, 학습된 경험 사이에서 복잡한 춤판이 벌어지고 있다. 그리고 결국 꿈, 두려움, 신념, 사랑 등 인간이 자기만의 인생 이야기라고 생각하는 것 중 상당 부분은 매일 매일의 행동을 만들어 내고, 나아가 인생의 선택과 성격을 만들어 내는 수백만 개의 결정으로 귀결된다.

한나 크리츨로우, 『운명의 과학』(브론스테인,2020)

넓게는 135억년 전의 우주를 관측하여 모든 것의 근원을 탐구하고 좁게는 이 지구상 모든 생명의 근원인 유전자를 알아낸 것이 지금 2022년이다. 그런데 과학과는 거리가 멀어 보이는 '운명'을 믿는 사람은 생각보다 많아 보인다. 신점, 관상, 오늘의 운세 등을 보러 다니는 어른뿐만 아니라 청춘남녀도 넘쳐나고 있다. 단순한 호기심이나 흥미를 넘어 진지하게 그 점괘를 믿고 있다는 게 흥미롭다. 그런데 운명이 과학과 사실은 연관되어 있을지도 모른다면 어떨까?

　호르크하이머의 『계몽의 변증법』에서는 이성을 통해 신화에서 근대로 계몽되는 과정을 거쳤다고 말한다. 자연에 의존하는 신화가 아니라 자연을 관리하고 다스리는 이성의 자유의지가 근대를 열었다고 한다. 그런데 그 자유의지. 진짜 자유의지 맞을까? 연구결과에 따르면 우리 뇌가 판단을 내리고 근육에 전기적 신호를 보내 행동하기 전에 즉 뇌가 생각을 하기 전 0.03초 전부터 이미 신체에 해당 전기신호의 강도가 올라가고 있었다. 이 이야기는 우리가 생각을 하기도 전에 이미 신체에 해당 판단의 행위가 일어나고 있었고 뇌는 그대로 판단이라는 제스처만 취한 셈이다. 상대가 나의 판단 이전의 신체 전기신호를 기계를 통해 감지하여 내 모든 판단을 읽게 된다면, 나는 과연 자유의지로 움직이는 인간이라 할 수 있을까? 뇌과학은 이 수수께끼에 답하는 학문이다. 이성이 주술과 신화에서 우리를 구원하여 주었듯 뇌과학은 우리를 다시 한번 잔재하는 근대적 주술과 신화에서 해방시켜 주지 않을까. 그러면 내가 고백한 후에 거절당할지 아닐지를 알 수 있게 되니 차이기 전에 찰 수 있는 기회도 열리는걸까. 부디 그 전에 사랑을 해서 이 슬픈 상상을 하지 않아도 되길.

파멸할 것인가 아니면 온 힘을 다해 전진할 것인가 둘
중 하나를 선택해야 한다. 역사는 바로 이렇게 우리를
시험에 들게 한다. (블라디미르 레닌)

김경묵, 『이야기 러시아사』 (청아출판사,2020)

세상에서 가장 용기 있는 일 중의 하나는 자기 자신을 믿는 일이다. 다른 사람을 믿는 것은 쉽다. 왜냐하면 결과의 책임이 내게 없다고 생각하기 쉽기 때문이다. 타인을 믿은 결정도 자신이 한 일임에도 불구하고 그릇된 결과의 원인이 상대방에게 있다고 믿는 경향이 있기 때문이다.8) 자신을 믿지 못하고 자신의 행동에 책임을 지기 싫어하는 삶은 대부분 좋은 결말을 맺지 못한다. 그런 점에서 러시아제국의 로마노프왕조 마지막 황제인 니콜라이 2세가 떠오른다. 위대한 표트르 대제와 공도 과도 많은 예카테리나 2세가 만들어 놓은 광활한 영토9)를 물려받았고 할아버지와 아버지가 황제인 가장 정통성 있는 황제였음에도 그는 늘 불안해했다. 혁명파에 의해 폭살 당한 할아버지를 보았고 또 아버지도 급사하며 제왕학을 교육받지 못한 니콜라이 2세는 26살의 어린 나이에 황제가 되었다. 그는 독일에서 시집온 알렉산드라 황비에게 의존했고 또 러시아제국을 파멸로 이끈 유명한 괴승 라스푸틴에게도 전적으로 의존했다. 아들 알렉세이의 혈우병10)도 숨기고 황실의 모든 비밀을 라스푸틴 한 사람에게 밝히고 그에게 숨통을 잡히고 사는 줄도 모르고 타인에게 자신의 인생, 가족 나아가 국가까지 모두 바친 셈이었다. 결말은 황족에 의한 라스푸틴의 사망 이후 황제의 가족 모두 혁명파에 의해 총살당했다. 니콜라이 2세가 자신의 불안과 걱정을 자신에게 주어진 책임임을 받아들이고 동시에 자신을 믿고 또 자신을 믿어주는 사람과 함께 스스로의 인생과 국정을 용기 있게 책임져 나갔다면. 역사에 가정은 없지만 우리가 알고 있는 현재 러시아는 더 나중에 등장했을지도 모르겠다. 자신을 믿는다는 일은 세상에서 가장 위대한 일 중에 하나다.

---

8) 이를 〈잘못된 귀인 오류〉라 한다.
9) 지구 대륙의 6분의 1에 해당하는 영토
10) 피가 멈추지 않는 병(혈루병)

인간은 짐승과 초인 사이에 매인 밧줄, 심연 위에 매인 밧줄이다. 저편으로 건너가는 것도 위험하고, 건너가는 도중도 위험하고, 뒤돌아보는 것도 위험하고, 덜덜 떨며 멈춰 서는 것도 위험하다. 인간의 위대한 점은, 인간이 다리이지 목적이 아니라는 데 있다. 인간의 사랑할 만한 점은, 인간이 건너감이고 몰락이라는 데 있다.

프리드리히 니체,
『차라투스트라는 이렇게 말했다』(백승영, 2022)

네이버 어플의 뉴스란을 지운지 반년이 되어간다. 정확하게는 대선 이후 부터 계산하면 대략 정확한 날짜가 나오겠다. 뉴스는 보통 좋은 소식을 전해주지 않는다. 뇌과학에서도 사람의 뇌는 부정적 소식에 더 귀를 귀울이도록 진화했다고 말한다. 사건과 사고에 주의해 자신은 그런 덫에 빠지지 않을 심산으로 말이다. 하지만 매일 들려오는 소식이 하나같이 이렇게 불행한 일들이라니 내가 할 수 있는 가장 소심한 실천은 매일 뉴스가 꽂히는 우편함을 없애는 일 밖에. 특수한 사건이 매일 일어나면 일반적인 현상이라고 치부되듯 우리네 일상에서도 마찬가지 일이 일어난다. 이 책만 해도 그렇다. 책을 출판하려는 원대하고도 두근거리는 목표를 향해 달려갈 때는 기쁨과 기대가 가득하지만 막상 출판물이 나온 후에는 불안과 아쉬움, 수치가 몰려온다. 인생은 권태과 고통을 오가는 시계추와 같다고 쇼펜하우어 선생이 말했다. 반복되는 것은 필시 고통으로 변모하게 된다. 즐길 거리가 넘쳐나는 현대사회에도 권태감은 즐비한데 근세와 중세에는 오죽했을까? 니체는 이런 굴레에 좌절하는 것이 아니라 오히려 이런 방식의 삶은 영원회귀 한다고 받아들여 버린다. 영원회귀는 지루한 삶의 끝에 다다른다 하더라도 다시 똑같은 처음으로 돌아와 영원한 인생의 수레바퀴가 돌아가는 시스템을 의미한다. 영원회귀는 윤회일 수도 있고, 또 무(無)나 공(空)일 수도 있고, 멀티버스(Multiverse)일 수도 있다. 인간은 왜 반복되는 일상을 견뎌내야만 하는 형벌을 받고 있을까. 니체가 그토록 사랑하는 위버멘쉬(Übermensch, 극복인)가 되어 인생을 초극하지 못하는 인간은 어떻게 되는 걸까? 인생의 수레바퀴라는 무지몽매함을 깨치고 내가 가는 길을 정답이라고 외치는 방법만이 진짜 정답일지, 나는 어리석기에 아직도 손들고 정답을 외치지 못하고 있다. 아니, 혹시 정답을 발표하지 못하고 영원회귀하는 것은 아니겠지?

무슬림과 기독교인은 단순한 쾌락 추구의 무익함과 파괴성을 폭로할 뿐 아니라, 하나님과 이웃을 사랑하는 삶이야말로 가장 인간적이며 진정한 즐거움을 가져다준다는 사실을 보여 주는 일을 위해 서로 동지가 될 수 있다.(…) 교회 첨탑은 모스크의 미나레트가 아니고, 모스크의 미나레트는 교회 첨탑이 아니다. 비록 첨탑과 미나레트는 기독교인과 무슬림이 비슷하게 이해하는 그들 공통의 신을 서로 다른 모양으로 가리키고는 있지만, 적어도 단순한 쾌락 추구를 좋은 인생의 표지로 삼는 것으로부터 돌아서 있는 것만큼은 동일하다. 기독교인과 무슬림이 동시에 해롭다고 생각하는 것에 함께 저항하는 것이, 각각 가장 이롭다고 믿는 것을 위해 서로 싸우는 것보다 훨씬 낫다.

미로슬라브 볼프, 『알라』 (IVP, 2016)

카톨릭 추기경과 프로테스탄트 종교개혁자 그리고 튀르크인의 신은 모두 다른 신인가? 서로 다른 신인지를 묻기 전에 각 종교에 씌워진 오해가 모든 질문을 집어삼킨다는 점이 제일 마음에 걸린다. 언제나 이들 두 대형 종교에 대한 여론은 그리스도교는 부패, 이슬람교는 폭력으로 수렴한다. 일부는 사실이니 할 말이 없다. 세계, 특히나 한국 사회는 이분법으로 가르는 방법을 매우 선호하는 듯이 보인다. 이념은 말할 것도 없고, 국토의 남북분단, 영호남분리, 서울의 강북강남분리, 세대분리, 남녀분리... 분자 단위까지 쪼개어 들어가면 종국에 그토록 바라던 순수한 이상적인 낙원이 펼쳐져 있는지 묻고 싶다. 다시 돌아가 전세계인구의 절반은 기독교도 21억 명(전인구의 31%)과 이슬람교도 16억 명(전인구의 24%)로 나누어져있다. 오랫동안 그들은 서로 좁힐 수 없는 거리의 차이를 가지고 있다고 믿어왔다. 그런데 그것은 사실관계와 다르게 그들 공동체가 그렇게 믿어온 믿음의 결과가 아닐까. 만약 무슬림과 기독교도가 동일한 하나님을 믿는다고 말할 수 있는 여러 이유들이 타당하다면, 무슬림이 삼위일체를 부정한다는 사실만으로는 그들이 기독교도와 동일한 하나님을 믿지 않는다고 말할 수 있는 충분한 근거가 되지 못한다. 즉 다른 부분보다 일치하는 부분에 집중해야 한다는 것을 말하고 싶다.

내가 유신론자에서 유신론적 불가지론[11]으로 스펙트럼을 불가분 옮긴 이유는 한국 개신교단과 교인들과 같은 집합으로 존재하기 싫었기 때문이었다. 그러나 덕분에 내게는 이슬람과 카톨릭, 불교와 힌디를 더욱 깊고 애정 어린 시선으로 이해할 수 있는 기회가 열렸다. 언제 다시 스펙트럼이 변할지 모르니 주어진 기회에 신적 존재를 갈망하는 인간의 일치된 소망을 많이 들여다보고 싶다.

---

11) 신의 존재에 대해 긍정적이나 종교의식이 필수적이지 않다고 보는 입장. 혹은 신적 존재를 믿지만 신에 대해 알 수 없다는 입장.

만일 지구의 크기를 무지막지하게 작게 만들면 어떻게 될까요? 가령 지구 반지름이 1센치미터가 되도록 줄여 봅시다. 이렇게 작아진 지구라면 로켓이 빛의 속도로 날아간다고 하더라도 지구를 탈출하기는 불가능합니다. 왜냐하면 반지름 1센치미터의 지구 표면에서 받는 중력은 상상을 초월하게 커져버리고 탈출속도를 계산해보면 빛의 속도보다 크게 되기 때문입니다. 결국, 지구는 빛조차 탈출할 수 없는 괴물, 블랙홀이 되고 맙니다.

우종학, 『블랙홀 강의』 (김영사, 2022)

미우주항공국 NASA에서 지난해 12월 25일에 발사한 '제임스 웹 우주망원경(James Webb Space Telescope)'이 촬영한 사진을 공개한 이벤트를 열었다. NASA는 이 우주망원경의 주요 임무를 다음 네가지로 제시했다. 〈초기의 우주 Early Universe〉, 〈은하의 변천 Galaxies over Time〉, 〈항성의 생명주기 Star Lifecycle〉, 〈외계의 발견 Other Worlds〉이 그것이다. NASA가 공개한 4장의 사진은 모두가 우주의 환상적이고도 장엄한 광경을 남김없이 보여주었다. 그리고 사진의 각 영역에서 그 유명한 블랙홀의 증거들이 모두 보이고 있었다.

 그 중에서 허블 울트라 딥 필드 사진의 후속이 되는 〈초기의 우주〉에 관한 사진은 거대질량 블랙홀에 의한 중력렌즈 현상이 뚜렷하게 나타나있다. 별빛이 푸르면 젊은 별, 별빛이 붉으면 오래된 별이다. 붉은 별빛이 둥글게 회전하며 빛나는 것은 젊고 가까운 위치에 있는 푸른 별들보다 훨씬 더 먼 거리에 있는 '과거'의 별이 우리에게 보이는 장면이다. 무려 135억년 전의 사진을 보는 것이다. 우주의 나이가 138억년이라는 점에서 우주의 초기를 본다고 해도 과언이 아니다. 우리는 억겁이라는 말을 하긴 하지만 억년이라는 단위가 인간에게 가당키나 한 시간의 단위인가. 135억년을 달려온 빛을 본다는 사실만으로도 정신이 아득해진다. 하루를 살고 죽는 하루살이부터 고작 100년도 채 안되는 인간의 일생까지 생명이란 덧없기 그지없다. 우주만큼 위대한 스승도 없다. 고대와 중세에 살아서 종교전쟁과 세계대전을 치뤘던 사람들이 이 우주의 신비를 알았다면 조금은 더 겸허해질 수 있지 않았을까 순진한 상상도 해본다. 역사에 가정은 없기에 변하는 것은 없을지도. 그래도 우주는 우리가 이 작은 별에서 어떤 일을 하던지 동일하다. 자연법칙은 그래서 고맙다. 블랙홀이 선물해준 과거의 빛을 볼 수 있어 고맙다.

이 도시의 정복은 나에게 끝이 아니다. 새로운 시작이다. (...) 나 이후에도 오스만의 꿈을 이어받은 술탄들에 의해 정복 과업은 계속될 것이다. (...) 오스만 제국 수도이면서 세계의 수도, 종교와 인종과 국경을 초월한 도시로 새롭게 탄생시킬 것이다. 이민 장려 정책을 통하여 종교와 민족, 언어와 국적 구분 없이 양질의 인간들이 평화롭게 모여 사는 정치·경제·군사·행정·법률·교통·건축·교육·문화·예술 등 모든 분야의 핵심 도시로 만들 것이다. 그리하여 풍요롭고 활기 넘치는 도시, 지상의 천국 이스탄불로 거듭 태어나게 할 것이다. 거듭 말하거니와 황제여, 내 이름을 걸고 약속하겠노라. 알라와 선지자 무함마드, 꾸란과 나의 검에 걸고 맹세하겠노라. 비록 자발적인 항복으로 그대의 도시를 차지하지는 않았으나 나는 이 도시를 발전시킬 것이다. 200여 년 전 십자군이 저지른 만행을 되풀이하지 않을 것이다. 창조를 위한 파괴를 할 뿐이다.

김형오, 『술탄과 황제』(21세기북스, 2016)

전 세계적으로 이용하는 OTT 서비스 넷플릭스(NETFLIX)에 『오스만 제국의 꿈』이라는 작품이 있다. 〈제20차 콘스탄티노플 공방전 Battle of Constantinopolis〉를 다룬 드라마다. 성채를 함락하는 공성전은 공성의 입장에서나 수성에 입장에서나 흥미진진하기 마련이다. 역사적으로 20여 차례나 치러진 이 공성은 오스만 제국의 젊은 황제 메흐메트 2세와 동로마제국의 황제 콘스탄티누스 11세가 맞붙음으로 끝이 났다. 내가 주목하는 것은 이 매력적인 젊은 술탄이다.

성벽 정복 이후 그가 부하에게 모스크의 돔을 아야소피아보다 더 크게 지으라고 명령한 적이 있다. 부하는 그 이상의 크기가 되면 무너진다고 읍소하며 술탄의 명령에도 불구하고 자신의 소신대로 작게 만들어 술탄에게 보였다. 대노한 술탄이 부하의 손을 자르자 부하는 술탄을 법정에 세웠다. 법정의 승리자는 부당한 명령을 내린 술탄이 아닌 그 부하였다. 판결은 이슬람법인 샤리아에 따라 술탄의 손도 자르라는 판결이었다. 부하가 사색이 되어 법관에게 간정하였고 술탄은 부하에게 합당한 돈을 지불하는 식으로 마무리 되었다. 이 때 술탄이 법관에게 말했다. "만약 그대가 알라의 법도를 무시하고 내 손을 자르지 않으려 했다면 나는 너를 죽였을 것이다." 이 젊은 황제는 철옹성 테오도시우스 성벽을 무너뜨리고 콘스탄티노플을 이스탄불로 만든 그 호기만큼 불같은 호걸이었지만 그 호기에 따라오는 책임과 대가도 치를 줄 아는 술탄이었다.

책은 술탄과 황제의 비망록이라는 형식을 입어 일부 픽션이 가미되었지만 적장 콘스탄티누스11세를 인정하고 그의 도시를 이스탄불로 바꾸고 폐허에서 다시 융성하는 도시로 만들겠다는 다짐은 아마도 실제로 충분히 있었을 법한 일이라고 생각하게 하는 일화다.(콘스탄티누스11세에 대해선 뒤에 한번 더 언급하고 싶다)

글은 쉽게 써야 한다. 말과 글은 듣는 사람, 읽는 사람이 갑이다. '설득 당할 것인가', '감동할 것인가'의 결정권은 듣는 사람, 읽는 사람에게 있으니까. 그렇다면 쉬운 글은 쓰기 쉬운가? 더 어렵다. 더 많은 고민을 필요로 한다. "쉽게 읽히는 글이 쓰기는 어렵다." 헤밍웨이의 말은 확실히 맞다. (…)

김대중 대통령은 독서의 완결이란 읽은 책을 자신의 것으로 소화해서 말이나 글로 표현할 수 있는 데까지라고 했다. 노무현 대통령 역시 독서를 통해 얻은 지식과 영감을 정책에 반영하거나, 자신의 생각을 정리하여 책으로 집대성하는 것이 목표였다. 맹자가 얘기한 이의역지(자신의 생각으로 저자의 뜻을 받아들임)에 충실했던 것이다.

강원국, 『대통령의 글쓰기』(메디치미디어, 2014)

내가 전업 작가가 아님에도 글을 쓰고 책을 낸다는 것에 흥미를 보이고 또 자신도 그런 글쓰기와 출판에 관한 버킷리스트가 있다고 문의를 해오는 사람들이 더러 있다. 질문은 출판의 실무에 관한 것도 있지만 보통은 글쓰기에 관한 총론이 많다. 이들의 공통점은 자신의 글에 자신이 없다는 것이다. ENTJ의 MBTI를 가진 남자로서는 담백하게 원인을 짚고 대안을 주고 싶지만 그들에겐 불편한 진실(unpleasant truth)이 될 가능성이 높다. '많은 독서량'과 '많은 글쓰기 연습'이 진실이다. 그러나 그 일이 누군가에게는 쉬웠고 누군가에게는 어려웠다. 절대로 자신을 책망할 일이 아니라는 점을 분명히 밝힌다. 나는 이러한 진실 말고 다른 충언을 권하고 싶다. 바로 자신의 영혼의 목소리, 주체성을 확고하게 보존하여 표현하라는 것이다. 오만하게 들리는지 모르겠다. 누군 자신의 자존이 없는 줄 아느냐 물을 수도 있다. 그러나 애석하게도 많은 사람들은 자신이 어떤 생각을 가지고 사는지 잘 모른다. 젊은 친구들 사이에서 밈으로 떠도는 "바쁘다 바빠 현대사회"가 틀린 말은 아니기 때문에. 자신의 인생동력이 무엇으로 돌아가는지를 확고하게 알고 또 자신의 깊은 내면을 상당 부분 탐험한 모험가에게는 할 말이 매우 많다. 글은 표현하기 급급하게 만드는 일이 아니라 자신을 겸허하게 만드는 일이라는 것을 글쓰기를 하는 사람들은 모두 천천히 배워간다. 그래서 오히려 시작을 겁내는 사람에게는 바로 그 시점이 글쓰기의 가장 쉬운 지점이라는 것을 응원의 말로 건네곤 하는데 듣는 사람에게는 가장 두려운 말로 들리는 아이러니가 발생하기도 한다.

그러나 글쓰기에는 세상에서 느끼는 거기서 거기인 쾌락과 전혀 다른 희락이 숨어있다. 그 맛을 아는 사람만 느끼는 건 참으로 안타깝다. 부디 여러분도 글로써 내게 새로운 세상을 보여주시길.

'아름답다'와 '예쁘다', '삼총사'와 '트로이카', '중얼거리다'와 '뇌까리다' 따위가 어떻게 다른지 알아야 문장에 어울리게끔 골라 쓸 수 있다. 용어 하나에 따라 문맥이 확 달라지기도 하고 쉽게 그 의미가 전달되기도 한다는 걸 생각하면 그냥 지나칠 일이 아니다. 용어를 공부해야 하는 이유다.

박영수, 『우리말 어휘력 사전』 (유유, 2022)

독자들은 인스타그램을 자주 하시는지 궁금하다. 인스타그램은 SNS 중에서도 이미지를 기반으로 하는 대표적인 플랫폼이다. 같은 회사면서 SNS의 원조격인 페이스북은 상대적으로 텍스트 위주의 플랫폼이라 할 수 있다. 오랫동안 나는 페이스북에 크고 작은 분량의 글쓰기를 해왔다. 2008년부터 썼으니 15년 가까이 쓴 셈이다. 처음엔 테일러대학이라는 미국대학의 친구들과 교류할 기회가 생겨 서로 안부를 묻는 일종의 외국판 싸이월드로서 사용했다. 그 이후엔 다양한 사회 현안에 대한 나의 견해를 적어내는 창구로 사용했다. 그렇게 사용하는 걸로는 정치인들의 폴리틱북(Politicbook)이라고 해야할지 모르지만. 그 엉성한 글쓰기 연습장은 책으로 모아보니 무려 1,000페이지가 넘는 법전 크기의 책이 되었다. 하도 배설한 글이 많다보니 나는 그 책을 세상에 보여줄 마음이 없다. 그럼에도 불구하고 그 부끄러운 글쓰기 노트를 통해 내 어휘력은 한 발짝 발전한지는 몰라도 최소한 시류에 휩쓸려 저 멀리 떠내려가지는 않았다고 생각한다. 시간이 갈수록 약해지는 것은 단연 어휘력이다. '알잘딱깔센'12), '자만추13)' 등의 신조어도 이미 사장되어갈 정도로 빠르게 흘러가는 세상에서 온전한 어휘를 구사한다는 것만도 하늘에 감사하고 있다. 절필하지 않고 계속 글을 쓰려면 어휘력만이 동아줄이라고 믿는다. '발전'이라는 뜻에 대해서도 성장, 진보, 약진, 도약, 번성, 번영, 성숙, 발달, 진전, 비약 등 어마어마한 단어를 쓸 수 있음에도 우리는 대박, 쩌는, 매우, 엄청나게 등의 부사로 모든 것을 표현하고 있다. 미천한 사유지만 조금씩 정교해져가는 나의 생각을 이렇게 남루하게 표현할 수는 없는 일이다. 부디 나의 지인들은 신조어를 남용하는 내가 발견되면 회초리를 들어주길.

---

12) 알아서,잘,딱,깔끔하고,센스있게 의 어두를 모은 신조어
13) 자연스러운 만남 추구의 줄임말

알면 사랑한다. 동물 속에 인간이 보인다. 생명, 그 아름다움에 대하여 함께 사는 세상을 꿈꾼다. 생명이 있는 것은 다 아름답다.

최재천,

『생명이 있는 것은 다 아름답다』(효형출판,2000)

김상욱 교수의 양자역학 강의를 듣다가 그런 이야기를 들었다. 살아 있는 것은 부자연스러운 일이라고. 오히려 죽어있는 것이 자연스러운 상태라고 한다. 그리고보니 우리 주위를 둘러보면 살아 있는 것이 많다. 푸르른 산에 있는 나무와 발 아래에 있는 잡초들도 생명이다. 동물은 말할 것도 없고 미생물과 박테리아도 모두 생명이다. 깊숙한 바다에는 상상하지 못할 만큼 많은 생명이 들어있다. 이 푸른 지구에는 생명이 넘쳐난다. 그러나 지구의 해수면과 대륙을 조금만 벗어나면 아무 생명도 없다. 대기권 아래에나 몇몇 조류가 날아다닐 뿐 그 이상의 고도부터는 아무것도 없다. 태양계는 물론 우리 은하 어디에도 생명이 있다는 증거는 없다. 칼 세이건이 말한 창백한 푸른 점인 이 행성에만 오롯이 생명이 넘쳐난다.

　우리 호모 사피엔스의 유전자에는 소유하고 있는 것에는 감사를 느끼지 못하는 인자가 숨겨져 있다. 형이상학적이든 유물론적이든 머릿속이나 손 안에나 가지고 있는 것의 소중함을 잊는다. 그러나 동물들은 오늘 자신에게 주어지는 것으로 생존한다. 그들이 감사하는지는 모른다. 적어도 인간도 동물일진대 오늘 우리에게 주어져 있는 푸른 별의 생명으로 인해 생존해있다는 사실을 안다면 감사와 경외감을 마음에 품는 일은 참으로 인간다운 일일 것이다. 생명은 덧없고 숭고하다. 생명은 유한하기에 사랑스럽고 아름다울 수 있다. 생명이 무한하다면 그 기하급수적인 증식 속도에 의해 우리는 몇 시간 만에 지구에서 전멸한다. 끝이 있는 존재의 아름다움은 다음 생명을 배려하고 있기 때문 아닐까. 마치 생식을 통해 다음 세대를 남기듯 생명의 바통이 이어지는 거룩한 예전에서 아름다움을 느끼는 유전자도 우리 생명 안에 내재하고 있을지도.

오래 전부터 좋아하는 단어가 있다. '조촐하다'.
아담하고, 깨끗하고, 행동이 난잡하지 않고, 깔끔하고,
얌전하다는 뜻이겠다. 조촐한 삶이 바로 내가 지향하는
삶이다. 황금 깔린 길이 아니라 자연의 냄새가 나는 길
이 내가 추구하는 길이다. 복잡하고 호화로운 삶이 아니
라 단순하되 맵시 있는 삶이 내가 원하는 삶이다.

장명숙,
『햇빛은 찬란하고 인생은 귀하니까요』 (김영사, 2021)

글을 쓰는 도중 시청하고 있던 유튜버 밀라논나가 유튜브 잠정휴식에 들어 간다고 했다. 밀라논나. 장명숙이라는 이름의 자칭 할머니다. 69세. 그렇게 노년이라고 볼 수는 없는 나이지만 65세부터 노인이라 칭한다는 점을 감안할 때 할머니가 전혀 틀린 말은 아니다. 그러나 그녀의 팬들은 아무도 그녀를 실상 할머니라고 생각하지 않을 것이다. 자신들과 같은 청년이자 한 명의 자유로운 영혼의 여성으로 보리라. 그녀의 팬들처럼 나도 밀라논나같이 교양있게 늙어가 저런 노년을 산다면 얼마나 좋을까 생각한다. 그녀는 귀품이 있고, 배려가 넘치며, 겸손하고 소박한 삶의 자세로 산다. 그러나 가식적이거나 인위적이지 않다. 모든 사람의 다양성을 이해한다기보다 인정할 줄 알고 그 누군가가 위에 서있다는 전제를 가지지 않는다. 따뜻한 할머니 품이 바로 이런 것일 텐데. 그 앞에 서면 내 모든 고민과 아픔을 모두 털어놓고 싶고 마음이 아플 땐 품속에 안겨 울고 싶다. 한국전쟁 때 태어난 여성의 열정적이었고 한때는 고되었던 삶을 보내고 이제 그 삶의 끝자락에서 보여주는 인자한 지혜로운 말들이 부드러운 크림처럼 읽힌다.
　에세이라면 돈 아까운 책으로 간주하고 구입하지도 그리고 읽지도 않는 나지만, 이 책은 예약판매 때부터 사인본으로 구입하여 간직하고 있다. 모름지기 에세이라면 이렇게 삶으로 증명된 사람의 글이어야 한다. 나는 평생 진짜 에세이를 쓸 수 있을까? 어쩌면 내 글쓰기 인생의 끝은 참된 에세이 한 편을 남기러 가는 여정일지도 모르겠다.
　밀라논나여, 그 아름다운 청춘을 부러워하며 또 당신을 기다립니다.

그러나 우주가 사람을 없앤다 해도 사람은 자신을 없애는 우주보다 훨씬 고귀하다. 왜냐하면 그는 자신이 죽는다는 것과 우주가 자기보다 훨씬 우세함을 알고 있기 때문이다. 우주는 아무것도 모른다. 그러므로 우리의 존엄성은 온전히 생각하는 데 있다. 우리는 우리가 채울 수 없는 공간과 시간으로서가 아니라 이것, 즉 생각으로써 우리의 가치를 올려야 한다. 그러므로 잘 생각하도록 힘쓰자. 이것이 바로 도덕의 원리다.

블레즈 파스칼, 『팡세』 (민음사, 2003)

존재의 허무함을 느끼면 사람은 대부분 딴짓에 몰두한다. 프랑스어로는 디베르티스망(divertissement)라고도 한다. TV나 드라마를 온종일 보기도 하고 도박에 빠지기도 하며 그저 아무 의미도 쓸데도 없는 잡담을 나누기도 한다. 파스칼은 말한다. '인간의 위대함은 자기가 비참하다는 것을 아는 데 있다. 자기 자신의 비참함을 깨닫는 것은 비참한 일이지만 위대한 일이다'라고.

사실 우리는 과학적으로 많은 사실을 밝혀내고 있지만 뉴턴의 고전역학이 아인슈타인의 상대성이론에 의해 수정되었다는 사실을 알고 있다. 그 상대성이론 또한 양자역학에 의해 미시세계에서는 통하지 않는다는 사실 또한 밝혀졌다. 우리는 아직도 누가 이 세상을 만들었고 나를 만들었는지 확실히 모르는 끔찍한 무지 속에 있는 것이다. 그러나 이런 무지보다 더욱 끔찍한 것은 이런 비참함을 알면서도 빠져나갈 방법을 알지 못한다는 사실이다.

데카르트와 파스칼은 이 비참함 속에서 하나님의 신적 존재를 감지해냈다. 데카르트는 다만 거기서 정지했고 파스칼은 의존했다는 차이가 있다. 형이상학의 고민에서 신적 존재로의 의지는 유일한 출구로 보인다. 그렇기에 도스토예프스키, 톨스토이 뿐만 아니라 파스칼과 칸트도 신적 존재의 도덕으로 해결점을 도출했다. 너무나 쉬운 해결책이면서도 또 그 답 뿐이 없는 것처럼 보이지만 글쎄 인류에겐 그래서 신적 존재만이 존재의 허무를 채워주는 유일한 수단이 되는것인가. 앞으로 전진할 길밖에 없는 터널에서 떠밀려 나온 결론은 아닌지, 영 미지근한 답변은 냉각될 수 있을지 지금의 나는 알 수가 없다.

그것(대승)은 텅 비어 고요하며, 깊고 그윽하다. 그윽하고 또한 그윽하지만 어찌 만상(萬像) 밖을 벗어난 것이겠으며, 고요하고 또한 고요하지만 오히려 백가(百家)의 말 속에 존재하는 것이라. 허나 만상
밖을 벗어난 것은 아닐지라도 5안(眼)으로도 그 형체를 능히 볼 수 없으며, 백가의 말 속에 존재하는 것일지라도 4변(辯)으로도 능히 그 형상을 말할 수 없다.(...) 그것을 '존재'라고 하자니 진여도 그것으로 인해 공이 되고, '비존재'라고 하자니 만물이 그것을 통해 생겨난다. 그것을 무엇이라 말해야 할지 알지 못하니, 굳이 말로 하자면 '대승'이다.

원효, 『대승기신론소』(동국대학교출판부,2017)

한 형제가 살았다. 그 형제에게는 술과 마약과 도박에 중독된 아버지가 있었다. 아버지는 살인을 저질러 감옥에 들어갔다. 형제는 장성해 성인이 되었는데 한 사람은 아버지처럼 마약 중독자가 되어 똑같이 살인을 저지르고 감옥에 수감되었다. 다른 한 사람은 어엿한 직장인이자 평화로운 가정의 아버지가 되었다. 그 형제에게 "어떻게 하여 당신은 이런 삶을 살게 되었는가"라고 묻자 형제는 같은 대답을 했다고 한다. "그런 아버지 밑에서 자란 내가 달리 어떤 삶을 살 수 있었겠는가"라고.

원효대사의 해골물 이야기를 모르는 한국인은 없다. 위의 일화도 바로 일체유심조(一切唯心造)[14] 사상을 드러내준다. 같은 일을 겪어도 마음에 따라 발심되는 생각은 하늘과 땅 차이다. 마음을 통해 당차고 자유롭게 살아보기로 결심을 하면 그 사람은 주체적이고 당당하고 다른 사람의 시선보다 자신의 욕망을 긍정하며 기꺼이게 살게 된다. 마음을 반대로 먹는다면 그 사람은 그 반대의 삶을 살게 된다.

우리가 우리의 마음이라는 작용을 과학의 눈을 통하지 않고 스스로 들여다보는 데는 분명 한계가 있겠지만 그럼에도 여전히 마음은 그 심연 속에 신비를 간직하고 있다. 마음으로 인해 삶이 무너지고 다시 일어나기 힘들어하는 수 많은 사람들을 본다. 과학을 통해 우리 삶의 겸손함을 배우는 것과 동시에 원효로부터 마음공부를 배우는 일도 좋다. 마음이 무너지는 일이 있다면 당신, 템플스테이 한번 나랑 가보지 않을런지.

---

14) 삼라만상의 일체는 마음으로부터 만들어진다

이순진 장군 묘소에 가본 적이 있는가? 갈 때마다 항상 혼자였다.일본의 야스쿠니 신사에는 평일에도 사랑이 북적거린다. 그러나 현충사는 한적함이 좋다. 그게 서글프다.

황현필, 『이순신의 바다』 (역바연,2021)

극장가에는 올여름 BIG 4라고 불리는 영화가 서로 앞다투어 흥행경쟁을 하고 있다. 그 중 단연 돋보이는 영화는 김한민 감독의 『한산』이다. 2014년 개봉된 『명량』 이후 8년 만에 개봉된 그의 이순신 3부작의 두 번째 작품이다. 한국갤럽이 선정한 '한국인이 존경하는 인물'의 1위를 늘 고수하고 있는 이충무공은 드라마나 영화를 막론하고 흥행 보증수표이다. 대한민국 국민으로서 이순신 장군의 위대함을 모르는 사람이 있으리라고는 생각하지 않는다. 그런데 나의 이런 나이브한 생각은 종종 나의 뒷통수를 때린다. 어쩌면 어렴풋이 알고 있었음에도 그런 상상조차 하기 싫었던 내게 세상의 냉혹하고도 더러운 현실은 엄연히 존재함을 알려준다. 조선 최고의 무능한 임금이었던 선조. 그의 『선조실록』에서도 원균을 역사에 이렇게 평가하고 있다.

'원균이라는 사람은 원래 거칠고 사나운 하나의 무지한 위인으로 당초 이순신과 공로 다툼을 하면서 백방으로 상대를 모함하여 결국 이순신을 몰아내고 자신이 그 자리에 앉았다. 겉으로는 일격에 적을 섬멸할 듯 큰소리를 쳤으나 지혜가 고갈되어 군사가 패하자 배를 버리고 뭍으로 올라와 사졸들이 모두 어육이 되게 만들었으니 그때 그 죄를 누가 책임져야 할 것인가. 한산(칠천량)에서 한 번 패하자 뒤이어 호남이 함몰되었고 호남이 함몰되고서는 나랏일이 다시 어찌할 수 없게 되어버렸다. 시사를 목도하건대 가슴이 찢어지고 뼈가 녹으려 한다.'

이것이 사관의 논평이다. 임진년과 정유년의 양난이 끝난 지 420여년이 지난 지금에도 원균을 옹호하는 세력이 많다. 평택시는 원균을 지역 유명인사랍시고 추증하는 선양사업을 한다. 들어가는 돈에 비해 얻는 이익이 많으니 역사에 반하는 일도 서슴지 않고 한다. 간악한 역사적 인물을 사당과 묫자리까지 호화롭게 꾸미는 이 나라의 현실에 눈물이 난다. 게다가 그 지역의 국회의원은 원유철이라는 사실은...

지구 생명의 역사는 35억 년에 달하지만 현생 인류의 역사는 20만 년에 불과하다. 문자가 발명되고 나서 불과 5,000년 만에 우리는 자멸하기 충분한 과학기술을 가지게 되었다. 문명은 순식간에 일어나서 스스로 멸망하는 속성을 가진 걸까? 멸망이 어떤 모습으로 올지는 아무도 모른다. 아마겟돈의 전쟁일 수도 있고, 실험실에서 만든 치명적인 바이러스 때문일 수도 있다. 하지만 우리가 살 수 없게 지구환경이 변하는 순간 인간 종이 남김없이 멸종될 것은 확실하다. 우리가 지구의 유한한 자원을 효율적으로(!) 남용하고 돌이킬 수 없게 환경을 파괴하는 동안, 우리 종의 멸종을 앞당기고 있는 것은 아닐까? 아니 적어도 후손들의 삶을 어렵게 만들고 있는 것은 아닐까? 우리가 아는 한 이 광활한 우주에 우리밖에 없다. 우리가 서로 사랑하고 지혜를 모아야 하는 우주적인 이유이다.

김상욱, 『김상욱의 과학공부』 (동아시아, 2016)

"과학 공부가 먹고사는데 무슨 도움이 되겠어?"라는 질문은 "역사 공부가 무슨 의미가 있냐"는 질문과 큰 차이가 없어 보인다. 동의하는가? 역사 공부가 무슨 의미가 있냐는 질문은 음악이, 미술이, 철학이 먹고 사는 일과 무슨 관계가 있냐고 하는 말과 같다. 질문자 역시 '사람은 먹고 사는 것의 총합 이상'이라는 말에는 동의할 것이다. 물론 생계가 인간 생존의 절체절명의 제1순위라는 데 아무도 이견이 없다. 그러나 부차적인 과학 공부는 삶의 근원적 생존여부에 연결되어 있는 경우가 많다.

열역학 제2법칙은 『엔트로피 법칙』으로 잘 알려져 있다. 한번 사용된 유용에너지는 다시는 쓸 수 없다. 한번 쓰고 난 에너지는 절대 재사용할 수 없다는 법칙이다. 2022년의 인류는 지구 역사상 유례없는 번성을 누리고 있다. 쏟아지는 생산품은 전 세계 인구가 쓰고 쓰고 또 써도 그 공급을 따라갈 수 없다. 인류의 과학만능주의는 기술혁신으로 모든 것들의 비용을 떨어트리고 현재 겪고 있는 기술의 한계와 어려움들도 결국에 극복될 것이라 관망한다. 과연 그럴까?

인류가 해마다 기술혁신을 이룩하며 효율의 극치를 달리는 동시에 유용에너지는 기하급수적으로 줄어간다. 효율이란 적은 에너지로 더 큰 성과(퍼포먼스)를 내는 기준이다. 문제는 사람들이 효율이 좋아졌다고 해서 에너지를 덜 쓰지 않기 때문이다. 쓰는 에너지는 동일한데 효율이 좋아졌으니 더 많은 생산품이 쏟아져 나올 뿐이다. 우리가 쓰지도 못하고 모두 버릴 것들을. 분명 이성의 낙관을 믿다가 인류의 태반이 절멸한 사태를 맛봤던 거 같은데... 그 이름이 뭐였는지 모두 가물가물해지나 보다. 아마 제2차 세계대전이었나 그런 이름이었는데...

과학의 영역에 관해서 그리스도인이 무신론자와 대화할 때는, 과학이 중립적이라는 점을 강조할 필요가 있다. 반면에 과학을 넘어서는 수많은 형이상학적인 질문들에 관해서 그리스도인들은 무신론자들보다 더 논리적이고 설득력 있게 기독교 신앙의 관점을 제시할 수 있다. 과학의 영역과 과학 외적인(형이상학의) 영역을 구분하는 일은 비그리스도인들이나 무신론자들, 혹은 불가지론자들과 대화할 때 우리가 무엇에 관해 이야기하고 있는지를 보다 명확하게 파악하고 서로 오해하지 않도록 도움을 준다. 안타까운 점은 많은 그리스도인들이 자신의 신앙을 뒷받침하는 지적인 토대를 거의 갖고 있지 않거나 혹은 너무 약한 토대를 갖고 있다는 점이다. 그리스도인들에게 필요한 것은 과학을 명확히 이해하는 일, 과학주의 무신론자들의 주장을 명확히 파악하는 일, 그리고 신앙의 지적 토대를 굳건히 다지는 일이다

우종학, 『과학시대의 도전과 기독교의 응답』
(새물결플러스, 2017)

일찍이 부처께서 말씀하시길 성인들이 있는 곳에 가면 난이 가득한 곳에 있는 것과 같고, 소인들이 있는 곳에 가면 악취가 나는 곳에 있는 것과 같다고 했다. 그 향기와 냄새가 나는 곳에 머물고 또 그 향기와 냄새를 맡다보면 나 또한 그들과 같아진다고 말씀하셨다. 세상은 어느새 이만큼 진보해서 이전 시대에는 억울하게 대우받던 수많은 사람들이 부족하지만 자기 목소리를 내게 되었다. 흑인이 그랬고, 여성이 그랬고, 장애인이 그랬으며 성소수자가 그렇다.

그러나 그들의 차이와 달리 인정받지 말아야 할 사람들도 존재한다. 사이비들이 그들이다. 특히나 나는 창조과학을 매우 싫어하는데 (그들이 연계된 배후의 단체는 말할 필요도 없이) 자신이 믿고 싶은 신념의 몸체에 과학과 이성을 마음대로 달아놓은 꼴을 도통 보기가 싫은 것이다. 어느 정도 구색이 맞으면 사이보그라고 부를 수도 있겠건만 이건 완전히 누더기 프랑켄슈타인이 따로 없다. 우익적 기독교 사상을 과학에 어거지로 끼워 맞추려는 이 시도는 사실 과학계와 세간에서는 눈길조차 받지 못하는 취급을 받고 있다. 그럼에도 불구하고 이 사람들은 부단히 애쓴다. 마치 방학역 앞에서 저녁 6시만 되면 어김없이 노래를 틀고 수련을 하는 천리교 신도들처럼.

하나님도 미쳐버릴 것 같아 가슴을 퍽퍽 치다가 참지 못하신걸까. 세상엔 이런 시도들이 어떻게 틀렸는지, 또 바른 시각이 무엇인지 알려주는 친절한 선인善人도 있다. 나 한 사람이야 사이다 한잔 마신 기분이겠지만 정말로 사이비에 상처를 받아 신념과 이성 사이에서 사투를 벌이는 사람들에게는 이보다 더한 구원의 빛이 또 없을 것이다. 때로는 표준편차곡선에 따라 지구에 사람이 너무 많은 만큼 이상한 사람도 많다는 사실이 무척이나 지루하게 느껴진다. 지루한 세상에서 이런 사이다 한 병을 찾아내는 재미도 내가 책을 놓지 못하는 주요한 이유 중의 하나이다.

육식의 종말은 곧 자연을 대하는 적절한 태도에 관한 우리의 사고방식을 변화시키는 것이다. 다가올 새로운 세상에서는 시장의 인위적인 명령만큼이나 자연의 고유한 번식력에서 지침을 얻을 것이다.(...) 자연은 더 이상 정복되고 길들여져야 할 적이 아니라 우리가 거주하는 근본적인 공동체로 간주될 것이며, 자연과 생물권을 형성하는 좀 더 큰 생활 공동체의 협력자이며 참여자로 대접받게 될 것이다.

제러미 리프킨, 『육식의 종말』 (시공사, 2002)

용산 아이파크 몰을 지나다 그린피스의 〈2022 그린피스 남극 사진 전〉을 보게 되었다. 얼마 전부터 나는 5년간 이어온 일대일 아동후원 결연을 맺는 '컴패션'의 후원을 그만두고 기후위기행동 '그린피스'의 후원자가 되었다. 컴패션의 후원이 가치 없는 일은 아니었다. 빈곤국의 한 아이가 제대로 된 교육을 받고 성장해 한 몫의 인간으로 자라게끔 돕는 전인격적인 후원이었다. 후원받는 아이가 자라 그 나라의 변화를 이끌어갈 재목이 되길 바라며 후원했다. 그러나 내 시각엔 변화가 생겼다. 기후위기는 지금 돌이키지 않으면 후원을 받는 아이나 후원을 하는 나나 모두 공멸시킬 정도로 심각해졌기 때문이다. 6차 대멸종이 이미 시작된 지금 대멸종의 끝에 비로소 어른이 되었다 한들 무슨 소용일까.

 매 끼니마다 육식이 올라오는 반찬. 그 중에서 특히 소고기. 이 소 한 마리는 일년에 983리터의 화석 연료를 소모해야한다. 이 한 마리의 소가 일년에 내뿜는 이산화탄소는 2.5톤이다. 승용차가 6개월간 방출하는 양과 동일하다. 소를 키울 때의 난방, 소가 차지하는 초지, 소가 먹어야하는 곡물, 소가 배설하는 배변의 메탄... 기업과 정부는 철저히 이 과정을 숨긴다. 아무리 차를 타고 지방을 내려가도 축산농가가 보이지 않는데는 이유가 있다. 제1,2세계의 일부 사람들만의 쾌락을 위해 이 지구상에는 기아와 난민이 끊이지 않는 이유다. 그리고 그 끝은 대멸종이 기다리고 있다.

 아이는 다른 후원금을 통해 지속적으로 후원받는다고 하니 나를 비난할 일은 없을 것 같아 한편으로 다행이다. 생존의 문제에 시급해 지구적 위기가 보이지는 않겠지만 서로 바라볼 수 있는 범주가 다를 뿐 우리 모두 자신의 문제에 최선을 다한다는 점에서 각자에게 보람이 있길 바란다.

중요한 건, 이때 자기가 세워놓은 기준이 틀릴 수 있다는 사실을 아는 거예요. 이 사실을 알면 자기 기준에 따라서 살다가 뭔가 좀 이상하면 '이게 틀렸나?' 하고 바꿔볼 수 있거든요. 인간의 문제는 오히려 답이 틀릴 수 있다는 것, 내가 항상 옳은 건 아니라는 것, 나아가 본래 절대적으로 옳거나 그른 것은 없다는 것을 아는 것이 중요하다고 생각해요. 최대한 자기 기준을 만들어서 그 기준과 모순 없이 일관되게 살도록 노력하되 끊임없이 점검해나가는 것, 그게 최선이 아닐까 싶어요.

김제동, 『질문이 답이 되는 순간』 (나무의마음, 2021)

책을 좋아하는 만큼 책을 검증하고 선정하고 대여하고 구입하고 읽는 데까지 모두 나만의 철저한 규칙이 있다. 나는 알고 있다. 보통 500페이지가 넘는 책은 아주 높은 확률로 책의 절반 이상을 독파하지 못한다. 이 말은 처음부터 읽기 시작해 절반인 250페이지까지 가지 못한다는 뜻은 아니고 발췌독을 하거나 일부 내용을 도약하며 읽는 총 독서 쪽수를 의미한다. 물론 이 독서법도 훌륭한 기법이다. 세상에 읽을 책은 너무나 많아 생을 여러 번 윤회해도 다 채울 수 없기 때문이다. 그러나 언제나 그렇듯 예외는 있기 마련이다. 바로 책이 재미있으면 된다.

책이 재밌다는 말, 재밌는 책이라는 말을 사람들은 어떻게 받아들일까? 나는 책의 내용과 책의 저자, 두 서류전형에서 통과해야만 그 책을 읽는다. 한 쪽만 통과한 경우에는 대기업 인사과 부장처럼 시크하고 철저하게 또 민주화운동 지식인의 비판의식으로 책을 주시하며 읽는다.(무척 피곤한 일이다) 두 서류전형에서 통과한 책은? 그야말로 복권에 당첨된 일이다. 이렇게 사랑하는 저자와 사랑하는 책 내용이 무려 500페이지가 넘어가다니. 하늘이 주신 축복이나 다름없다. 단독 저자도 아니고 8명의 공저다. 지루할 기미가 보이려면 바로 다른 저자로 선수교체다. 이런 책은 독자를 기쁘게 한다.

나도 언젠가 공저에 참여할 수 있는 사람이 되고 싶다. 나는 그 꿈이 머지않아 이루어지리라 믿고 있다. 부단한 글쓰기와 독서수련이 여전히 필수겠다. 독서와 글쓰기는 쉴 새 없이 듣고 쉴 새 없이 말할 수 있는 세상 유일한 활동이다. 다들 카페에서 어렵사리 자리를 잡고 한 컵에 5천원 씩이나 하는(그것도 얼음만 가득한) 음료를 놓고 두 세 시간의 수다 이후에 일어나는 아쉬움과는 비교할 수 없다. 두꺼운 책은 언제든 환영이다. 그리고 두꺼운 책은 베고 잘 수도 있고 라면 냄비도 놓을 수 있다!

놀라운 일은 특권층은 언제나 아주 소수라는 점이다. 우선 사회적 상승이 존재하고 또 이런 소수 사회는 비특권 사람들이 생산해 가져다 바치는 잉여에 의존한다는 점을 볼 때, 전체 잉여가 증가하면 사회 상층의 소수 인구도 증가할 법하다. 그런데 실제로는 거의 그런 일이 일어나지 않는다. 그것은 과거에도 그렇고 오늘날에도 그렇다.

페르낭 브로델, 『물질문명과 자본주의』 (까치글방, 1995)

삼성의 제왕으로 오랫동안 군림해 온 이건희가 사망한 후 그가 생전에 모아두었던 문화재들을 모아 전시회가 열렸다. 일부 언론에서는 그가 필생을 거쳐 모아온 유물들을 문화를 향한 이건희의 지극한 사랑으로 묘사했다. 상속세와 증여세를 내기 싫어서 그랬을 거란 기사는 전무하다. 국립중앙박물관의 유물의 절반을 넘는 양의 문화재, 국보와 보물을 비롯한 실로 방대한 유물을 기증한 사람에게 감히 그런 말을 입에 담을 수 있냐는, 찾아보지 않아도 네이버 댓글에 도배가 되어있을 말들이 떠오른다. 한국은 의도가 악하든 선하든 간에 결과만 좋다면 뭐든지 용인되는 문화가 있다. 결과가 좋다는 건 공익이 된다는 말로는 약하다. 사실은 자신에게 득이 되는 것을 좋은 결과라 말해야 한다. 문화유산을 사랑하는 조예가 있는 문화인이자 교양인이라면 그 반대가 되어야 할텐데. 나는 여전히 세상사를 모르는 애송이에 불과하다.

삼성이 기형적으로 챙기는 이득이 많아질수록 사회의 부의 불균형은 심해지고 서민들의 저항은 수면 아래서 점점 거세지기 마련이다. 혁명이 터지기 전에 약간의 숨통을 터주는 '노블리스 오블리주'는 기득권의 권력 유지를 위한 퍼포먼스일 뿐이다. 브로델은 그 사실을 아주 잘 알고 있었다.

역사는 누구의 편을 들어줄지 아무도 모른다. 역사의 수레바퀴는 굴러가지만 그 바퀴에 깔려 죽는 것이 어느 편일지 누구도 모른다. 역사학은 점성술이 아니기 때문이다. 역사를 잊은 민족에게 미래는 없다는 말은 역사의 바퀴에 깔리는 내가 어느 편인지를 알아야 한다는 말로 들린다. 브로델의 마지막 말. "인간이 역사를 만든다고 말한 마르크스는 반 이상 틀린 것이다. 더 분명한 것은 역사가 인간을 만들었다는 것이다. 인간들은 역사를 겪어나간다."

따라서 우리가 역사책을 읽는다는 것은 과거에 관한 사실뿐만 아니라 역사가가 부여한 역사적 중요성을 읽는다는 뜻이 된다. 사료와 역사책의 차이는 역사가가 부여한 역사적 중요성의 여부이므로, 우리가 굳이 역사책을 읽는 이유는 과거에 관한 사실 때문이라기보다는 역사가가 부여한 역사적 중요성 때문이다. (…) 사실들의 연구를 시작하기 전에 역사가를 연구하라.

조지형, 『랑케&카:역사의 진실을 찾아서』 (김영사,2006)

인류는 기록을 통해서 오늘날의 인류가 될 수 있었다. 농촌사회처럼 세상의 지식이 노인에게만 누적되어 있어 모든 일을 할 때 브리태니커 백과사전을 찾듯 노인에게 모든 것을 물어봐야 한다면 인류는 원시부족에 머물렀을 것이다. 노인만큼의 지식을 쌓는 데는 80년이란 세월이 걸리기 때문에. 그래서 인류는 열심히 기록했다. 한낱 촌부도 자신의 자서전을 남기거나 하다못해 집의 기둥이나 돌에 낙서로라도 자신이 세상에 있었다는 흔적을 남긴다.

내가 글을 쓰는 이유는 첫째로 나 자신에게 나의 실존을 알리기 위해서다. 둘째는 부모님과 후대에 있을 나의 후손에게 음성언어로 표현하지 못할 많은 생각을 남기기 위해서다. 말은 비트겐슈타인의 말처럼 음성으로 발화하는 즉시 그 뜻이 왜곡되기 마련이다. 그 안에는 화자와 청자의 권력 관계가 작용하고 음성언어가 가지는 수많은 감정적 제스처에 가려 본뜻이 흐려지기 때문이다. 또 말은 의식의 흐름대로 나오는 경향이 강한 반면 글은 오랜 시간을 두고 정제된 주제와 사유를 내놓는다.

E.H.카의 말대로 있는 그대로의 역사는 있을 수 없다. 모든 사건은 역사가에 의해 선별되어 쓰인 것이다. 아침에 일어나 양치를 몇 분간 했고 출근하는 동안 지났던 장소 등을 늘어놓는 역사서는 없다. 중요하다고 선별되어 특별히 선택된 사건만이 역사가 되고 내 인생이 된다. 그렇기에 이 글에 쓰인 '역사'란 내가 역사라 인정한 사건들이다. 부디 읽는 사람에게도 이 역사가 의미 있는 일들로 읽히기를 바라는 것은 역사를 선별해 기술한 역사가의 희망이다.

빅뱅 이론이 맞다면 그 전에는 무슨 일이 있었을까? 우주에 아무런 물질도 없었다가 갑자기 생겨났다면, 어떻게 그랬을까? 이에 대해 많은 문화권에서 전통적인 대답은 신 혹은 신들이 무에서 우주를 창조했다는 것이다. 여기서 우리가 용기를 가지고 이 질문에 대한 답을 추구한다면, 다음 질문을 물어봐야만 한다. '그럼 그 우주를 창조한 신은 어디서 왔는가?' 만약 이것이 답을 구할 수 없는 질문이라면, 그냥 우주의 기원이 답을 구할 수 없는 질문이라고 결론 내리는 것이 더 간단하지 않겠는가? 혹은 신이 항상 존재해왔다고 한다면, 간단하게 그냥 우주가 항상 존재해왔다고 결론 짓는 게 낫지 않겠는가? 창조할 필요 없이 그냥 여기 항상 있었다고 말이다. 이것은 쉽지 않은 질문들이다. 한때 이 질문들은 오직 종교와 신화의 전유물이었지만, 이제 우주론은 우리가 이 태고의 수수께끼들과 마주하게 해준다.

칼 세이건, 『코스모스』(사이언스북스, 2006)

세상의 많은 영역마다 그 고유한 영역으로 이끌었던 피리 부는 사나이가 있다. 우리 모두에게 말이다. 내게도 그런 사람이 여럿 있다. 중학교 국사 선생님은 국사(지금은 한국사라고 부른다)를 깊이 사랑하게 함으로써 더 나아가 역사 자체를 사랑할 수 있게끔 해주셨다. 학원에서 만난 빨간 단발머리와 허스키한 목소리를 가지셨던 국어 선생님은 입시 국어가 아니라 문학 그 자체를 사랑할 수 있게끔 해주셨던 일명 '소설 읽어주는 여자'였다. 나를 구도자의 길인 제자도로 이끌어주었던 어진 신앙인도 계셨고, 정치적 입장을 가지는 계기를 주었던 열정적인 활동가도 있었다.

서른이 넘어 과학의 영역에 대해 더이상 머뭇거리지 않고 다이빙할 수 있는 용기를 불어 넣어준 사람은 단연 '칼 세이건'이다. 1990년생인 내게 더 유명한 과학 커뮤니케이터는 바로 스티븐 호킹이다. 칼 세이건은 나보다 10살 정도 윗세대가 흠뻑 빠졌던 사람이었을텐데 그가 서거한 지 10주기가 넘은 오늘에도 칼 세이건에 대한 대중들의 열렬한 사랑은 도무지 식을 줄을 모른다. 그 증거로 그의 가장 유명한 저작 『코스모스』는 여전히 서점 매대에 보무도 당당하게 비스듬히 기대있다(매대에 누워있는 책들은 사정이 다르다). 명예의 전당이라는 착각이 아깝지 않다. 작가 유시민도 글쓰기 실력을 증진시키는 데 읽어야 할 3대 책 중 하나로 칼 세이건의 『코스모스』를 뽑았을 정도이니 그의 글이 얼마나 사랑스러운지는 읽어본 사람만이 알 것이다.

사람은 보통 어떤 이슈나 화제만을 보고 사랑에 빠지지 않는다. 사람이 사랑에 빠지는 것은 오직 사람에게다. 그 사람이 칼 세이건이었기에 그가 사랑한 우주를 사랑할 수 있다. 내가 사랑한 사람이 역사를 사랑했기에 그로부터 역사를 사랑할 수 있다. 칼 세이건이 사랑에 빠트린 사람은 도대체 몇 억 명이나 될까? 희대의 카사노바 칼 세이건이다.

"무엇에 홀린 듯 미쳐 날뛰는 우리는 절벽에서 바다로 돌진하여 모두 빠져 죽을 테죠. 그곳이 우리의 길이거든 요."

표도르 도스토예프스키, 『악령』 (민음사,2021)

책에서 알지 못했던 정보를 얻어 책을 읽기 전과 확연히 달라진 모습을 보는 것이 나의 책 읽기의 주된 희열이다. 보통 비문학 읽기가 그런 예다. 반대로 문학작품은 독서에 투입되는 시간과 노동력이 비문학에 비해 훨씬 높다. 어떤 사람은 문학이 이야기라서 고도의 논리성을 갖춘 비문학보다 더 쉽게 읽힌다고 할지 모르지만 나는 정반대의 경향을 보인다. 그래서 문학을 읽을 때는 강력하게 나를 이끄는 작품만을 골라 보는 습관이 있다. 그래서 내가 주로 집어드는 책들이 러시아 문학이고 또 러시아 문학의 어둡고 음산하며 진중한 분위기와 주제의식이 좋은 이유이다.

『악령』의 주인공 스타브로긴을 보다보면 애니메이션『귀멸의 칼날』의 최종국면에 등장하는 도깨비들의 수장 '키부츠치 무잔'이 오마쥬된다. 스타브로긴과 무잔 모두 사람들에게 인생은 무無 라는 허무사상을 주입하고 도깨비로 만들며 그들을 자신의 이상을 구현하기 위한 도구로 사용한다. 한명 한명을 모두 파멸시킨 후 자기자신도 종국엔 그 허무에 붕괴되는 결말을 맞는다.

도스토예프스키가 허무주의와 무신론, 무정부주의를 극도로 싫어한 것은 자신이 젊은 시절 허무주의에 심취했었기 때문이다. 자신의 과거였기에 더욱 용서하지 못하고 증오하는 현상은 우리 모두에게 흔히 나타나는 경향이다. 타인이라면 비웃고 넘어갈 일이지만 내 인생에 주홍글씨처럼 박혀 있는 과거는 오직 나만이 알고 있음에도 불구하고 영원히 내 뒤를 따라다니며 괴롭히는 '악령'이다. 반성과 이해와 관용으로 자신을 용납한 사람들은 과거를 오늘로 승화시킨 사람이다. 수많은 부끄러운 과거를 오늘로 살아낼 수만 있디면 반대로 앞으로의 미래가 두려움보다는 당당한 기대로 가득 찰 수 있지 않을까? 사실 사람은 오늘을 사는 것이 아니라 미래를 먹고 사는 존재니까.

"조심스럽게 말하자면, 기도하기를 바라지요. 내가 내속에서 겪게 되는 크고 작은 사건들 안에서, 늘 새삼 우리가 하느님이과고 부르는 형언할 수 없는 사랑이신 신비에 얼마나 인접해 있는지를 것작 알아차린다면, 그리고 마치 이 신비에 나를 맡기듯이 믿고 바라고 사랑하는 자세를 취한다면, 내가 이 신비를 받아들인다면, 그렇다면 나는기도하고 있는 것입니다. 그리고 나는 내가 그렇게 하고 있기를 바랍니다. ˝

칼 라너, 『기도』 (복있는사람,2019)

종교시설에 입문하는 계기는 보통 지인의 권유인 경우가 많다. 교회는 그런 권유를 전도,선교라 부르고 절에서는 포교라 표현한다. 불교는 신이 되고자 하는 목적의 종교가 아니라 깨달음을 얻고 스스로 현실을 초극하는 존재가 되고자 하는 종교다. 반면에 그리스도교는 유일신 야훼와 삼위일체인 예수와 성령에 삶을 의존해 구원을 담보 받는 종교다.

비그리스도인들이 갖는 불만은 그리스도교의 신을 영접[15]하지 않았다고 지옥에 떨어진다고 하는 오만에 기인한다. 짧은 서면에 그 긴 역사적 논의를 담긴 어렵다. 나 역시 이 파고를 어떻게 헤쳐나가야할지 고민이 컸던 것이 사실이다. 그 와중에 칼 라너와 제2차 바티칸 공의회 그리고 역사적인 프란치스코 교황의 논의를 알게 되고 천주교회에 무한한 애정과 경의를 보내게 되었다. 천주교회의 수장인 프란치스코는 "무신론자라도 자신의 양심에 따라 선한 의지를 가지고 산다면, 지옥에 갈 것이라고 해서는 안 된다."라고 일갈했다. '자기 탓 없이' 하느님을 분명하게 알지 못하는 사람에게도 하느님의 구원과 은총의 섭리가 작동한다고 말한 바티칸 공의회의 헌장은 비록 비신자들에게는 헛웃음을 칠 문장에 불과하겠지만 그 진술을 진지하게 받아들이는 고뇌에 찬 신자들에게는 한줄기 희망과도 같았다. 나 자신도 유신론적 불가지론자이고 모든 사람이 그리스도교의 한 종파(천주교회나 개혁교회)만을 믿진 않기 때문이다.

제2차 바티칸 공의회의 주요한 항목은 저자 칼 라너가 만들었다고 해도 과언이 아니다. 그의 저술과 기도에서는 피맺히는 간절한 소망이 드러나 있다. 교세의 확장이 아니라 온전한 한 영혼의 소생을 바라는 기도, 그리고 인간의 존재를 구원할 한 줄기 빛을 갈망하는 기도다. 모든 인류에게 숨겨져 있는 희미한 희망이다.

---

15) 삶의 주인이 자신이 아니라 야훼와 삼위일체인 예수와 성령에게 있다고 시인하는 일

우리는 금수(禽獸)로 돌아갈 수 있다. 그러나 우리가 인간으로 남고자 한다면 오직 하나의 길, 열린 사회(The Open Society)의 길이 있을 뿐이다.

칼 포퍼, 『열린 사회와 그 적들1』 (민음사,2006)

세계사에 대해선 그런 생각을 한 적이 없는데 유독 한국사에 관해서 또 특히 현대사에 관해서 드는 생각이 있다. '역사는 특정 방향으로 진보해 간다'는 명제이다. 그러나 단순히 '역사는 진보한다'는 말과는 차이가 있다. '특정 방향'이란 무엇인가? 내가 바라고 원하는 방향이 특정 방향인가?

자연계는 인간을 머쓱하게 할 만큼 인간의 생각과는 무관하게 자신의 질서를 유지해 나간다. '지구가 이렇게 인간이 살 수 있는 환경으로 우연히 만들어지다니 매우 놀랍다'라는 관점은 지극히 인간 중심적인 사고의 산물이다. 지구가 인간에게 맞추어진 것이 아니라 변화하는 지구의 환경 속에서 그저 끝까지 살아남은 것이 인간일 뿐이다. 그런 점에서 인류의 역사는 자연현상이 아닌 인간의 사회현상임에도 본질적으로 생명체들의 작용이므로 큰 틀에서는 우연히 발생하는 것이 아닌가 조심스레 추정해본다.

역사에 특정한 방향성이 없다면 사람들은 도그마에 빠져 자신만의 정치 이데올로기나 종교적 신념을 극단으로 주장할 수 없다. 그것이 맞다고 보증할 근거는 전무하기 때문이다. 포퍼도 과학철학자로서 한 가지의 주장이 완전성을 보증할 수 없다고 보았다. 플라톤이 말한 의식있는 사람의 철인정치가 세상을 행복하게 할 것이라는 주장, 역사는 정반합을 통해 시대정신을 구현한다는 헤겔의 주장, 아리안 민족이 가장 우월한 민족이라고 하는 히틀러와 그와는 반대로 인민의 해방을 위해 공산주의를 말한 맑스까지. 포퍼에 의하면 자유로운 비판과 반증을 통한 수정을 불가능하게 한 '닫힌 사회'의 담론들이다. 포퍼의 유명한 말이 있다. "청년시절에 맑시스트가 되어 보지 않은 자는 가슴이 빈 자고, 청년시절이 지나고도 맑시스트인 사람은 머리가 빈 자다" 포퍼의 말인지 진위여부에 대한 말은 많지만, 글쎄, 생각은 많아지는 말이다.

하늘과 땅과 인간과 만물이 생겨나는 것은 모두 기가 변해서 만들어 내는 것이다. 선은 일정하게 정해져 있는 것이 아니니 사람이 자기가 좋아하는 것을 말하고 악도 정해져 있는 것이 아니니 자신이 싫어하는 것을 말하는 것이다.

최한기, 『기학』 (통나무,2004)

1990년에 소련의 페레스트로이카와 글라스노스트가 실행됨으로 사실상 구냉전의 시대가 막을 내렸다. 그로부터 30년이 지난 지금은 중국과 미국의 신냉전 체제가 다시 들어섰음을 부인할 수 없는 지경에 이르렀다. 대한민국은 미국의 편이라는 기본적인 스탠스를 유지하고 있다. 그러나 미국이 언제까지 세계 제일이자 유일무이한 일인자로서 군림할지는 누구도 모르는 일이다.

영화 『남한산성』에는 병자호란으로 인해 인조가 남한산성으로 파천하고 그 안에서 대청 주화파인 최명길과 주전파인 김상현의 정치적 입장대립을 세밀히 보여주고 있다. 김상현은 오랑캐에게 맞서 차라리 죽는 것이 떳떳한 삶이라고 항전을 말하고 최명길은 죽음은 견딜 수 없고, 치욕은 견딜 수 있는 것이라 하고 만백성과 더불어 죽음을 각오하지 마시라 읍소한다. 삶이 있은 후에야 비로소 대의와 명분도 있는 것이라 하는 최명길의 말에 나는 더 고개가 끄덕여진다.

조선의 성리학을 들여다보자면 현기증이 난다. 사실 성리학 자체는 오히려 불가와 도가의 형이상학적 논쟁을 비판하며 삼라만상을 질서정연하게 설명하고자 나온 학문이다. 다만 언제나 그것을 그릇되게 사용한 사람들이 문제다. 인조와 그의 사대부들은 존명사상을 넘어 숭명까지 이른 사람들이었다. 그런 극치에 있는 사람들에게 청의 진보한 과학기술과 국력에 대한 경외심은 찾아볼 수 없었다. 이미 세상은 움직이 있고 그 세가 기울었음을 두 눈으로 보았음에도 움직이지 않는다. 아마 움직이고 싶어도 성리학으로 공고해진 자신의 세계가 움직여지지 않았을 것이다.

기학은 모든 것은 변한다는 사실, 기氣란 운동이라는 것을 설명한 100쪽 짜리 짧은 소논문이다. 경험과 관찰, 증명. 변하지 않는 것은 없다는 사실은 100쪽이 아닌 한 문장으로도 충분한 진리이다.

아인슈타인만은 사람들에게 이렇게 말했다. 자신이 연구실에 나오는 까닭은 '단지 쿠르트 괴델과 함께 집으로 걸어가는 특권을 누리기 위해서'라고. 고등과학연구소에서 함께 일한 물리학자 프리먼 다이슨은 이렇게 말했다. "괴델 박사님은 우리 동료들 중에서 아인슈타인 박사님과 대등하게 걷고 대화를 한 유일한 사람이었다." (...) 괴델과 아인슈타인 둘 다 이 세계는 우리 개개인의 인식과 무관하게 합리적으로 조직되어 있으며, 결국 인간이 이해할 수 있는 것이라고 믿었다. 지적인 고립의 감정을 공유했던 둘은 서로의 사귐에서 위안을 찾았다. 연구소의 또 다른 누군가는 이렇게 말했다. "둘은 다른 누구와도 이야기하고 싶어 하지 않았다. 자기들끼리만 이야기하길 원했다."

짐 홀트, 『아인슈타인이 괴델과 함께 걸을 때』
(소소의책,2020)

책을 사랑하는 이유는 사람 때문이다. 더 정확하게는 이 세상에 제정신인 것은 책이 유일하기 때문이다. 제정신인 사람들은 모두 세상 뒤에 숨어있다. 뉴스를 열 때와 유튜브의 댓글창을 열 때의 고통은 생각보다 상상을 초월한다. 사람들은 모두 자신이 원하는 채널만 구독하기 때문에 단체 편향중독에 걸렸다고 말하기도 한다. 실제로 틀린 말은 아닐 확률이 높다. 도저히 세상을 고개 들고 쳐다보기 힘들어 책에 머리를 파묻었다고 해도 과언이 아니다.

20년 전과 확연히 달라진 오늘날은 혐오가 넘치는 세상이 되었다. 나는 양극화의 심화로 인한 계급의 고착화, 사회적 계층상승의 가능성 차단 등의 이유가 사회 구성원 전반의 관용(똘레랑스)을 메마르게 만들었다고 생각한다. 먹고 사는 문제인 인간의 제 1욕구를 챙기는데도 허덕이는 사람들이 많아지니 사회의 공동체성과 시민의 기본소양, 교양과 매너 등이 파괴되고 혐오가 만연하게 된다. 그런 다수 속에 있는 정상인은 더이상 다수파라 말하기 어렵다. 중국의 위진남북조 시대에도 현실에 구역질을 토하며 도피한 남조의 죽림칠현이 있었듯 지금도 오늘에도 여전히 그들이 도처에 존재하리라.

상대성이론의 알버트 아인슈타인과 불완전성 원리의 쿠르트 괴델이 사람들로부터 스스로를 유리한 채 자신들의 세계에 빠져든 것도 이해가 된다. 비록 그들이 히말라야에 서 있다면 나는 그저 작은 흙더미 위에 발 딛고 있을 뿐이지만.

그러나 아인슈타인은 자신이 만든 상대성이론에 갇혀 자신이 탄생시킨 양자역학을 죽는 날까지 받아들이지 않았다. 괴델도 편집증에 시달리며 결국 방에서 굶어 죽었디. 그들의 결말은 고립된 사념만이 해답은 아니라는 점을 시사해준다. 열탕과 냉탕 사이의 온탕지대를 찾아 누울 자리를 찾아야 할 텐데. 그런 지혜가 내게도 있을지 다시금 묻게 된다.

생명은 최초의 창조자에 의해 소수의 형태로, 또는 하나의 형태로 모든 능력과 함께 불어 넣어졌다고 보는 견해, 그리고 이 행성이 확고한 중력의 법칙에 의해 회전하는 동안 이렇게 단순한 발단에서 지극히 아름답고 지극히 경탄스러운 무한의 형태가 태어났고, 지금도 태어나고 있다는 이 견해에서는 장엄함을 느낄 수 있는 것이다."

찰스 다윈, 『종의 기원』 (사이언스북스, 2019)

지구의 생명이 공통의 조상에서 유래했다는 데 아직까지 반증을 제시한 사례가 없기에 이 이론은 정론이 되었다. 다윈은 유전학을 몰랐지만 그의 주장을 뒷받침하는 큰 증거는 두 가지가 있다. 하나는 A, T, C, G라는 네 종류의 염기서열의 배열로 모든 생명체의 유전자가 구성되어 있다는 점이다. 지구상의 어떤 생명체도 예외 없이. 염기서열을 통한 유전정보가 유전자를 통해 유전자의 운반기계인 생명체의 육체를 지배하고 작동시켜 자신인 유전자를 복제하고 후대에 계속해 남겨간다.

 또 한 가지 증거는 지구상의 모든 생명체는 탄소를 연소시켜 에너지를 얻는다는 사실이다. 식물과 동물 모두 신체 대부분이 탄소로 이루어져 있다. 동식물이 썩어 만들어진 석탄과 석유도 탄소니까. 생명체는 산소를 호흡하여 탄소와 반응시켜 거기서 나온 에너지를 얻는다. 이를 연소반응이라 한다. 사람은 실제로 매 순간 불타고 있다. 식물은 사람이 내뿜은 이산화탄소를 연소의 재료로 사용할 뿐이다.

 모든 생명체에서 두 가지 증거가 나타난다는 점이 우리는 지구상에 나타난 최초의 원시 생명체에서 유래한다는 주장을 뒷받침한다. 다윈이 남기고 간 『종의 기원』의 파급력은 출간된 이후 100년 정도에만 영향을 미친 것이 아니라 지금 이 시점에도 실시간으로 영향력을 행사하고 있다. 내게는 다윈의 이론을 진심으로 숙고했을 때(리처드 도킨스와 함께) 실제로 세상이 달라보이기 시작했다. 그토록 심각하게 인상을 쓰고 시대와 역사와 인간의 절체절명이 달린 일이라고 생각했던 것도 한낱 전자단위보다도 작은 인간군상의 미약한 활동일 뿐이라는 점이 그랬다. 다윈의 위대한 생각은 너무나 큰 전환이었다. 그의 사상이 뜨겁게 작동하는 한 그는 여전히 살아있다.

우리는 생존 기계이다. 즉 우리는 로봇 운반자들이다. 유전자로 알려진 이기적인 분자들을 보존하기 위해 맹목적으로 프로그램이 만들어졌다. (...) 그러나 마음씨 좋은 놈이 일등이 될 수 있다.

리처드 도킨스, 『이기적 유전자』 (을유문화사, 2018)

도킨스가 이 책을 쓴 이후로 46년이 흘렀다. 그는 '이기적Selfish'라는 표제의 단어 때문에 수십년간 혹독한 비판에 시달려야 했다. 그는 2006년 30주년 서문에 이 제목을 '이타적'으로 바꿨어야 했다고 회고한다. 그의 이론을 제대로 읽지도 이해하지도 못한 사람들은 표제에 붙은 이기적이라는 단어에 속된 말로 눈이 하얗게 뒤집혀 누구도 뭐라하지 않은 자신의 도덕성에 대한 열등감의 발로로 광기어린 비난을 도킨스에게 퍼부었다.

　이기적이란 단어에 붙은 부정적 어감에는 자신의 목적달성을 위해서라면 타인을 손해입히거나 제거해도 상관없다는 추가설명이 수록되어 있다. 이기심의 본래 의미는 오직 자신의 이익만을 위해 움직인다는 뜻이다. 자신의 이익이 된다면 타인을 해할 수도 있고 또 타인을 도울 수도 있다. 즉 도킨스에 의하면 진정한 의미의 이타심이란 존재하지 않는다. 칸트의 제1 정언명령에 위배되듯, 남을 돕는 그 자체가 목적이 아닌 이타심의 배후엔 자신의 이익이라는 숨은 목적이 있기 때문이다. 그런 면에서 도킨스는 종교적 선행에 대해서도 "하늘에 있는 거대한 감시카메라를 돌아보면서 혹은 당신의 머리에 든 아주 작은 도청장치에 대고 아첨하고 비위를 맞추는 것이지 (진정한 의미로서의) 선행이 아니다."라고 했다.

　사람들이 이 사실을 인정한다고 해서 자신이 이타적 인간이 될 수 없는 것도 아니고 이기적 인간으로 산다는 것이 무엇이 그렇게 거슬리는 지 나는 알 수 없다. 카톨릭 신앙을 고수하는 것과 지구가 태양 주위를 도는 사실을 아는 것은 가능한데 자신이 유전자의 운반기계이기에 유전자에 이기적인 행동을 하며 사는 것과 동시에 타인을 배려할 수 있다는 사실이 공존하는 것은 불가능한 걸까?

　도킨스가 끼친 탁월한 지적 유산은 단순히 생물학에만 그치지 않는다는 것을 그의 책을 읽으며 새삼 느끼게 된다.

이런 점을 생각하면 결국 과학의 발전은 직선적인 것이라고 말하기가 힘들어진다. 하나의 패러다임에서 다른 패러다임으로 넘어가는 것은 덜 좋은 것에서 더 좋은 것으로의 변화가 아니라, 다른 것으로의 변화이다. 과학의 발전은 세상에 대한 절대적 진리를 향해서 누적되어 나아가는 것이 아니라, 하나의 패러다임에서 다른 패러다임으로 단절적인 변화를 연속적으로 겪는다는 것이다. 이는 하나의 종에서 다른 종으로 진화하는 진화론과 유비적으로 생각할 수 있다. 마치 하나의 종에서 다른 종으로의 진화가 미리 설정된 목표를 향해 나아가는 진보가 아니듯이, 과학의 발전도 궁극적이고 유일한 진리를 향해 나아가는 활동이 아니라는 것이다.

토마스 쿤, 『과학혁명의 구조』 (까치, 2013)

'패러다임의 전환'이란 단어는 비단 과학계 뿐만 아니라 여타 다방면에서 사용하는 단어가 되었다. 기존에 통용되던 질서가 더 이상 작동되지 않는 무용한 상황에서 새로운 대안으로서의 질서가 들어서는 것을 지칭한다. 그러나 여기서 오해가 많이 생긴다. 새로운 패러다임이 들어서면 기존의 패러다임은 쓸모없는 것이 되는가? 사회현상에서 벌어지는 '패러다임 쉬프트'에서는 이런 경우가 종종 있다. 과학혁명이라는 단어에 혁명이라는 단어가 들어가서 그렇다고 추정한다. 사회현상에서의 혁명, 러시아 혁명같은 경우 기존의 질서를 완전히 파괴하고 완전히 새로운 사회질서를 건설하기 때문에 그렇다.

그러나 과학혁명에서의 패러다임은 기존의 질서를 파괴하는 것이 아니다. 기존의 패러다임이 자신의 질서로는 더 이상 설명할 수 없는 현상을 설명하는 더욱 크고 포용적인 이론의 등장을 패러다임의 전환이라 부른다. 아리스토텔레스의 만든 고대의 역학은 천체에 따라 다르게 운동한다고 했다. 그러나 그 이론은 아이작 뉴턴의 고전역학인 가속도와 중력법칙에 의해 덮어 씌워졌다. 뉴턴 역시 아인슈타인의 특수상대성이론과 광속불변의 법칙을 통해 그 안에 수용되었다. 아인슈타인 역시 우주라는 시공간의 영역, 거시세계에 대해서는 탁월한 설명을 할 수 있었지만 반대로 매우 작은 원자의 영역인 미시세계에 대해서는 그 힘을 발휘 할 수 없었다. 그래서 아인슈타인 역시 양자역학에 의해 패러다임의 전환을 맞이할 수 밖에 없었다.

인간의 사회도 과학혁명의 구조를 잘 알고 있을 필요가 있다. 우리가 바라는 설정된 목표와 미래가 아니라 우리에게 다가오는 예측불가능한 사회현상을 그때그때 설명하고 적응해 나가는 열린사회의 탐구 자세가 필요하다. 이성의 빛은 누적되지 않는다는 것을 새삼 러시아-우크라이나 전쟁을 통해 다시 배웠달까.

이것이 나로 하여금 외관이라는 것은 언제나 믿지 못할
것이라는 생각을 또다시 하게 만들었다. 그들의 헐벗은
모습에도 불구하고, 신체형은 멕시코 최고의 주민을, 또
언어의 구조는 치브차 왕국을 닮은 이들 남비콰라족이
진정한 의미의 미개인일 가능성은 희미한 것이다.

클로드 레비스트로스, 『슬픈 열대』 (한길사,1998)

맑스는 의식이 자신을 속인다고 했다. 맑스 이후 이 명제에 영향을 받은 사상가가 쏟아졌다. 지그문트 프로이트는 의식 아래 무의식이 바로 우리의 의식적 행동의 근거라고 주장했고 레비스트로스도 사회의 질서, 외관의 구조 아래 숨겨져 있는 매커니즘이 작동하고 있다고 주장했다.

우리는 기본적으로 오감에 의지해 살아간다. 보여지는 것을 믿는다. 그러나 물컵에 꽂힌 빨대가 빛의 굴절에 의해 휘어져 보일 뿐 실제로 휘어지지 않았다는 것을 안다. 인간이 듣지 못하는 초음파는 우리 귓속으로 들어오고 있지만 우리의 청각세포가 초음파의 대역을 인지하지 못할 뿐이다. 고대에도 우리는 태양이 지구를 돈다고 착각했다. 인간의 역사상 감각에 의존한 결론은 대부분 오답으로 판명되었다. 감각은 그 본질상 불완전하다. 우리에게 진실을 알려주지 않는다.

그럼에도 우리는 여전히 감각에 의존해 살아갈 수 밖에 없다. 원시상태로부터 진화해왔지만 우리가 이를 알아챈 시간은 진화의 시간에 비추어 너무나 짧기 때문이다. 스스로 주체적인 판단을 하면서 산다고 하지만 그 판단은 정말 '주.체'적일까? 어린 아기가 걸어갈 길을 부모가 알게모르게 유도하고 또 아기가 가고싶은 길이 있었지만 인위적으로 막아두었으나 아기가 그 사실을 모른다면 아기는 주체적인 자신의 판단으로 걸어갔지만 실상은 조작이었다고 볼 수 있다.

구조주의적 사고는 내가 하는 모든 판단이 주체적이거나 옳고, 정당하다는 생각을 버리게끔 도움을 준다. 모든 가능성이 타당할 수 있다는 아이디어, 다른 종류의 질서도 내게 익숙하지 않을 뿐 세상에 가능할 수 있다는 생각은 이제껏 내가 혐오했던 모든 분야에 대화의 물꼬를 틀 수 있는 바늘이 되어줄 수 있다. 부디 나는 그런 진전을 이룰 수 있기를 바라는 바다.

예로부터 내려오는 원칙, 즉 '악을 위해서는 허락되지 않는 수단이라도 선을 위해서는 허락될 수 있다'는 원칙이 여기서도 적용될 수 있는 것일까? 즉 선을 위해서는 원자폭탄을 만들어야 하고, 악을 위해서는 그것을 만들어서는 안 되는 것일까? 세계사에서 유감스럽게도 되풀이되며 관철되고 있는 이 견해가 여전히 옳은 것이라면 도대체 누가 선과 악을 결정하는 것일까? 확실히 히틀러와 민족적 사회주의자들이 행하는 일을 악이라고 규정하기는 쉬울 것이다. 그렇다면 미국이 하는 일은 모두 선이란 말인가?

베르너 하이젠베르크, 『부분과 전체』(서커스, 2020)

한국의 2030세대는 강대국으로서의 미국을 선망하고 5060세대는 6.25 전쟁 때 한국을 구해준 구원국으로서의 미국을 선망하고 있다. 한국에서는 미국의 대통령 선거를 공중파 방송에서 중계하기도 한다. 이런 광경을 이상하게 여기지 않는 것이 한국 사회다. 미국과 한국은 과거의 명과 조선과 겹쳐 보인다.

그렇게 선망해 마지않는 미국은 어떤 이미지를 구축해놓았나. 자유와 민주주의, 자본주의와 인권이 떠오르는가? 누구도 이런 추상적 가치에 대한 근거를 말하지 못한다. 그저 '그런 것 같다'일 뿐이다. 그렇다면 1989년 12월, 미국의 파나마 침공은 어떤가? 2003년, 제2차 걸프 전쟁은 또 어떠한가. 리비아의 카다피 정권을 무너뜨리거나 이란의 핵 프로그램 내정간섭 등도 마찬가지다. 미국은 겉으로는 자유와 인권과 정의라는 깃발을 들고 있지만 미국의 정치인은 실제로 누구도 이런 가치를 실현하려고 정치하지 않는다. 그들의 정치의 목적은 정의가 아니기 때문이다. 정치인 또한 미국의 다국적기업들의 후원금으로 조종당하고 있기 때문에 종국적으로는 돈이 미국을 다스리는 동시에 전 세계의 피바람을 몰고 오는 원흉이라고 할 수 있다.

제2차 세계대전 당시의 히틀러는 분명 악이라고 부를 수 있겠다. 그렇다고 해서 그에 맞서는 연합국이 반드시 선의 세력이라고 부를 수는 없다. 히틀러의 자리가 탐났을 수도 있고 최소한 자신의 자리를 위협하는 세력은 히틀러가 아니었어도 절멸의 대상이기 때문이다. 미국의 양심이라 불리는 노암 촘스키는 "2001년 9.11 테러의 원인 제공한 것은 오히려 미국 정부입니다. 미국이야말로 세계 최대의 적입니다."라고 말했다.

선이란 사실 존재하지 않을지도. 누구나 자신만의 선이 있다. 힘을 가지지 않은 선만이 가장 선다울 수도 있다.

양식은 이 세상에서 가장 공평하게 분배되어 있는 것이다. (...) 참된 것을 거짓된 것으로부터 가려내는 능력, 바로 양식 혹은 이성이라 일컬어지는 것이 모든 사람에게 있어서 나면서부터 평등함을 보여주는 것이다.

르네 데카르트, 『방법서설』 (문예출판사, 2022)

뉴스는 그 특성상 좋은 소식보다 암울한 소식을 많이 전한다. 상식적이고 올바르며 이에 더해 마음이 따뜻해지는 소식을 뉴스에서 볼 일은 거의 없다. 수많은 경범죄 보도를 보고 있으면 확실히 이성의 시대라고 부르기 민망하다. 이성과 반대되는 단어는 쾌락과 본능이겠다. 유튜버들은 조회 수를 통한 광고수익 즉, 돈에 눈이 멀어서 혹은 쾌락을 위해서 수치심 없는 영상들을 경거망동하게 올리곤 한다. 그 추태가 온 세상에 가득 널려있다.

데카르트는 철학의 임무가 이성을 그저 소유하는 것이 아니라 올바르게 활용해 확실한 절대 진리를 발견하고 이것을 토대로 잘 행동함으로써 후회 없는 삶, 만족하는 삶을 영위하는 데 있다고 봤다. 스스로의 삶을 잘 살아볼 마음이 없는 사람들에게 데카르트의 말은 너무 요원한 바람일까? 이성은 세상에서 가장 공평하게 분배되어 있는 것임을 증명한 데카르트의 외침이 마치 산 위의 메아리처럼 돌아오기만 한다. 인류애가 가끔 사라지곤 하는 때가 이런 경우다.

왜 사람은 자신에게 주어져 있는 것에 대해 충분한 감사를 표하고 그 가치에 응당 해당하는 삶으로 보답하지 못할까. 빈민의 가정에서 태어나고 몸이 불편하게 태어났다고 해서 인간다움을 버릴 핑계가 되지는 못한다. 돈이 세상의 제1 권력이고 또 돈이 자신을 부른다는 핑계가 모두에게 통용되지는 못한다. 스스로를 무너뜨리는 것은 자기 자신이라고 했다. 자신의 적이 자신임을 알게 해주는 것도 이성의 빛이다. 『방법서설』은 타인을 통해서 사는 삶이 아니라 'Cogito ergo sum'(나는 생각한다, 그러므로 존재한다)는 명제에서 보여주듯 스스로에 의해 생각하는 주체로 살아갈 수 있다는 이성의 선언문이다. 사람답게 살기를 포기하지 말고 모두가 교양있는 이성의 시민으로 채워지는 사회를 보고 싶다.

자본가는 오직 인격화된 자본에 지나지 않는다. 그의 혼이 자본의 혼이다. 그런데 자본에게는 단 하나의 충동이 있을 따름이다. 즉 자신의 가치를 증식시키며, 잉여가치를 창조하고, 자기의 불변자본 부분인 생산수단으로 하여금 가능한 한 많은 양의 잉여노동을 흡수하게 하려는 충동이 그것이다. 자본은 죽은 노동인데, 이 죽은 노동은 흡혈귀처럼 오직 살아있는 노동을 흡수함으로써 활기를 띠며, 그리고 그것을 많이 흡수하면 할수록 점점 더 활기를 띠게 된다.

칼 맑스, 『자본론1』(비봉출판사,2015)

내가 많은 양의 책을 읽을 수 있는 이유, 그 전에 많은 양의 책을 살 수 있고, 읽을 수 있는 시간이 있고, 일정수준 이상의 고난도 책을 도전할 기회가 있는 이유는 모두 나의 계급적 스탠스 덕분이다. 나는 계급은 쁘띠 부르주아다. 쁘띠(Petit [pəti])는 '작은'이란 뜻이다. 소小유산계급이 나의 정체성이다. 이 계급적 이해는 나와 세상에 대한 이해의 유물론적이고 본원적인 기초가 된다.

노동자는 생산수단이 없다는 죄 때문에 사용자의 지배 속에서 자신의 영혼을 일부 저당 잡힌 채 착취당한다. 그에게 자신의 주체적 삶이란 불가능하다. 자본의 화신인 자본가가 없이는 실상 아무것도 할 수 없기 때문이다. 자본주의의 실체는 "자본가의 자본축적은 착취당하는 인간의 수를 확대하는 것이다"라고 말한 맑스의 말처럼 타인의 노동력을 착즙하는 절대량에 기인한다. 노동자가 그의 쾌락과 쉼, 나아가 그의 인생을 포기하는 만큼 자본가의 부와 쾌락은 비례하여 증대한다.

뉴스에 나오는 기업의 총수들, 대표들이 당당한 이유도 이것이다. 이게 우리 사회의 게임의 룰이기 때문에. 그래서 그들은 노동자가 고통스럽다고 하는 것은 자기들 기업의 책임이 아니라 자본주의의 책임이라고 말한다. 그런데 자본주의를 너희가 없앨 수 있니? 라고 조롱 섞인 되물음을 짐짓 처연한 표정으로 되묻고 있는 것이다.

나는 엄연한 부르주아임에도 불구하고 나 자신의 오롯한 노동을 나의 생산수단에 투신함으로써 스스로 생산수단 그 자체가 된 경우다. 만화 『이누야샤』에 나오는 반은 요괴이고 반은 인간인 '이누야샤'처럼 반은 자본가이고 반은 노동자인 반半자본가이다. 그러니 내게 쏠 비판의 화살도 반으로 줄여주길 바란다. 지킬 앤 하이드인지 라이칸슬로프(늑대인간)인지는 그들도 자기 자신이 누구인지 모르듯 나도 모른다.

인간의 지성을 고질적으로 사로잡고 있는 우상과 그릇된 관념들은 인간의 정신을 혼미하게 할 뿐만 아니라 우리가 얻을 수 있는 진리조차도 얻을 수 없게 만든다.

프랜시스 베이컨, 『신기관』 (한길사, 2016)

'인류 원리'라는 단어가 있다. 우주의 초기조건 혹은 우주의 역사가 오직 인류가 존재하기에 알맞은 형태로 만들어졌다고 생각하는 방식이다. 마치 인간을 만들기 위해 우주의 조건이 우연히 또 공교히 조합되었다고 보는 시각이다. 왜냐하면 인간이라는 지적생명체가 만들어지기까지의 선결 조건들이 너무나 복잡하고 또 다양하기 때문에 이런 극소의 경우의 수가 맞을 확률은 상상을 초월할 정도로 낮다. 그럼에도 인류가 출현하고 오늘까지 왔기에 '인류 원리'라는 단어를 만들어 냈다고 볼 수 있다.

그러나 이는 매우 부적절한 인간 중심적인 오류다. 베이컨이 말하는 '종족의 우상'이 이에 해당할 것이다. '인류 원리'같이 증거나 경험이 없이 만들어진 추상적인 연역적 추론은 아리스토텔레스의 『기관 Organum』의 사고다. 베이컨은 삼단논법처럼 실제로 그런지 아닌지 실험과 관찰을 통한 증명을 통하지 않은, 논리적으로만 맞으면 되는 말은 그저 명제의 관계만을 보여준다고 했다. 그에게 '인류 원리'란 하나의 우상에 불과하다.

현재의 과학은 베이컨 이래로 그의 생각처럼 실험과 관찰에 기반한 귀납법을 통해 건설되었다. 반례가 나오지 않는 이상 정론으로서 그 지위를 유지한다. 그렇기에 우리의 과학도 영원한 것이 아니며 언제나 자신이 틀릴 수 있다는 사실을 품고 있다. 나는 과학적 이론 자체도 이런 겸손함을 품고 있다는 사실에 매우 놀랐다. 뉴턴의 고전역학과 아인슈타인의 상대성이론, 닐스 보어의 양자역학 모두 위대하기 그지없는 이론이건만 모두 자기 붕괴의 가능성을 당당히 품고 새로운 이론이 등장하기 전까지만 그 자리를 지키고 있겠다는 것 아닌가? 과학의 자세는 과학자 뿐만 아니라 만인이 가져야할 인류의 진보에 필요조건이라 해도 과함이 없다. 그래서 과학은 읽기에 불편함이 없다. 과학이라면 누구나 겸손하기 때문에.

"우리는 모두 모든 사람들 앞에서 모든 일에 있어 죄인이라는 것. 어머니, 진정으로 모든 사람은 다른 사람들 앞에서 모든 사람들, 모든 것에 대해 죄인이라는 걸 꼭 알아두세요."

표도르 도스토예프스키, 『카라마조프가의 형제들』
(민음사,2007)

2022년 8월 10일부터 내린 폭우로 서울 전역 특히 강남구 일대가 물바다가 되는 사건이 일어났다. 산악지대가 많아 고지대이면서 물을 흡수하는 토양이 많은 강북지역과 달리 예부터 모래뻘로 뒤덮여있던 강남지역의 호우 피해는 막심했다. 도심 중의 도심이라 불리는 강남은 전지대가 아스팔트로 포장이 되어있을 뿐만 아니라 지역고도도 10m나 낮아 모든 물이 웅덩이처럼 모인 셈이었다. 그 난리 중에서 반지하에 사는 일가족이 수몰당하는 일이 드러나 안타까움을 샀다.

　코로나19를 겪으면서 재차 느낀 바는 재난은 가난한 자들에게 가장 먼저 찾아간다는 사실이다. 자연재해도 이제는 빈부의 격차를 따져 가장 가난한 사람들에게 가난의 댓가를 치르게 한다. 중산층은 폭우가 쏟아지고 한여름의 더위가 도심을 뒤덮어도 저 높은 아파트에서 시원한 에어컨 바람 속에 살결이 고슬고슬한 상태로 정다운 티비시청의 시간을 가진다. 중산층에게 죄는 없다. 그저 가난한 사람들에게 죄가 있을 뿐이다.

　현대사회는 책임을 1/n로 미분하고 또 그 일말의 책임조차도 금고에 봉안해 찾을 수 없는 곳에 숨겨놓는 장치가 있다. 우리가 에너지를 낭비해도 합당한 이용료와 세금을 내지 않느냐라는 변명 아래 과도한 소비를 한다(실제로 대한민국은 세계 5위의 에너지 소비국이다). 우리의 낭비는 지구의 기후를 위기에 빠트렸고 기후변화는 공정하고 평등한 자연의 이름으로 그 댓가를 돌려준다. 그러나 사회는 그 댓가를 에너지를 낭비해 본 경험도 없는 자들에게 지게 한다. 그 저열한 책임을 스스로 잊고자 부단히 노력하는 사회는 '카라마조프가의 사회'다. 저열했던 드미트리 카라마조프를 구원하는 그루셴카의 희생이 그에게 인간성을 되찾아주었다. 이 지구엔 얼마나 많은 그루셴카가 필요할 것인가.

읽으려던 책을 결코 다 읽고 죽지는 못할 것이다. 지금 당장 읽어야 한다. 매일 읽어야 한다. 고요 속에서 읽고 또 읽는다. 이걸 다 읽고 죽어야 한다.

김겨울, 『책의 말들』 (유유, 2021)

유튜브의 가장 유명한 '북튜버' 김겨울을 알게 된 이후로 나의 독서 생활은 조금 더 활기차졌다. 물론 그녀를 만나기 이전에도 물론 나의 독서 생활에 문제는 없었다. 사람들이 독서를 하지 않고 또 독서를 시작하기로 결심하여도 그 실천이 오래가지 못하는 이유는 독서는 오랜 시간을 들여 완성되는 도기와도 같기 때문이다. 처음 흙덩어리를 얼마나 잘라서 물레에 얹어놔야 하는지도 모르는 사람에게 책 한 권을 펼쳐 5분을 읽는 행위도 벅찰 수밖에 없다. 독서는 그렇게 여러 해 동안 도기를 망치기도 하고 반대로 성과를 이루기도 하고 자신에게 실망도 하다가 '내가 정말 이렇게 만들었나' 하는 자신감도 얻는 과정이다. 그러나 오랜 시간은 도기를 빚는 사람의 앉은 자세와 손모양을 고정시켜 늘 그 자리에 두게 만들기도 한다.

타인의 생활을 염탐한다는 점에서 유튜브가 주는 신선한 기능이 좋다. 타인을 관음한다는 표현이 아니다. 같은 독서라도 수많은 각도로 접근하고 이해할 수 있다는 점이 흥미롭다. 그녀는 책을 사랑한다. 책을 읽는 것은 물론 불특정 다수(그러나 대부분 책을 좋아하는 청자 다수)에게 책을 소개한다. 라디오 방송에서 책을 논하고 서평을 쓰기도 하고 직접 글쓰기를 하고 출판도 한다. 자신이 좋아하는 영역이 직업이 되면 그것을 증오하게 된다고 하던데, 꼭 그런 사람만 있으란 법은 없나보다.

활기차진 나의 독서란 더 많은 분야로 고개를 든 것과 더 많은 장르로 손을 뻗은 것과 같다. 자연과학 분야라는 알고는 있었지만 굳이 걷지 않은 길을 일부러 걸어보니 그보다 신선한 숲 길도 없었다. 이전에 손대지 않았던 문학장르는 처음 강아지를 만져보는 소년처럼 조심스러운 내게 다정하게 꼬리를 흔들어주었다. 그녀의 즐거운 독서 생활, 타인의 독서가 또 다른 독서쟁이를 성장시키고 탄생시킨 셈이다.

우리는 왜 과학을 알아야 할까? 과학은 다른 어떤 지식보다 현재의 우리에게 가장 큰 영향을 주고, 모든 지식의 기초이기 때문이다. 특히 앞으로 과학을 전공하거나 관련된 일을 할 사람에게는 기초를 다지는 게 중요하다. 누구나 생소한 문제와 맞닥뜨리게 되는데 과학은 이것을 해결할 능력을 제공한다. 과학은 현대 시민 사회의 일원이라면 반드시 갖춰야 할 지식이다. 또 우리가 인간으로서 자기 본성을 되찾기 위해서도 과학은 꼭 필요하다.

이정모, 『과학책은 처음입니다만』(사월의책, 2019)

2003년 6월, 세 번째로 화성에 화성탐사선이 착륙했다. '스피릿 로버'라는 이름을 가진 이동식 탐사선이다. 탐사선은 90일의 동안의 임무 기간을 가지고 힘차게 화성 탐사를 시작했다. 5개월 뒤 2004년 1월, 탐사선의 메모리 에러가 발생 되어 통신이 두절 되었다. NASA는 이후 화성과 지구의 자전 일시에 맞춰 화성이 보이게 되는 순간마다 재부팅을 시도해 66번 만에 탐사선이 재가동 되었다. 2006년 4월에는 전륜 바퀴가 고장이 났다. 과학자들은 "그럼 뒷바퀴로 다니자!"로 결정, 스피릿은 재가동 되었다. 스피릿은 90일의 임무 기간을 부여받고 화성에 갔지만 2210일 동안 임무를 수행하고 기능을 멈췄다.

  스피릿 이후의 탐사선은 스피릿이 전해준 실패라고 쓰고 진보라고 읽는 값진 교훈을 간직하고 더욱 발전된 탐사선이 되었다. 과학이란 이래서 멋지다. 실패란 것은 너무나 당연한 일이다. 실패는 그저 안될 수도 있는 게 안된 것뿐만 아니라 안 되는 게 너무나 당연한 게 안된 것이다. 다트를 던질 때 너무 멀리서 던지면 아예 불가능하다. 너무 가까서 던지면 그것은 도전도 아니고 다트도 아니다. 적절한 거리에서 던지면서 실패하게 되고 실패를 참고하여 더 높이 혹은 더 낮게 던져 목표점에 차츰 도달해가는 과정이다. 이런 과학적 방법론을 통해 인류는 우주에서 발견된 생명체 중 가장 많은 우주의 비밀을 아는 존재가 되었다.

여담. 탐사선 스피릿은 화성에서 무슨 생각을 했을까. 90일의 임무 기간 중 89일이 되는 날, '드디어 집에 간다'고 들뜨지 않았을까. 그런데 91일, 100일이 지나도 자신을 데려가지 않는다. '내가 임무 수행이 조금 부족했나보다. 열심히 해서 목표를 달성하면 데려가 주겠지!' 1944일째. '저 잘했나요? 집에 가도 되나요? 여보세요?' 2010년 3월, 스피릿과의 마지막 교신이 끊겼다. 스피릿은 90일의 임무 기간을 넘어 총 2210일 동안 활동했다. 그를 기억한다.

건축은 주관적인 인식에 따라서 다르게 경험되는 것이다. 이로 미루어 보아 건축 공간이라는 것은 사람이 머릿속에서 만들어 내는 산물이라 할 수 있다. 객관적이고 물리적인 것으로만 보기는 어려운 것이다. 이렇듯 주관적인 관점에서 공간의 해석이 달라진다는 관점은 공간을 완전히 다른 객체의 사실이 아니라 주관적인 해석의 결과물이라고 보는 것이다

유현준, 『도시는 무엇으로 사는가』 (을유문화사, 2015)

책을 집으며 제목에서 묘한 기시감을 받는다면 이 책은 처음부터 작가의 의중을 은연중에 적극적으로 드러내고 있는 경우가 많다. 톨스토이의 『사람은 무엇으로 사는가』가 떠올랐기 때문이다. 스포일러를 하기는 싫기에 톨스토이의 기독교적 사랑관에 바탕한 작품이라는 사실만을 남긴다. 사람이 무엇으로 사는지는 톨스토이에게 물어보길 제안하며.

그렇다면 도시가 사실은 무엇으로 살아야 하는지에 대한 답을 알겠는데, 지금은 그럼 그렇게 살고 있지 않다는 뜻이겠다. 문제가 없으면 논할 말도 없을 테니. 우리가 살고 있는 세계의 구조물은 허투루 지어진 것이 없다. 날림 공사로 지어진 건물이 없다는 뜻이 아니다. 아파트와 주상복합상가, 학교건물과 관공서, 호텔과 시장거리는 모두 철저한 의도에 의해 만들어진 구조물이란 뜻이다. 의식하지 못한다면 이 역시 당연하다. 의식하지 못하도록 또한 설계되었기 때문이다.

확실한 것은 모두 대도시의 인프라에 일상이 저당잡혀 있다는 점이다. 의료, 복지, 교육과 같은 필수요소에서부터 마트나 영화관, 박물관이나 미술관 같은 문화시설까지 모두 대도시에 묶여 있기 때문이다. 누구도 코엑스 지하의 쇼핑몰에서 편안함을 느끼지 않는다. 도시에서는 늘 경계한다. 시시각각 폐업과 창업을 통해 생몰되는 도시의 구조를 경계하고 매일매일 바뀌는 사람들을 경계하며 한 손으로 가려지는 하늘 밑 도시의 새장 속에서 산다. 물 속에서 스노쿨링 호스를 밖으로 빼놓은 채 숨만 쉬고 있는 꼴이 딱 도시인의 풍경 아닐까. 회사와 도시에 저당 잡힌 인생의 탈출구는 무엇일까. 일 년에 한번 한 달 제주살이, 5일은 서울-주말은 귀촌 생활 이런 것들이 대안이 되어줄 수 있을까? 나와 내 가족의 노년은 어떤 생활을 맞이하고 싶은지 곰곰이 생각에 잠겨본다.

역사를 보면 정치든 사상이든 관용성을 보이며 상대를
포용하면 융성했고 서로 반목하고 어김없이 쇠퇴를 불
러왔다. 종교도 마찬가지였다. 역사에서 유대교, 기독
교, 이슬람교가 서로를 인정하고 평화롭게 시기는 융성
의 시기였다.

홍익희, 『세 종교 이야기』 (행성비, 2014)

몰랐던 사실을 새로 알게 되는 일은 유쾌하고 신선한 경험이다. 그러나 알고 있었다고 생각했는데 실상은 모르고 있었던 사실과 혹은 그런 것도 몰랐는데 그동안 아는 척 살아왔었나 하는 사실을 알게되는 경험은 꽤나 당혹스럽다. 요즘 유행하는 밈meme '바쁘다 바빠 현대사회'가 말해주는 만큼 오늘 내가 먹은 점심도 기억하기 힘든 시대에 너무 많은 요구는 금물이다. 그러나 그런 당혹감을 느낀 순간도 당혹감을 해소할 수 있는 유일한 기회가 찾아온 것이니 반갑게 맞이해주는 건 어떨까?

특히나 그리스도교인 비율이 높은 한국은 이런 질문이 매우 흥미롭다. 교회에 다니는 사람에게 "기독교에는 어떤 종교들이 있나요?" 라고 물으면 열에 아홉은 당황해한다(이런 질문을 하는 사람도 사실 피해야 한다). 기독교(그리스도교)에는 천주교, 천주교회라 불리는 카톨릭과 개신교라 불리는 개혁교회(프로테스탄트), 그리고 그리스와 러시아, 아르메니아에 있는 정교회(동방정교회)가 속해 있다. 우리가 가끔 듣는 성공회나 구세군 등도 개혁교회에 속해 있는 세부 교단이다.

내가 교회에 다닐 때는 자신의 종교에 대해서 제대로 알지 못하는데 '어떤 신을 믿는다, 어떤 교리를 믿는다'고 고백하는 사람들을 이해하기 쉽지 않았다. 자각하지 못했다는 변명이 통하는 것은 글쎄, 청소년기까지 아닐까? 성인이 된 이후에도(혹은 나이 많은 성인이 된 이후에) 그런 말을 하는 사람에겐 많은 걸 기대하지 않았다.

때로 사람들은 자신이 무엇을 하고 있는지 알지 못한 채 살아가는 경우가 많다. 기분 좋게는 타이르거나 조언을, 기분 나쁘게는 지적을 통해서 교정을 받겠지만 그런 과정은 사실 아무 효력이 없다. 자기 자신을 고치고 지도해나가는 유일한 주체는 자기 자신이기 때문이다. 그렇기에 자신 스스로가 준비되어 있지 않다면 그 인생은 도처에 흩날리는 벚꽃처럼 휘날리다 떨어지는 인생이 되지 않을까.

나는 죽어서 썩으면 내 자아 중에 살아남는 것은 없으리라고 믿는다. 나는 젊지 않으며 삶을 사랑한다. 하지만 나는 사멸한다는 생각에 겁에 질려 벌벌 떠는 짓을 경멸한다. 행복은 언젠가 끝난다고 할지라도 그래도 진짜 행복이며, 사유와 사랑도 한없이 지속되지 않는다고 해서 가치가 없어지는 것은 아니다. 많은 사람들은 단두대에 설 때 스스로를 자랑스럽게 여긴다. 우리는 바로 그 자긍심을 바탕으로 세계에서 인간이 어떤 위치에 있는지를 올바로 고찰해야 한다. 설령 활짝 열린 과학의 창문들이, 처음에는 대대로 내려온 인간화한 신화들이라는 안락한 실내 온기에 적응되어 있던 우리를 덜덜 떨게 할지라도, 결국에는 신선한 공기가 우리에게 활력을 불어넣고 드넓은 세상이 우리 앞에 장엄함을 드러낼 것이다.

리처드 도킨스, 『만들어진 신』(김영사, 2007)

1988년 렌스키 교수팀은 대장균 한 마리를 배양하여 유전적으로 동일한 거대한 집단을 만들었다. 12개의 플라스크에 담긴 배양액에서 매일 100만분의 1의 양에 해당하는 소량을 추출해 대장균의 먹이가 되는 글루코스(포도당)이 가득한 새 플라스크에 옮겼다. 이런 실험을 20년 간 반복했다. 대장균에게 20년은 인간의 100만년에 해당하는 시간이다. 20년이 지나고 난 현재의 대장균과 20년 전의 조상 대장균은 차이가 있었을까? 12개의 플라스크에 든 현재의 대장균은 놀랍게도 모두 크기도 더 컸고 성장속도도 훨씬 빨랐다. 종이 진보, 진화한 것이다.

그러나 더 놀라운 점은 어떤 한 플라스크의 대장균이 33,000세대부터 갑자기 급진적인 진화를 시작한 것이다. 돌연변이가 생긴 것이다. 돌연변이는 다른 11개의 플라스크에도 존재했지만 12번째의 플라스크의 돌연변이는 자신을 돕는 또 다른 돌연변이의 조력 덕분에 다른 플라스크의 대장균보다 폭발적인 성장을 할 수 있었다.

인간으로 돌아와 보자. 우리는 이런 돌연변이의 발생의 원인에 대해서는 그 원인을 알지 못하지만 돌연변이가 해당 자연환경에 잘 적응해 살아남기만 한다면 그 종은 자연선택을 받는다는 사실을 안다. 그렇게 33,000세대에서 폭발적으로 증가한 현상을 우리는 너무나 쉽게 창조설로 해치워 버린다. 창조과학만큼 과학의 이름을 더럽히는 경우도 없다. 칼 세이건의 말처럼 차라리 '모르겠다'라는 말 한마디를 하는 것이 창조과학이라는 궤변으로 우주의 원리를 끼워맞추려는 노력보다 훨씬 간편하고 받아들이기도 수월할텐데. 종교의 착한 기능은 분명 존재한다. 그러나 종교가 사람을 교조적으로 만드는 해악은 인류 역사상 이루 말할 수 없이 가득 차 있다. 오히려 종교의 핏물이 역사의 잉크라고 해야한다. 도킨스의 과대해석이 있음은 인정하지만 그의 책은 틀린 말이 별로 없다는 사실도 인정해야한다.

과연 『시선집중』은 이명박 정권이 출범한 이후 주요 대목마다 경영진이 개입하는 상황이 벌어졌고, 정권 후반기로 갈수록 그 정도는 더 심해졌다. 그 과정에서 나는 『100분 토론』을 떠나야 했다. 그리고 이명박 정부도 끝나고 박근혜 정부로 넘어간 후 결국 『시선집중』과 MBC에서의 30년을 정리하게 되었다. 버티기엔 이미 내상이 깊었다. 치유의 가능성도 보이지 않았다. 그러나 나는 에리카 김을 인터뷰한 그 날 아침을 후회하지 않는다.

손석희, 『장면들』 (창비, 2021)

"뇌물을 준 사람, 뇌물을 받은 사람 그 누구도 기소되거나 처벌받지 않았습니다. 대신 이를 보도한 기자 두 사람과 국회 법사위 회의에서 떡값검사 실명을 거론하며 검찰수사를 촉구한 국회의원 한 사람이 기소되었습니다."

고 노회찬 진보정의당 공동대표의 말이다. 2013년 4월, 서울중앙지검은 중앙일보 홍석현과 삼성 이학수에게 혐의없음을 발표하고, 검사들과 이건희에 대해서는 조사를 하지 않았다. 대법원은 고 노회찬 의원에게 유죄를 확정해 의원직을 상실케 했다. 그 이후 『삼성을 생각한다』의 저자 당시 삼성 법무팀장 김용철 변호사도 '범죄를 수행한 나도 공범'이라고 폭로에 동참했다. 노회찬 의원이 국회를 떠나던 날 기자회견을 하던 모습을 잊을 수 없다.

"안기부 X파일 사건으로 대법원 판결을 앞두고 있다는 사실을 잘 알고서도 뜨거운 지지로 당선시켜주신 노원구 상계동 유권자들에게 죄송하고 또 죄송할 뿐입니다. 그러나 8년 전 그날, 그 순간이 다시 온다 하더라도 저는 똑같이 행동할 것입니다. 국민들이 저를 국회의원으로 선출한 것은 바로 그런 거대 권력의 비리에 맞서 이 땅의 정의를 바로 세우라는 뜻이었기 때문입니다. 오늘의 대법원 판결은 최종심이 아닙니다. 국민의 심판, 역사의 판결이 아직 남아 있습니다. (...)"

국회 정론관을 들어설 때 얼굴에 미소를 지으며 기탄없이 걸어가는 고 노회찬 의원의 모습을 보며 올바르고 곧은 신념은 사람을 당당하게 만들 수 있음을 깨달았다. 신념에는 대가가 뒤따른다. 평온하고 여유로운 날의 신념은 누구나 지킬 수 있다. 문제는 어려운 때 신념을 지키는 일이다. 찾아온 대가에 대해 웃음으로 맞이할 수 있을 정도로 신념을 사랑하고 또 확신을 가지려면 얼마나 많은 고뇌의 사투를 벌여야 하는가. 고 노회찬 의원의 빈소는 손석희 사장이 유일하게 참석한 정치인의 장례식이었다.

이렇게 생각과 생각의 실현이 바로 우리의 삶이라면, 철학은 이미 인생 안에 깊이 들어와 있는 것이다. 철학은 별세계의 사유가 아니다. 다만 운동을 쉬는 근육이 쉽게 잠들 듯 생각 역시 잠에 빠지는데, 철학은 이 생각의 잠을 깨우려고 한다. 생각이 잠들 때 관습, 소문, 편견이 머릿속을 지배한다. 우리는 혹시 이런 머릿속의 악마들과 더불어 한평생 어둠 속에서 보내는 것은 아닐까? 무엇이든 해보라고 주어진 단 한 번뿐인 삶인데!

서동욱, 『철학 연습』(반비, 2011)

철학을 연습해서 뭐에 쓸까. 굳이 용도를 찾는다면 타인의 무식을 비웃거나 측은하게 여기는 정도이려나. 한 알의 철학적 지혜를 깨닫기 위해서 투입되는 정신력과 치열한 생각의 사투를 고려한다면 너무나 하찮은 용도임에 틀림없다. 그렇다면 철학은 삶을 스스로 구원하고 한층 더 고상한 존재가 되게끔 돕는 기능을 할까. 찬성깃발을 들었던 손을 힘주어 올리다가 이내 슬금슬금 내린다. 그런 확신은 철학자들에게도 없으리라.

자신이 이길 수 없는 존재를 이기기 위해 덤비는 것만큼 미련한 일이 없다. 오해는 말자. 거대 권력과 불의에 항거한 민주투사나 의롭게 살다간 불 같은 영혼들을 모독하는 것이 아니다. 가령 내가 50KG의 체중을 가진 왜소한 체격을 가졌는데 150KG이 넘는 씨름선수가 여자친구를 위협하는 상황이 있다고 생각해보자. 자신의 약함을 알면서도 여자친구에게 약해보이기 싫어 씨름선수를 이기고자 덤비는 만용을 저지르는 것은 미련한 일이다. 씨름선수와 맞서야 한다면 그를 이기려는 만용이 아니라 여자친구를 도망치게 하거나 그녀를 위해 내가 치러야 할 대가는 지더라도 맞서는 일이다. 그 대가는 쥐어터지는 일이겠지만...

철학을 연습하는 일은 용기를 심는 일이다. 세상은 나를 속이기 위해 존재한다. 신생아도 자신의 생존가능성을 높이기 위해 가짜로 울음을 터트려 부모의 관심을 가져온다. 어린이와 청소년들의 날카롭고 영악한 사기수법은 상상을 초월한다. 하물며 조직과 어른들의 세계란 두 말 할 필요가 없다. 그리고 속임수의 시작이자 최종국면은 바로 자기 자신이 속이는 교묘함이다. 숨이 붙어있는 한 영원히 속이는 나 자신으로부터만 점차 자유해질 수 있다면 세상의 속임수는 훨씬 수월히 간파할 수 있다. 철학을 연습한다는 말은 추상적이지 않다. 무엇보다 현실적이고 실재적인 일이다.

이렇게 생각과 생각의 실현이 바로 우리의 삶이라면, 철학은 이미 인생 안에 깊이 들어와 있는 것이다. 철학은 별세계의 사유가 아니다. 다만 운동을 쉬는 근육이 쉽게 잠들 듯 생각 역시 잠에 빠지는데, 철학은 이 생각의 잠을 깨우려고 한다. 생각이 잠들 때 관습, 소문, 편견이 머릿속을 지배한다. 우리는 혹시 이런 머릿속의 악마들과 더불어 한평생 어둠 속에서 보내는 것은 아닐까? 무엇이든 해보라고 주어진 단 한 번뿐인 삶인데!

김상욱, 『김상욱의 양자공부』 (사이언스북스, 2017)

'보는 것만을 믿는다'는 말은 얼핏 과학적 태도처럼 보인다. 미신과 주술과 신화에 의존하지 않고 눈에 보이는 것들만을 실증적으로 검증한다는 말로 들리기 때문이다. 그런데 정말 그럴까. 순간이동이 실존한다면? 한 위치에 내가 존재하면서 동시에 부재하면? 얼토당토 않는 말을 한다고 하겠지만 이는 실존하며 우리 일상에서 여전히 잘 작동하고 있는 원리, 양자역학이다.

원자의 구성체는 양성자와 중성자로 이루어진 원자핵, 그리고 전자이다. 그 중 양자역학은 전자를 다룬다. 전자는 1,2,3,4 등 연속적으로 존재하지 않고 10,20,30 이런 식으로 불연속적으로 존재한다(정수 1과 2 사이의 무한한 수가 존재한다는 사실은 여기서 다루지말자). 즉 전자는 궤도를 순환열차처럼 돌지 않고 순간이동을 통해 이동한다!(이를 양자도약이라 부른다) 또 내가 누군가에게 측정(관찰)되지만 않는다면 나는 한 장소와 한 위치에서 죽은 것과 동시에 살아있을 수 있고, 없는 동시에 존재할 수 있다.(이를 양자중첩이라 부른다). 설명을 위한 글이 아니다. 그저 그렇다고 한다.

양자역학은 모든 작동원리를 우리가 이해할 수 있게끔 설명해주지 않는다. 사실 양자역학의 입장에서 인간이 이해하든 이해하지 못하든 who care? 이란 생각일테다. 문제는 늘 인간이다. 물리학은 이렇게 인간의 의미를 무시하고 우주에는 의미가 없다는 사실을 알려줌으로써 절망을 선사하고 있다고 여겨진다. 사실은 그렇지 않다. 오히려 물리학은 우주에는 법칙만이 존재한다는 사실을 통해 생명에게 위로를 준다. 의미란 사실 없으니까! 그 사실을 그토록 부정하는 것은 인간이 무한한 우주의 시간 속에서 자신이 누구인지 알아버린 저주 탓일테다. 의미없는 우주 속에서도 우주의 나이와 근원, 작동원리를 처음 알려준 생물도 인간이다(아마도). 그런 면에서 의미는 우주라는 광대한 시간 속에서 잠깐은 존재해도 좋을 거 같기도.

기업은 독재적 성격을 띤 기관입니다. 현대의 다국적 기업들은 "유기적 존재가 개인에 앞선 특권을 갖는다(법인)"라는 원칙에 따라 운영됩니다. 그런데 20세기를 피로 물들인 두 가지 형태의 독재체제, 즉 볼셰비키즘과 파시즘도 바로 이런 원칙으로 운영되었습니다. 요컨대 이 셋은 개인에게 절대적인 권리를 인정한 전통 자유주의에 극단적으로 대립하는 사상에 뿌리를 두고 있는 셈입니다. (...) 미국이 한국에게 시장을 개방하라고 압력을 가했을 때 어떤 일이 벌어졌습니까? 한국의 금융시장은 완전히 미국의 지배 하에 떨어지고 말았습니다. 은행들이 연이어 파산한 것은 당연한 결과였습니다. 이제 미국계 금융기관들이 한국의 은행들을 떡 주무르듯 마음대로 주무르고 있습니다.

노엄 촘스키, 『누가 무엇으로 세상을 지배하는가』
(시대의창,2001)

오래 전부터 고민하던 질문 중 한 가지는 '계급배반투표'였다. 지금 와서야 그에 대한 정답 아닌 해답을 몇 가지 가지고 있다. 소스타인 베블런의 『유한계급론』이 가장 큰 근거를 주었고 또 한 근거는 노암 촘스키의 비판에서 찾았다. 베블런은 과시와 여가, 생활과 취향 등 개인과 사회적 수준에서 요인을 찾았다면 촘스키는 현대사회의 초국적 기업의 경제권력에서 기인한다고 한다. 두 사람의 주장을 관통하는 것은 역시나 '돈'이다.

정치권력도 선거자금이라는 거대한 자금줄로부터 나오기 때문에 말만 국민의 이권을 말할 뿐 실상은 기부금을 내는 기업들을 대변하는 세력이 불과하다. 언론 역시 기업들의 광고를 먹고 가동되기에 두 말할 필요가 없다. 정치와 언론과 경제의 세 권력체가 움직이는 배후에는 초국적 기업들의 돈에 대한 무한한 탐욕이 있다.

사람들의 여론을 파악하는 손쉬운 길은 댓글을 주로 살피는 일이다. 물론 플랫폼들이 편향적인 댓글만 추려 보여주고 있지만 좌우의 각각 편향적인 댓글을 봐도 반응은 똑같다. 삼성과 같은 기업을 존경하고 있다는 점, 아무튼 기업이 존재하지 않으면 자기들은 어디서 일하고 먹고사냐는 점, 오너가 자기 기업인데 자기 맘대로 하는 게 무엇이 나쁘냐는 점. 쓰면서 저혈당이 오는지 머리가 혼미하다. 사회학자들에게 이 참에 존경의 박수를 치고 가자.

촘스키는 자신의 의도와 상관없이 현대의 계몽주의자 역할로 기능하고 있다. 현대사회는 잘 짜여진 『트루먼 쇼』다. 나는 진실을 아는 것이 고통스러울지언정 기만을 당하는 일보다 영예로운 일이라고 믿는다. 진실을 보고 뒤돌아 도망치는 것은 그의 몫이다. 그러나 속아서 제 힘으로는 진실을 쳐다보지도 못하는 사람에게 진실을 보여줄 책무는 지식인에게 있다. 누구든 진실을 알 필요는 있다. 책임과 대가는 역사가 판단할 일이다.

사회주의에서 자본주의로의 체제 이행은 불시착하는 비행기 같았다. 1990년대는 내가 중학교와 고등학교를 다녔던 시절이라 어느 정도 기억이 난다. 당시 나는 러시아 사회의 혼란, 무질서, 높은 범죄율, 극도로 부족한 식료품, 급여 체불, 연이어 터지는 파업 등을 아주 자연스럽게 받아들이고 있었다. 지금 내가 있는 자리에서 돌이켜 보면, 그때가 새로 태어난 러시아 역사상 가장 어려운 시기였던 것 같다. 무능한 정부, 각자도생(各自圖生)할 수밖에 없는 일반 시민들, 체첸 전쟁으로 터진 민족 갈등. 결코 살기 좋은 시기가 아니었다.

벨랴코프 일리야, 『지극히 사적인 러시아』 (틈새책방, 2022)

2017년 여름, 러시아의 수도 모스크바에 위치한 세례메티예보 공항에서 나와 유라시아 대륙의 첫 공기를 마셨을 때의 기분을 잊지 못한다. 김 빠진 사이다를 마시는 기분이라면 맞을까. 지당히 모스크바의 공기라면 폐를 찢을 듯한 찬 공기를 마시리라 예상했지만 웬걸 모스크바 중심부의 붉은 광장에서 사람들은 맨투맨 티셔츠나 심지어 반팔을 입고 돌아다니고 있었다. 그만큼 러시아에 대해서 아무것도 몰랐다. 80, 90년대처럼 그저 책으로 사진으로 본 어른들과 유튜브로만 본 나의 차이는 별반 다르지 않았던 것 같다.

붉은 광장을 조금 벗어나면 푸쉬킨 생가가 있는 푸쉬킨 거리가 있다. 우리나라의 인사동 길 비슷했다. 기념품을 보는 데 날씨 다음으로 놀랐다. 스탈린과 푸틴의 얼굴과 이름이 새겨진 티셔츠, 열쇠고리, 텀블러 등의 기념품으로 즐비했다. 한 가게만 그런 것이 아니고 모든 가게! 지금은 푸틴이 전쟁까지 일으킨 시점이지만 그 때라고 해서 푸틴의 평가가 세계사적으로 좋을 리는 없었다. 푸틴은 양보해도 스탈린이라니?(도저히 스탈린과 푸틴 얼굴 기념품은 사기 어려워 러시아 국기 열쇠고리만 하나 구입했다)

이제는 귀화해 한국인이 된 러시아 출신의 일리야. 방송을 통해 그의 슬라브인다운 용모와 러시아인다운 논리와 말투에 매력을 느꼈다. 그가 어린 시절 소련이 붕괴하고 하루아침에 자본주의 사회에 강제전입되며 겪어야 했던 고통이 지금도 여전히 러시아 국민들의 삶에 깊이 각인되어 있다는 사실을 알았다. 거기에 고르바초프와 옐친의 실정은 외국인이 바라보아도 눈을 감게 된다. 한 번 호되게 겪은 열병은 다시는 쳐다도 보기 싫은 게 인지상정. 러시아 사람들의 푸틴 찬양은 그들이 이기적이고 국가주의적인 사람들로만 채워져있어서가 아니다. 우리나라에도 이미 국민의 절반은 그런 사람들 아닌가? 예를 들면 태극기를 단 사람들이라든지..

인류세라는 용어는 우리를 생각에 잠기게 한다. 백 만 년, 천만년의 시간을 다루는 지질시대 단위 '세' 앞에 '인류'가 놓인다는 것은 무엇을 의미할까? 20만 년 전에 등장한 인류가 46억 년을 버텨온 지구를 파괴했다. 인간의 수명은 길어야 100년인데, 최근 70년 동안 본격적으로 행성을 망치고 있다. 한 종에 불과한 인류에게 그만한 힘이 있다는 것은 놀라운 사실이지만, 막상 그 현장을 돌아다니면 암담하고 슬프다. 여섯 번째 대멸종이 진행 중이고, 플라스틱이 쌓이고 있으며, 포화상태의 도시는 신음한다.

EBS다큐프라임 〈인류세〉 제작팀,
『인류세:인간의 시대』 (해나무,2020)

환경에 대한 인식은 시대마다 다르다. 멀리 갈 것도 없다. 18세기 중반 산업혁명이 한창이던 영국에선 굴뚝 위로 검은 연기가 뿜어져 나와 연기가 하늘을 뒤덮을 때 사람들은 감격했다. 오늘의 우리라면 기겁을 하며 지역에 저런 환경오염을 시킬 수 있냐며 벌떼처럼 나설 테다. 그러나 그때는 인간의 이성이 자연의 공세로부터 반격을 가하는 자신감을 느꼈을 것이다. 공업이 시작되는 곳은 시기와 관계없이 모두 동일한 감정을 느끼게 한다. 우리나라 울산 공업단지에도 박정희가 세운 공업탑이 있다. 1962년 2월, 박정희가 국가재건최고회의 의장 시절에 울산 공업단지를 기공하며 치하한 글을 보면 "수레 소리가 동해를 진동하고 공업생산의 검은 연기가 대기 속에 뻗어 나가는 그날엔, 국가와 민족의 희망과 발전이 눈앞에 도래하였음을 알 수 있는 것입니다."라고 써있다. 오늘날 하늘을 덮은 검은 매연은 사람들의 목을 조르는 겁박이지만 당시엔 "우리도 이제 잘 살 수 있다!"고 믿는 사람들의 희망이었다.

우리의 뒷세대가 인식할 환경은 무엇일까. 지구의 온도가 2도 상승하고 나면 이른바 '티핑포인트(Tipping Point)'를 지나게 되어 인간의 노력 없이도 지구는 자기 스스로 기온을 올려 간다. 그 임계점을 넘으면 전 인류의 노력에도 지구는 이전으로 돌아가지 않는다. 지금은 지구가 인류 편에 서서 인류를 감내하며 이산화탄소를 바다에 녹이는 등 자기 자신을 자정하느라 최선을 다하고 있지만 그때가 되면 지구는 인류의 반대편에 서게 된다. 인류의 적이 된 지구환경을 다음 세대에게 물려주는 후안무치도 문제지만 그 세대가 인식할 지구가 우리와는 다른 지구가 될 지도 모른다는 생각이 더욱 두렵다. 쥘 베른의 소설이 현실이 되었듯이 SF는 종종 현실이 된다. 인류는 다시 한번 자신을 구원할 수 있을까. 확실한 것은 기후위기는 전쟁과는 다르게 그 방향키가 지구인 전원의 손에 달려있다는 점이다.

신앙은 일방적이 아니라 상호 작용일 때만 진짜다. 즉, 사람이 하나님을 믿고 의지할 수 있는 것은 하나님이 사람을 믿고 의지할 수 있기 때문이다. 우리는 그분이 우리를 신뢰하기 때문에 그분을 신뢰할 수 있다. 신앙을 지닌다는 것은 인간에 대한 하나님의 신앙을 정당화시켜 드리는 것이다. (...) 그런즉 신앙이란 하나님이 우리에 대해 지니고 계신 상호 관계와 사귐을 깨달아 앎이요, 하나님과 인간 사이의 교제의 한 형태다.

요수아 아브라함 헤셸, 『사람은 혼자가 아니다』
(한국기독교연구소, 2007)

"유다인 학자이자 히브리 사상가이며 온 인류를 사랑한 경건한 랍비로서 미국의 베트남 정책에 대한 저항운동의 지도자였고, 소련에 사는 유다인을 돕자고 세계에 호소한 최초의 유다인이었으며, 기독교와 유다교의 대화를 재촉한 강력한 에큐메니스트." 책날개에 있는 저자 헤셸에 대한 소개다.

10년 전쯤, 평일 저녁에 청년들의 기도 모임을 마치고 가라앉은 마음으로 조용히 교회 건물을 내려가고 있었다. 존재의 문제, 스스로의 삶이란 무엇이고 어떻게 작동되고 있는 지에 대한 해답을 얻지 못해 계속해서 다방면으로 나를 연구해가고 있던 때였다. 당시만 해도 좋은 교역자가 있던 시기였다. 한 분이 고요히 내게 이 책을 한 번 읽어 보지 않겠냐고 선물이라며 주고 가셨다. 유대교 랍비의 저작을 준 개신교 목사는 흔치 않을 것이라고 지금도 생각한다. 나는 헤셸의 말 중 "내 중심된 관심사는 인간의 정황이다"라는 말이 매우 마음에 들었다. 오랫 동안 정기구독을 하던 나의 월간지도 〈복음과 상황〉이었다. 종교는 언제나 자기 혼자 독단적으로 존재할 수 없고 오직 상황과 연계되어 이해되어야 한다. 독일의 신학자 칼 바르트도 한 손에는 성경을, 한 손에는 신문을 이라는 구호를 외쳤다. 헤셸은 삶과 인간을 이해하는 데 중요한 화두를 던져주었는데 산다는 것의 '의미'에 대해 특히 그러했다. 그에 따르면 인간은 의미다. 그러나 자기 자신의 의미는 아니다. 절망을 피하는 유일한 길은 목적이 아니라 남의 요구가 되는 것이라 했다. 그러나 누가 인간을 필요로 하겠는가. 같은 인간끼리는 속고 속이고 미량의 외로운 갈증이 채워지면 지체 없이 상대를 버릴 텐데. 항구적인 요구. 사람은 사람들 속에 있어서 혼자가 아닌 것이 아니라 나를 영구적으로 요구하고 있는 신적 존재와 함께 있어 혼자가 아니다. 인간의 조건을 벗어나 버린 종교인 때문에 불가지론자가 되었으나 죽은 지 50년 된 유대교 랍비를 통해 불씨는 작은 모닥불이 되었다.

노파는 여느 때와 마찬가지로 머리에 아무것도 쓰지 않고 있었다. 평소처럼 기름으로 싹 빗어 붙이고 백발이 섞인 연한 빛깔의 머리를 쥐꼬리처럼 땋아서 그것을 똘똘 뭉쳐 부러진 빗으로 꽂고 있었다. 일격이 가해진 부분은 노파의 정수리였다. 상대방의 키가 작았기 때문이다. 노파는 '악!'하고 외마디 소리를 질렀으나 그것도 아주 미약할 뿐 몸은 허물어지듯이 구부러지고 말았다. 그대로 두 손을 머리 위로 올리긴 했으나 한쪽 손에는 아직도 저당물을 쥐고 있었다. 이때 청년은 있는 힘을 다해 역시 도끼 등으로 정수리를 향해 한 번, 두 번 도끼날을 내리쳤다. 피는 물 담긴 컵이 뒤집어진 것처럼 콸콸 흘러나오더니, 노파는 몸을 젖히며 위를 보고 고꾸라졌다

표도르 도스토예프스키, 『죄와 벌』(민음사,2012)

도스토예프스키의 책은 초등학교 3학년쯤에 처음으로 접했다. 학급 문고에 꽂혀있는 이 강렬한 제목의 책을 뽑아보지 않고 배길 수가 있었던가!(충분히 말썽쟁이였던 탓에 학급 뒤편 게시판에 벌점스티커가 반 내 탑5에 들었던 탓인가보다) 라스콜리니코프가 노파를 살인하고 두근거리며 현장을 피해 숨죽여 나오는 모습을 상상하던 기억은 아직도 어렸을 때의 생생함 그대로 남아있다. 시간이 지나 자란 후의 나는 라스콜리니코프가 가졌던 생각처럼 남들과는 다른 비범인이라는 약간의 자의식을 가지고 살았다. 도스토예프스키의 다른 책처럼 예컨대 『악령』의 스타브로긴이나 키릴로프라던지 혹은 『카라마조프가의 형제들』의 이반 카라마조프나 스메르쟈코프같은 사람들. '나는 남들과는 다르다, 남들처럼 저렇게 하루하루를 그저 연명하듯 사는 인생과는 다르다' 이런 의식은 자칫 심각한 선민의식에서 인종차별까지도 이를 수 있는 위험한 생각의 출발점이다. 물론 극단적으로 비추어볼 때 그렇다는 말이다. 누구든 다소 이런 생각을 지니고 산다. 특히 자신의 인생에 충실한 타입 혹은 자신에게 부여된 상황과 한계를 극복한 사람들에게는 더욱 그렇다.

그러나 삶은 그 자체가 선생이 되어 교훈을 준다. 마을의 노인은 현자이자 자연이라고 했던가. 경륜은 시간이 만들어 내는 작품이다. 나는 내가 곧 특별한 인간이 아니라는 점을 깨달았다. 용단을 내려야하는 순간에 두려움을 가지고 일신의 안전과 영달을 누구보다 앞서 챙기려는 모습에 스스로는 자멸했다. 또한 자연과학이 알려주는 우주적 나는 얼마나 초라한 존재인가. 우주는 물론 그럼에도 먼지같은 나 역시 빅뱅에서 온 별의 구성체임을 알려주는 위로도 주었다. 라스콜리니코프가 노파와 그녀의 동생 리자베타를 살해하고 종국엔 자수하는 순간 그에게 안겨진 평안과 위로 또한 내가 나 자신에게 느낀 자기혐오와 안도감과 별반 다르지 않았을 것이다.

과학혁명은 지식혁명이 아니었다. 무엇보다 무지의 혁명이었다. 과학혁명을 출범시킨 위대한 발견은 인류는 가장 중요한 질문들에 대한 해답을 모른다는 발견이었다. 근대 이전의 전통 지식이었던 이슬람, 기독교, 불교, 유교는 세상에 대해 알아야 할 중요한 모든 것은 이미 알려져 있다고 단언했다. 성경이나 코란, 베다에 우주의 핵심 비밀이 빠져 있다고는 상상할 수조차 없었다. 피와 살을 가진 피조물들이 앞으로 발견할지도 모르는 비밀이 말이다. (중략) 현대 과학은 무지를 기꺼이 받아들인 덕분에 기존의 어떤 전통 지식보다 더 역동적이고 유연하며 탐구적이다. 덕분에 우리는 세계가 어떻게 작동하는지 이해하는 능력과 새로운 기술을 발명할 역량이 크게 확대되었다.

유발 하라리, 『사피엔스』(김영사,2015)

인류가 지구의 다른 생물종보다 압도적으로 우월한 위치에 설 수 있던 이유는 뭘까. 지구에서 발견된 모든 생명체는 A,T,C,G 4개의 염기서열로 구성된 DNA로 작동된다. 리처드 도킨스가 저서『확장된 표현형』에서 말한대로 인간 역시 백인, 황인, 흑인 등 DNA의 '표현'만 다를 뿐 모두 같은 DNA 운반기계이다.

15세기 이전에 발견된 세계지도는 대륙과 해양이 빼곡히 차 있다. 당시의 기술로서는 전 대륙과 해양을 탐사하는 게 불가능한 일이었을텐데 빈 곳은 어떻게 채웠을까. 상상을 통해서 그려 넣었다. 자신의 무지를 알면서도 그것을 무시하고 자기 마음대로 채워 넣었다. 16세기부터는 탐사하지 못한 부분을 여백으로 남기기 시작했다. 무지에 대한 인정을 시작한 것이다.

 이 가벼운 변화처럼 느껴지는 차이가 이후 많은 사건을 낳았다. 무지를 인정하지 않을 때는 모르는 영역에 대해 궁금하지 않았다. 자기 지역에서 늘 먹던 것을 먹고 보던 사람만 보면 되었다. 그러나 무지를 인정하자 미지의 영역을 궁금해하기 시작한다. 이 영토 바깥의 세계에 대해. 제국주의는 그렇게 시작되었을 것이다. 그로 인해 셀 수 없는 인간이 피를 흘렸지만 또 동시에 과학혁명의 역사가 시작된다고도 볼 수 있겠다. 물론 제국주의는 자본주의와 한 몸체라는 사실 또한 불편한 진실이다. 대항해 시대는 탐욕으로 출발한 것이지 순수한 호기심으로 떠난 유람이 아니기 때문이다.

 오스트랄로피테쿠스부터 올라온 인류의 역사는 70만 년이지만 실제로 문명사회가 세워져 살아온 시간은 1만 년 남짓이다. 그 현격한 문명적 도약에는 인간의 독특한 특질들이 숨어있었다. 하라리는 어떻게 보면 이미 알려진 사실들을 모아 자신의 입담을 통해 이렇게 맛깔나는 저작으로 탄생시켰다. 그 중에서 가장 매력적이고 파괴적인 혁명은 무지에 대한 인정이었다. 그리고 오늘도 누구에게나 진행되고 있는 혁명이다.

예언자들의 말에 매달려 있는 사람의 상황이란 끊임없이 깨어지는 무관심의 파편 조각들 속에 알몸으로 서 있는 것과 같다. 그런 가운데서 태연하게 있으려면 그의 머리가 돌이어야 할 것이다. 나는 내가 도달한 하나의 결심이 나의 실존에 치명적인 것이 되느냐 안 되느냐 하는 물음, 살아남기 위하여 다음 숨을 들이마실 것이냐 아니냐 하는 물음에 무관심할 수가 없다. 아마도 이것이 예언자들을 놀라지 않을 수 없게 한 문제 같다. 사람들은 이것을 모르는 채 죽어갈 수 있다.

아브라함 요수아 헤셸, 『예언자들』 (삼인, 2004)

성서의 예언자는 앞서 일어날 일은 예언하는 점쟁이가 아니라 야훼로부터 이미 받은 말을 전하는 예언자였다. 대표적인 예언자 호세아나 아모스, 이사야 등은 야훼로부터 받은 말, 자신에게 강제적으로 주어진 말을 토해내지 않으면 창자가 불타는 것 같다고 표현한다. 현대의 예언자들은 우리 모두 안에 존재한다. 그러나 나는 늘 경계한다. 인간의 죄와 탐욕의 역사 앞에 마음이 너무 상해버리고 나면, 또 타인의 죄에 대해 비난을 퍼붓고 실망이 깊어지면 마음이 병들고 만다. 김회권 교수의 말처럼, 저주를 쏟고 대상을 쓸어버려야하고 죽어 없어져야하고 하는 등의 염라대왕급 언어가 터져나오면 이미 내 마음은 어느정도 병들어 버린 셈이다. 아무리 내게 정치사회적 대의가 있고 지구 생태계를 지켜야하는 사명이 있다해도.

나쁜 놈과 싸우자고 나쁜 놈만 묵상하는 일은 결코 선을 위해 투쟁하는 사람에게 있어 좋은 일이 아니다. 늘 저놈들이 오늘은 무슨 나쁜 짓을 저질렀나를 보는 일상을 보내다 보면, 한겨레신문만 날마다 보다가 이미 구멍이 숭숭 나 있는 내 마음을 보게 되는 것이다. 최소한 종교적 심성을 일부 간직한 사람에게는 정치사회와 경제권력에 대한 혐오감 속에서도 이 사회를 향한 대자대비심을 품는 것이 겸손한 자세이다.

자신의 겸손한 마음을 지키려면 무엇보다 자립해야한다. 성서 다니엘서처럼 바빌론에 포로로 끌려왔다고 해서 바빌론 왕 느부갓네살의 산해진미를 먹는 사람은 느부갓네살의 사람이 되는 것이다. 삼성의 돈을 먹으면 삼성의 사람이, 윤석열의 돈을 먹으면 윤석열의 사람이 된다. 타인의 꿀 같은 손길에 자신을 맡기는 순간 천천히 혹은 순식간에 방사능 피폭을 경험한다. 자신의 영혼이 실시간으로 도매급으로 분해되어 팔려져 나가는 것을 인지해야한다. 마음을 지키는 일은 자신에게 온 예언을 간직하고 당당히 신념을 지킬 수 있을 때 가능하다.

그러나 오늘날에는 개인이 군중 속에 묻혀버린다. 정치적인 측면에서 볼 때 이제 여론이 세상을 지배한다는 말은 거의 진부하기까지 하다. 대중만이 권력자라는 말에 어울리는 유일한 존재가 되었다. 정부도 대중이 원하는 것과 좋아하는 것을 챙겨주는 기관이 되고 있다. 공공 영역에서만 그런 것이 아니고 개인들의 도덕적·사회적 관계에서도 똑같은 현상이 목격된다. 공중의 생각을 한데 묶어서 여론이라고들 하지만 그 공중이 언제나 똑같은 것은 아니다. 그 말은 미국에서는 백인 전체를 가리키지만 영국에서는 주로 중산층을 가리킨다

존 스튜어트 밀, 『자유론』 (현대지성, 2018)

100분 토론을 보며 주로 드는 인상은 '저것은 토론이 아니다'라는 생각이다. 그 곳에 나온 사람들은 대화를 통해 서로의 생각을 이해할 생각을 가지고 나오지 않는다. 대화와 타협이 통하지 않는 토론이라니. 마치 프로 스포츠처럼 자신의 진영을 대변하는 선수들을 출전시켜 싸우게 하는 현대판 콜로세움 같다. 시청자들도 그런 토론에 별로 큰 의의를 제기하는 것 같지 않다. 어차피 다수결이라는 투표에서 이긴 사람이 모든 걸 마음대로 할 테고 자신들은 사후에 재신임할지 다른 후보를 고를지 선택만 하면 된다고 생각하는 걸지도 모른다.

  프랑스의 사상가 토크빌이 미국을 방문하고 출판한 『미국의 민주주의』에서는 민주사회가 억압되지 않는데도 불구하고 사람들이 자유를 자발적으로 포기함으로써 전제주의적 경향을 가져온다고 말한다. 스스로 판단할 능력이 없는 개인들을 더욱 판단하지 못하도록 고립시킨다는 뜻이다. 소스타인 베블런의 『유한계급론』에 의하면 그렇게 소외된 서민층과 빈자들은 유약하고 보잘 것 없는 자신보다 강하고 멋진 권력을 우러러보게 된다. 그 결과 개인들은 자신의 의견이 아닌 힘을 가진 다수의 의견에 자발적으로 복종하게 되고 또 안주함으로써 책임을 회피한다. 또 권력층과 자신을 동치시키는 환상에 빠져 자신을 위로한다.

  현대사회는 다수결이라는 민주주의 원리 외에는 대안이 없기에 이 방법을 쓴다고 생각한다. 다수결이 결코 옳은 방법은 아니라는 말이다. 가령 대한민국이 미국의 〈아르테미스 계획〉에 참가하는 것을 국민투표에 부친다고 하자. 대다수의 사람이 〈아르테미스 계획〉에 대해 정확히 알아야 그 다수결이 의미가 있다. 그러나 우리 사회의 다수결이 과연 모두가 '정확'하고, '옳은'사실들만으로 움직일까? 100분 토론의 난상이 처량한 민주주의의 민낯을 보여준다.

물리학의 내용이나 그런 게 남성적이라는 게 아니라 물리학이 지닌 이미지가 그렇다는 내용 같았어. 물리학은 자연의 가장 근본적인 원리를 찾아내는 학문처럼 보이잖아. 다른 과학이랑 다르게 굉장히 초월적인 무언가를 추구하는 것처럼 보이고. 그런 이미지가 과학자를 꼭 신이라는 초월적인 존재를 찾는 사제처럼 느껴지게 한다는거야. 그런데 너도 알다시피 사제는 남자들만 할 수 있잖아. 그러니까 사제 같은 분위기의 물리학자들 사이에 들어간 여성 물리학자는 남성적 문화 속에 던져지는 거지.어쩌면 우리가 느끼는 불편함은 거기에서 연유하는 것일지도 몰라.

박민아, 『퀴리&마이트너』 (김영사,2008)

다양한 기초과학을 대중에게 흥미롭게 소개하는 과학채널이자 재단인 〈카오스〉는 그동안 알지 못했고 쉽게 접할 수 없었던 많은 과학분야를 소개한다. 기초과학 지식을 알아가는 지적 희열과 함께 좋아하는 과학자가 생긴다는 점은 채널에서 얻는 보너스라 할 수 있다. 올해 초부터 팬이 된 천체물리 과학자가 있다. 한국천문연구원 심채경 박사다.

여성과학자를 볼 때마다 드는 감정은 여러 가지다. 첫째는 고압적인 남성의 이미지와 다르게 따뜻하고 친절하고 배려심있게 가르쳐 줄 것이라는 정서적 친밀감이다. 둘째는 대다수의 여성이 관심 갖지 않는 분야인 과학 특히 물리학에서 권위 있는 수준의 과학자가 되기 까지의 여정이 궁금하다. 그동안 소수자 혹은 단독자로서 받았을 다양하고 이상하기까지 한 질문들과 조직 내에서 오직 그녀만이 느꼈을 차이와 차별들. 그리고 그런 역경과 부조리를 이겨낸 강한 마음이 궁금했다. 심채경 박사의 책 『천문학자는 별을 보지 않는다』를 읽어보면 저자가 얼마나 지극히 따뜻하고 열정적인 사람인지를 온전히 알 수 있다. 그런 따뜻함 속에 강인한 마음이라니.

마리 퀴리와 리제 마이트너의 삶을 논하자니 심채경 박사의 여정은 레드카펫을 깔아놓은 길이있는지도 모른다. 마리 퀴리는 남편 피에르 퀴리와 그의 집안이 당시로서는 열린 생각을 가지고 있어 퀴리를 깊이 지지했던 반면 마이트너는 남성들의 조건적인 협력만을 얻었다. 그 유명한 막스 플랑크와 에밀 피셔, 오토 한 등의 과학자들이 훗날 마이트너를 도와주었지만 그들도 처음엔 여성과학자, 아니 여성과 과학자라는 물과 기름을 인정하지 않았다.

편견을 극복하는 일과 그 책임이 편견을 만든 남성에게 있지 않고 편견을 받는 피해자에게 맡겨진다는 것은 오늘도 변함이 없다. 즉 2022년도 미래에 비하면 아직 근대의 초반기에 불과하다.

다만 내가 통곡하며 눈물을 흘리는 것은, 우리나라 당쟁의 역사이다. 우리나라는 이른바 동인, 서인, 남인, 북인이라는 사색당파가 있어 정권을 쟁탈하는 것이 '유일한 목적'이었고, 이를 불세(不世)의 공으로 생각하였다. 이런 까닭으로 사대부가 능히 나라를 위해 죽음으로 피를 흘린다든지, 세상에 빛을 발휘한다든지, 혹은 생민에게 복리를 주려는 것은 거의 없고, 한갓 당을 위해 피를 흘리고, 집안 가보(家譜)에나 이름을 올리며, 자손들에게 보복이나 끼치는 것이 매우 많았다. 당을 위해 죽는 혈성(血誠)을 나라를 위해 죽는 것으로 옮긴다면, 우리나라도 천하에 웅비할 수 있으련만 어찌해서 헤아리기조차 어려운 많은 피를 사사로운 권력이나 사사로운 이익의 싸움에 던지고 국가와 민족에게 큰 관계가 되는 대사업에는 던지지 않았던가.

박은식, 『한국통사』 (동서문화사, 2012)

조선은 유자의 나라다. 공자와 주자의 학풍은 사라졌어도 생활과 문화 곳곳에 그 흔적이 남아있다. 한국인의 경전사랑은 전 세계에서 알아주는 수준이다. 동아시아의 문화라지만 한국이 유별나다. 성경통독반과 성경강해반이 있다면 눈에 불을 켜고 달려드는 성도들의 열정이 그 증거다. 문자에 대한, 경전에 대한 열정이 어찌 나쁜 일이라고 할 수 있을까. 문제는 이론과 문자에만 집착하는 나쁜 버릇까지도 계승하고 있는 것이 한심할 뿐이다.

임진전쟁이 일어났을 때 전란을 잠재웠던 결정적인 역할은 충무공과 더불어 승병과 의병들이 이뤄냈다. 평안도의 임중량, 경기도의 홍계남, 경상좌도의 권응수, 충청도의 이산겸 등 우리가 이름을 기억하지 못하는 수 많은 의병장들이 든 창의의 깃발이 민중을 지켜냈다. 박시백의 『조선왕조실록_선조실록』에 의하면 "나라로부터 받은 은혜도 없으면서 위기가 닥치면 떨쳐 일어나는 독특한 유전자를 가진 민중이 화답하여 맞서 싸웠다."고 했다.

조선사회의 지도층이라 불리던 사대부는 대부분 도망가기 바빴다. 이미 유교 질서의 정점에 있는 왕부터가 백성을 버리고 도주한 순간부터 언행은 불일치했다. 물론 김천일과 고경명, 김덕령 등 성리학자 중에서도 양심을 가지고 목숨을 바쳐 나라를 지킨 고결한 유학자들도 존재했다. 그러나 그들은 소수의 특별한 사람들일 뿐이다. 특권을 내세우는 것은 좋아하나 의무는 지기 싫어하는 그들을 우리는 옛날엔 지배층이라 했고 오늘은 지도층이라 부른다. 상소를 올리고 상대편을 죽이기 위해 밤낮 고민하던 정치가 현대 한국 정치에도 고스란히 전해진다. 조선과 대한민국을 관통해 눈물 흘리는 사람은 역시나 백성과 국민이다. 『한국통사』는 통할 통사通史가 아니라 고통의 통사痛使다. 고통의 세월을 통해 이 민족이 배운 것은 무엇일까. 국민의 실체가 있다면 그의 속을 들여다보고 싶다.

예컨대, 먼 옛날 홍적세의 아프리카 초원에서 아주 드물 게 볼 수 있었던 잘 익은 과일들은 다량의 영양분을 제공해 주는 에너지원이었기 때문에, 우리는 단 것이라면 사족을 못 쓰게끔 진화하였다. 오늘날 이러한 욕구는 초콜릿과 치즈케이크를 통해 채워지고 있다.

전중환, 『오래된 연장통』 (사이언스북스, 2010)

"오빠 나 사랑해?" 한 마디에 정신을 놔버리고 싶은 남자는 한국 뿐만 아니라 외국도 마찬가지더라. 여자는 왜 이런 질문을 한 두 번도 아니고 매일, 매주 하는 걸까. 태고적부터 남자는 여러 여자에게 사정하고 가버리면 그만이지만 여자는 수태하게 되면 10개월 동안 무방비상태가 된다. 또한 출산 이후 최소 5년에서 10년을 자신이 도맡아 양육해야 하는 크나큰 리스크를 감당하게 된다. 여자가 늘 남자를 의심하고 사랑을 확증받고 싶어하는 이유다. 도킨스의 『이기적 유전자』는 이 모든 심리가 이미 유전자에 각인되어 있고 원시 인류부터 오늘까지 변함없이 계승되고 있다고 말한다.

왜 여자는 수태를 10개월이나 해야 할까. 송아지나 망아지는 세상에 나오는 순간부터 뛰고 놀고 난리가 난다. 인간은 몇 주, 몇 달도 아닌 수 년이 지나고서야 비로소 인간 비슷한 행동을 흉내 낼 정도다. 이유는 엉뚱해 보이지만 바로 직립보행 때문이다. 두 발로 걷게 되니 인간은 손이 비교적 자유로워졌고 손으로 땅을 짚지 않으니 손 감각이 예민해졌다. 정교한 도구를 만들 수 있게 되었고 그 결과 두뇌는 계속 커져갔다. 문제는 여성이다. 직립보행을 하니 하중을 받는 골반은 작아져 갔다. 아이의 두개골은 계속해 커져 가고 반대로 여성의 골반은 작아져 가니 아이의 머리가 너무 크기 전에 빨리 낳아야 했다. 그 시간이 10개월이다. 엄마의 생존과 아이의 생존을 고려한 최적점의 시간이었다.

삼라 만상에 이유가 있다. 그것이 성리학의 형이상학적인 심즉리설이든, 도킨스의 과학적인 설명이든간에. 알지 못할 땐 원래 그런 것으로 치부한다. 진리가 있다면 원래 그런 것은 없다는 사실이다. 『오래된 연장통』엔 원시인과 현대인이 동일한 연장을 쓴다는 사실을 알려준다. 그저 연장이 오래되었을 뿐 아직 새 연장이 될 시간, 즉 진화가 일어날 충분한 시간이 지나지 않았다는 것은 현대인도 크게 잘난 것 없는 그저 별 수 없는 원시인류의 연장선이란 것.

흑체복사는 블랙홀이 검지 않다고 말해 주는 동시에 완벽한 검은색을 만들 방법도 알려 준다. 빛이 들어갔을 때, 수없이 많은 반사를 해야 빠져나올 수 있는 구조가 있으면 된다. 왜냐하면 반사를 할 때 언제나 빛이 조금씩 흡수되기 때문이다. 심지어 거울에서도 빛은 흡수된다. 100만 원이 있는데 사람을 만날때마다 1퍼센트씩 빼앗긴다고 하면, 1000명을 만난 후 남는 돈은 46원뿐이다. 무수한 반사가 일어나 빛이 모두 흡수되어 버리면 들어간 빛은 사실상 빠져나오지 못한다. 정확히 이야기하자면 이런 물체는 인간의 눈에 보이는 (들어간) 빛은 모두 흡수하고 보이지 않는 빛만 흑체복사로 내놓게 된다. 결국 검게 보인다.

김상욱, 유지원, 『뉴턴의 아틀리에』(민음사, 2020)

타이포그래피에 깊은 관심을 보이게 된 건 7년 전쯤이다. 그 때도 책을 내고 싶어 홍대 앞에 있는 KT&G 상상마당에서 수강을 하고 있었다. 16쪽짜리 소책자를 만드는 일이었지만. 그리고 보면 책을 좋아하는 일엔 예나 지금이나 여전하다. 소책자를 만드는 일이었는데 활자의 모양과 배치에 따라 독자의 이해도가 확연히 차이가 남을 느꼈다. 그뿐 아니라 이미지와 여백이 독해에 미치는 영향 또한 지대함을 새삼 느끼며 출판편집의 미학을 느꼈달까.

보는 서체에 따라 대상을 인식하는 느낌도 달라진다. 상업적으로 사용하면 문제가 될 수 있어 서체를 여기에 인용하진 못하지만 가령 Futura체나, HELVETICA체, Bauhaus체 같은 서체가 사용된 브랜드나 글귀들은 서체가 담고 있는 이미지대로 인식하게 한다. 마치 스마트폰 카메라 어플에 있는 필터 같은 기능을 하는 셈이다. 그러나 인간의 감각은 『방법서설』의 데카르트가 말한 것처럼 믿을 수 있는 것이 아니다. 물 컵 속에 있는 빨대가 휘어져 보이지만 실상은 곧은 빨대이듯이 인간의 오감(감각)은 한계가 있다. 서체 역시 의미와 정보를 담는 그릇이기에 활자로 전달되는 실체가 왜곡될 가능성이 있다. 그렇기에 의미에 합당한 서체를 선택하는 일이 무엇보다 중요하다. 예컨대 '김밥천국'의 간판을 '루이비통'의 Futura체로 적으면 어색함이 과연 들지 않을까? 혹은 공문서의 서체를 '한글과 컴퓨터'에 있는 기본서체 중 강낭콩체나 양재기와체로 앙증맞게 적는 것이 옳은 일은 아니리라.

겉모습에 속는 일은 청년기에 졸업해야한다고 생각하는데 도통 쉬운 일이 아니다. 뉴스에 온갖 종류의 사기에 패가망신하는 사람들의 예를 보면 평생의 과업이 될 지도 모른다는 생각이 든다. 짧게나마 소견을 밝힌다면 세상을 통찰할 수 있는 혜안은 자신의 느낌을 신뢰하지 않는 데서 출발한다고 믿는다. 느낌은 증거가 아니라 함정이 될 확률이 더 크기 때문이다.

그렇게 많은 말은 하지 않지만 그러나 자신이 말한 그대로 살아가고 있는 사람, 탐욕과 미움과 환상에서 깨어난 사람, 지금 현재와 이후로 그 어떤 것에도 집착을 두지 않는 사람, 이런 이의 삶이야말로 성스러운 삶이 아닐 수 없다.

법정, 『법구경, 진리의 말씀』 (이레,2003)

불교를 공부하며 스님께 물었다. "불교는 철학입니까, 종교입니까?" 스님은 둘 다 맞다고 하셨다. 철학과 종교 둘 중 한 가지만을 취해야 한다고 생각한 것도 상대를 이해하기도 전에 규정지으려 한 중생의 무명無明16)이었다. 부처를 신이라 생각하지만 서양문명과 아랍문명 이 상정한 야훼와 같은 절대 존재와는 어딘가 결이 다르다. 부처를 신 이라 생각하더라도 모든 신자가 신이 되고자 정진하는 단체를 서양의 시각으로 보아 종교라 단정 짓기는 어렵다. 그렇기에 모두가 신이 되 고자 수련하며 또 동시에 신인 부처의 가르침에 기대어 지혜를 요청 하는 자세는 그들의 종교와 사뭇 다르다.

특히 대한불교조계종은 선종을 중심으로 교종을 통합한 불교다. 선 종은 깨달음을, 교종은 경전공부를 중시 여긴다. 당의 백거이가 도림 선사를 찾아가 부처님의 도를 물었다. 도림선사는 '칠불통게(七佛通 偈)'17)를 행하라 했다. 백거이는 딱 내가 할만한 말을 한다. "그것은 세 살 먹은 어린 아이도 압니다." 도림선사가 말한다. "세 살 먹은 어 린아이도 알지만 여든 먹은 노인도 행하기 어렵다."

수험생활을 망치는 법을 알고 있다. 특별한 비기나 비법이 있을 거 라 생각해 이 강사, 저 강사의 수업을 탐닉하며 비법만 찾는 것이다. 결국 스스로 공부하지 않는다. 진리의 영역까지 가지 않고 세상사만 해도 비슷하다고 생각한다. 아마 죽는 날까지 세상을 잘 사는 비법이 나 비기는 없을 것이다. 누군가 말하길 삶에 정답은 없고 해답만 있다 고 했다. 수백, 수천억 명의 인간이 역사 속에 죽어가며 남긴 말이 나 의 비루한 철학과 저급한 현대의 포스트모더니즘보다 나을 것은 두 말 할 필요도 없다.

---

16) 불교에서 무명이란 알지 못함, 무지를 뜻한다.
17) 제악막작 중선봉행 자정기의 시제불교 (諸惡莫作 衆善奉行 自淨其意 是諸 佛敎) 7명의 모든 부처님의 공통된 가르침. '모든 악을 짓지 말고 온갖 선 을 받들어 행하라. 스스로 그 뜻을 깨끗이 하는 것이 모든 부처님의 가르 침이니라' 의 내용으로 법화경의 출처이다.

점점 더 큰 경탄과 외경으로 마음을 채우는 두 가지 것이 있다. 그것은 내 위의 별이 빛나는 하늘과 내 안의 도덕 법칙이다. (중략) 나는 그것들과 내 눈앞에서 보고, 그것들을 나의 실존 의식과 직접적으로 연결한다. (중략) 인간은 비록 충분히 신성하지는 못하지만, 그의 인격에서 인간성은 그에게 신성하지 않을 수 없다.

임마누엘 칸트, 『실천이성비판』 (백종현,2019)

윤리과 관용이 상실된 이 시대에서 살며 칸트를 읽는다는 것은 양심을 가진 사람에겐 무척이나 곤혹스러운 일이다. 칸트의 도덕이란 우리가 일상에서 실행하고 짐짓 뿌듯해 하는 선행과는 차원을 달리하기 때문이다. 폭우 속에서 폐지를 줍는 할머니의 리어카를 밀어드리거나 음료나 빵을 사다드리는 일은 일반인 중에서도 흔한 일이 아니다. 선행하는 사람의 마음에 다른 사람에게 칭찬을 들을 마음까지는 없어도 자기 자신이 타인에게 선한 사람으로 보이는 것과 또 자신의 양심에 당당해서 기분이 좋아지는 감정까지도 칸트는 선행에 따른 보상을 받았다며 순수한 도덕행이 아니라고 한다.(그럼 도대체 어떻게 하라는 거야)

유명한 〈정언명령〉18)에 따라 내 자신의 인격에서나 다른 모든 사람의 인격에서 인간성을 항상 동시에 목적으로 대하는 일, 결코 한낱 수단으로서 대하지 않도록 행위하는 일이 도덕이라면 아마 일생에 참다운 도덕실천을 한 일은 열 손가락으로 꼽아야 할지도 모른다.

그러나 칸트는 도덕적 절망(!)을 주는 동시에 의외로 힘을 주는 말을 하기도 한다. 칸트에 의하면 진정한 자아를 재발견하려는 시도에 큰 의미는 없다. 우리의 주체성과 신념 안에 순수한 도덕으로 채워져 있다고 확신할 수 없고 오히려 그 곳에 정념이 깃들어 있을 수 있기 때문이다. 도덕적 쾌락을 위해 선을 행하지 말고 어쩌면 도덕의 참된 의미인 오직 의무와 책무만 있는 복종만이 도덕일지 모른다. 도덕을 의식하고 살아가는 사람은 도덕의 하수인이 되지만 죽는 순간에 돌이켜 보면 모든 순간이 '인간'이었다는 것을 깨닫고 환희로 가득 차지 않을까. 그런 삶은 한 번 살아갈 결단을 할 충분한 가치가 있다고도 생각한다.

---

18) 칸트의 선의지. "너의 의지의 준칙이 항상 동시에 보편적인 법칙 수립의 원리로서 타당할 수 있도록, 그렇게 행위하라"『실천이성비판』

”저주에 쓰이는 물건일수록 예쁘게 만들어야 하는 법이다.“ 할아버지는 늘 이렇게 말씀하셨다.

정보라, 『저주토끼』 (아작,2022)

1998년 즈음부터 시작된 『해리포터 시리즈』의 열풍을 타 판타지, 매지컬 계열의 소설들이 붐을 이룬 적이 있다. 영국작가 대런 오쇼너시의 『대런샌 시리즈』가 대표적이다(당시엔 작가 이름이 대런 샌인 줄 알았다). 46배판의 페이퍼북이라 당시 가격 4,000원으로 큰 돈은 아니었지만 아직 초등학생이라 용돈을 쌈짓돈처럼 모아야 한 권을 살 수 있는 처지였다. 책을 도서관에서 빌려서 채권추심을 받듯 추심기간 안에 언제까진 반드시 갖다줘야 한다는 압박은 책 애호가들은 별로 반기지 않는 감정이다. 지금은 그렇지 않지만 그 때는 완독을 해야 한다는 강박도 있었기 때문에 돌이켜보면 좋은 독서지도를 받지 못하고 스스로 깨우쳐 갔던 시간이 아쉽기도 하다.

그렇게 책을 한 권 소유한다는 감정은 책을 사랑하는 사람이 되는 첫 걸음이라고 해도 과언이 아니다. 다른 쾌락을 포기하고 모은 돈을 투자하여 얻은 기회비용이기 때문에 대가없이 빌린 도서관의 책과는 그 질적 차이가 현저하다. 그 때 얻은 책을 향한 애정이 화초처럼 오늘까지 성장한 결과가 이렇게 글을 쓰는 것이라니(!)

『대런샌 시리즈』는 다크-어반 판타지 장르의 공포소설이다. 그런 장르를 사야 야금야금 읽어보는 맛이 있을 것 같아 샀다. 그러나 그렇게 무서운 장면은 없었다. 당시로서는 『지옥선생 누베』와 같은 일본요괴 일람을 삽화와 같이 읽었던 나였으니 지극한 은유로 간질간질하게 공포심리를 자극해보려던 영국소설이 와닿을 리가 없었다. 그런데 지금 읽은 정보라의 『저주토끼』는 아무 두려움 없이 기탄 없이 책을 읽어 내려가다 오한이 돋는 순간이 들었다(지하철 에어컨이 너무 쎘던 것인가). 그런데 유쾌하다. 이런 공포와 감정의 동요를 일으키는 소설에 감사하다. 한심하고 지루한 인간관계와 세상 이치에 웃음도 안 나오던 차에 감정 세계를 요동치게 하는 소설가의 필력이란 새삼 놀랍다. 아직 절반이 남았다. 마카롱처럼 야금야금 아껴먹는 내 책과 책장은 설마 냉장고라고 해야 하나?

검찰은 오직 자신의 이익을 위해 움직인다. 정의도, 공익도 없으며 민주주의가 경각에 걸리거나 말거나, 남의 인생이 망가지거나 말거나 오직 자신들의 전리품을 위해서 움직인다. 여기서 검찰은 사냥꾼, 이에 동조하는 언론은 몰이꾼이다. 조국 사태와 조국 장관 동생의 수술까지 방해하는 비인간적 행위를 사례로 든다. 그보다 더 극단적인 사례는 노무현 전 대통령 일이다. 검찰이 표적으로 삼으면 죽어야 끝난다는 것을 노통은 알고 있었다. (…)검찰의 사냥 근성은 권력의 냄새를 맡는 천부적인 기질에서 비롯된다.

이연주, 『내가 검찰을 떠난 이유』 (포르체, 2020)

정지원 시인의 〈부메랑〉이라는 시가 있다.

그대가 아무리 옳다 우겨도 세상의 진실은 빛나고 있어
더러운 펜으로 그대 배부른 자여 일그러진 너의 얼굴을 보라
그래 너희가 써갈기고 휘두르는 대로 갈길을 빼앗긴 채 끌려가줄까
끝 없는 횡포에 내 온몸이 묶여 아무 말도 못하는 우리가 되어줄까
얼마나 더 빼앗아야 얼마나 더 가져야 너희가 사랑을 말할 수 있을까 탐
욕으로 얼룩진 그 야합의 시간과 진실을 사살한 잔인한 웃음소리가 부메
랑처럼 다시 돌아와 그대 가슴에 꽂히리라 비수가 되어
부메랑처럼 다시 돌아와 서글픈 그대의 최후를 보리라

　검찰이 정권의 개라는 칭호로 '견찰'이라는 별명을 얻은 것은 과장
된 표현이 아니다. 별명을 지어준 사람은 국회의원도 아니고 다름 아
닌 국민이었다. 삼성의 떡값을 받고, 노무현 전 대통령을 자살하도록
유도하고, 조국 전 법무부 장관의 삶을 형법 집행의 필요 이상으로 철
저히 파괴했다. 노회찬 의원이 의원직을 상실하며 했던 말 역시 떠오
른다. "만인에게 법은 평등합니까. 만 명에게만 평등하지 않습니까"
대한민국 국민 중 법 앞에 평등하다고 믿는 사람은 없다. 어쩌면 우리
에게 87년 민주화 이후에 또 다른 민주화를 위해 수많은 사람의 피와
눈물이 다시 한번 요구되고 있는지도 모른다.
　2013년 12월, 임은정 검사는 징계처분취소청구소송 기일에서 무죄
의견을 진술한 동기에 대해 '국가에 의해 폭력을 당한 피고인과 유족
에게 사과하는 것이 인간의 도리라고 생각한다'고 말했다. 임은정 검
사의 무죄 구형에 대해 "옳고 그름을 떠나서 검사는 조직의 뜻을 따
라야한다"고 말한 검사가 있다. 바로 윤석열이다. 그는 2013년 10월,
국정감사에서 "조직을 대단히 사랑한다"고 고백했다.

"윈스턴, 어떻게 하면 타인에게 자기의 권력을 행사할 수 있겠나?"
윈스턴은 곰곰이 생각한 끝에 대답했다.
"타인을 괴롭힘으로써 행사할 수 있을 겁니다."
"맞았네. 권력은 타인을 괴롭힘으로써 행사할 수가 있지. 복종으로는 충분하지 않네. 괴롭히지 않고, 어떻게 권력자의 의사에 복종하는지 안 하는지 알 수 있겠는가? 권력은 고통과 모욕을 주는 가운데 존재하는 걸세. 그리고 권력은 인간의 마음을 갈기갈기 찢어서 권력자가 원하는 새로운 형태로 다시 뜯어 맞추는 거라네. 자네는 우리가 어떤 세계를 창조하려는지 이제 좀 알 것 같나? 이건 옛날의 개혁자들이 상상했던 어리석은 쾌락주의적 유토피아와는 정반대의 것이네. 공포와 반역과 고뇌의 세계이지."

조지 오웰, 『1984』 (민음사,2003)

인간은 미래를 먹으며 현재를 살아간다. 오늘 먹을 것을 위해 오늘을 사는 사람의 시간이 길어지면 길어질수록 희망을 가질 기회조차 잃는다. 절망은 가졌던 희망이 실패했을 때 갖는 감정이다. 그러나 절망조차도 느끼지 못하는 최악의 상황은 더 좋은 날이 올 것이라는 희망도 가지지 못하는 상황이다. 미래를 잃은 인간은 더 이상 현재에 살 수 없다. 그가 현재에서 가장 바라는 것은 그저 죽음 뿐이다.

오웰의 『1984』가 보여주듯 미래에 대한 디스토피아적 상상은 당시의 공산사회와 자본사회의 대립에서 비롯되었을 가능성이 크다. 전체주의적 사고가 드러낸 인간성의 말살을 최전선에서 봤기 때문이다. 전체주의적 사고가 오늘날에 없어졌다고 생각하지는 말자. 모든 생활을 감찰하는 텔레스크린도 사각지대가 있었지만 서울시내에 cctv는 한 면적당 세계최다수준을 자랑한다. 상하좌우 모든 면에서 기록될 뿐 아니라 빅데이터 시스템은 나의 검색기록을 모두 알고 내가 최근에 관심있게 봤던 상품을 팝업으로 띄운다. 은연한 소름이 등줄기에 흐르는 것은 기술이 인간을 넘어선 지점의 으스스함인지 오웰의 상상이 현재가 된 것인지 모를 기시감 때문이다.

반대로 인간이 기술 발전을 통제하고 인공지능이 인류의 삶을 더욱 윤택하게 해줄 것이라고 낙관하는 입장도 있다. 나는 이 의견에 40% 정도 동조하고 나머지 60%는 디스토피아적 미래를 예상한다. 인공지능이란 일종의 상전이[19]처럼 우리가 단 한 번도 겪어보지도 예상하지도 못한 현실을 가져올 가능성이 있다. 인간성을 보존하는 일이 기술 발전과 동급의 미션으로 취급받아야 한다고 늘 생각한다. 이미 인간은 기술보다 현저히 뒤쳐진 존재다. 오웰의 소설책이 예언서가 되지 않게 하기 위해선 우리에겐 인간성이 필요하다.

---

19) 수증기가 물이 되고, 물이 얼음이 될 때를 상전이라고 한다. 이전과는 완전히 다른 형태,성질을 갖게되는 변화를 의미한다.

나는 내가 글을 쓰는 동기 중에 어떤 게 가장 강한 것이라고 확실히 말할 수 없다. 하지만 어떤 게 가장 따를 만한 것인지는 안다. 내 작업을 돌이켜보건대 내가 맥없는 책들을 쓰고, 현란한 구절이나 의미 없는 문장이나 장식적인 형용사나 허튼소리에 현혹되었을 때는 어김없이 '정치적' 목적이 결여되어 있던 때였다.

조지 오웰, 『나는 왜 쓰는가』 (한겨레출판사,2010)

나는 글을 왜 쓰는가? 오웰이 말하는 것을 듣기 전에 책을 덮어두고 먼저 생각해본다. 전업 작가부터 생활 글쓰기를 하는 사람, 작게는 비교적 장문인 페이스북과 140자 뿐인 트위터에 이르기까지 모든 글쟁이들에게 내재되어 있는 의도는 자신을 드러내기 위함이다. 자신의 생각과 뜻을 표현할 마음이 없다면 처음부터 글은 존재할 수 없다. 그 뜻이 자기의 지적우월성을 뽐내기 위해서라든지, 글쓰기 솜씨를 타인보단 자신에게 먼저 증명하고 지적희열을 느끼기 위해서일 수도 있다.

오웰도 똑똑해 보이고 사람들의 이야깃거리가 되고 싶은 순전한 이기심의 동기로 글을 썼다고 말한다. 미학적 열정과 역사적 충동도 있었다. 그러나 그의 말에 박수를 치는 지점은 바로 정치적 목적이다. 이 동기는 세상을 특정 방향으로 밀고 가려는, 어떤 사회를 지향하며 분투해야 하는지에 대한 남들의 생각을 바꾸려는 욕구다. 오웰에 의하면, 어떤 책이든 정치적 편향으로부터 진정으로 자유로울 수 없다.

그의 말은 진정으로 옳다. 지난 2009년부터 10여년간 SNS에 써놓은 글들을 묶어 1,000페이지 가량의 제본을 만든 적이 있었다. 그 글들은 한낱 불평과 배설로 가득했고 또 굳이 안해도 될 일상의 평범한 소회들도 한가득이었다. 그러나 개중 페이지 넘기기를 멈추고 진중한 표정으로 읽은 글들은 대개 정치적 목적이 들어있는 글이었다. 조직의 변혁이나 수정, 인간이 따라야할 도리와 수칙에 관한 글이었고 그런 글은 사람들을 일정한 방향으로 향도하고 걸어가자고 선언하고 격려하는 글이었다. 그런 글에서는 결연한 무언가가 들어있다. 뜻을 밝힐 때는 대가가 따르기 때문에 그 글은 대가를 치룬 글이자 책임을 지겠다는 의지의 표현으로서 참 내가 드러난 순간이었다. 오웰의 통찰은 글쓰기의 거룩한 전통이 유구함을 보여준다.

한 차원 높은 11차원에서 보니 문제가 아주 단순했다. 5개가 아니라 하나였던 것이다. 2차원 위에 있는 개미는 자신이 어디의 일부에 있는지 모르지만 우리는 개미가 어디 있는지 안다. 11차원의 관점에서 10차원을 내려다보는 것도 이와 마찬가지였다. 다섯 개의 끈이론들은 한 이론이 갖고 있는 5개의 단면에 불과했다. 이로써 끈이론은 아주 다른 이론이 되어버렸다. 우주의 모든 물질이 거대한 막 구조에 연결되어 있다는 놀라운 결론! 이렇게 M-이론이 등장했다.

EBS 다큐프라임 [빛의 물리학] 제작팀,
『빛의 물리학』(해나무,2014)

내가 보기에 '아는 만큼 보인다'는 말은 최근 유튜브에서 젊은 세대(특히 여성층)의 전폭적인 인기를 구사하고 있는 최재천 교수의 '아는 만큼 사랑하게 된다'는 말로 진화했다. 모두 '그저 그런갑다' 싶은 상투적인 문구가 어느샌가 '이거 정말로 그렇구나!' 하는 격언으로 바뀌는 순간을 맞이한 적이 있는지 궁금하다. 다음 문장들은 어떤가?
'빛의 속도는 상대와 관계없이 불변한다. 관측자에 대해 빠른 속도로 운동하는 물체는 시간이 느려지고 길이가 짧아지며 상대적으로 무거워진다. 질량은 에너지로, 에너지는 질량으로 바뀔 수 있다.' 전혀 와닿지가 않는가? 그럼 다음은 어떤가보자. '중력과 가속도는 구별할 수 없는, 본질적으로 같은 것이다. 강한 중력은 시공간을 휘게 만든다.'
눈치챘겠지만 첫 번째 명제는 아인슈타인의 특수상대성이론이고 두 번째 명제는 일반상대성이론이다. 알아들을 수도 없었고 알고싶지도 않았던 명제를 차츰차츰 알아가면서부터는 사랑이 싹트고 이해가 되기 시작하며 세상이 돌아가는 원리가 보이기 시작한다. 책의 마지막 장을 읽고 천천히 아주 천천히 덮었다. 이 놀라운 질서를 너희만 알았다니, 그리고 이 원리가 세상에 나온지 117년이나 되었는데 이것을 모르고 있는 나는 도대체 얼마나 부끄러운 사람인지, 한참을 멍하게 앉아있게 되었다. 모든 사람이 모르고 살아간다고 해서 알아야할 것을 몰라도 되는 것은 아니다. 인간의 도리는 새삼 정치와 사회과학과 윤리학에만 국한되는 게 아님을 자연과학으로부터 배운다. 자연과학을 모르면 세상을 말마따나 세치 혀 놀리기 좋아하는 습관으로 버무리기 십상이다. 인간이 그러거나 말거나 자연의 법칙은 영원 전부터 신성하게 존재해왔기 때문이다. 인류 문명의 최신을 살이 디행이다.

'이야기가 가지는 힘'이란, 이야기를 통해 인간이란 어떤 존재인지, 우리가 살고 있는 사회는 어떤 모습이어야 하는지를 스스로 생각하게 만드는 힘을 말한다.

문학줍줍, 『문학줍줍의 고전문학 플레이리스트41』
(책밥,2022)

문학작품을 읽는 것, 특히 소설을 읽는 일을 즐기고 또 수월하게 여기는 것을 넘어서 즐거운 일로 여기는 독서가들을 질투한다. 수많은 장르 중에 하필 소설을 읽기 어려워한다는 사실이 나를 심란하게 만든다(물론 괴롭지는 않다). 유발 하라리는 『사피엔스』에서 인류는 소설과 이야기 형식을 띤 내러티브[20]를 유전적으로 좋아한다고 말한다. 그런데 논리구조를 갖춘 논설문 형식을 상대적으로 훨씬 선호하는 나는 호모 사피엔스 유전자 중의 별종인걸까. 그렇다고 해도 나같은 독서가는 수억명이 넘을텐데 별종이란 단어를 쓰기는 적합해보이지 않는다. 다행히도 이 시대는 모든 기술의 최절정을 달리는 인류 문명사의 최전선이다. 모든 것이 시장의 논리로 움직이기 때문에 인간의 수요가 일정량 발생한다면 그 곳엔 언제나 수익을 바라는 공급이 생겨난다. 이런 류의 책이 나 같은 사람을 도와주는 책이다.(자본주의 만세) 가령, 『토지』처럼 수백명 이상의 이름이 나오는 러시아 문학, 그 중에서도 『안나 카레니나』,『카라마조프가의 형제들』을 읽기는 쉽지 않다. 또 남미문학의 결정판 『백년 동안의 고독』의 난해함도 그러하다. 늘 읽겠다고 결심만으로 가득 찬 쥘 베른의 『해저 2만리』,카뮈의 『이방인』, 플로베르의 『마담 보바리』, 헤밍웨이의 『누구를 위하여 종은 울리나』는 또 어떤가.

　문학소년소녀들이 자라 문학청년이 되어 다른 이들의 죄책감을 덜어주다니, 감격하지 않을 수 없다. 축약본을 읽었다고 원전을 치워버리는 것 아니냐는 걱정에는 오히려 축약본은 읽어 줄거리를 알기에 자신감 든든하게 원전을 읽을 수 있다고 말하고 싶다. 소설 속 긴장감은 조금 줄어들 수 있겠지만 웬걸, 누구나 일시정지 하며 태블릿PC로 영화를 보는 사람도 있듯, 내게도 나만의 독서방식이 있다. 즐거우면 그만인걸.

---

20) 내러티브는 서사라고도 한다. 이야기 구성을 의미한다.

(...) 이들 말고도 일제에 빌붙어 민족을 배신해 자신의 영달을 꾀하고 해방 뒤엔 그에 기반을 두고 더 큰 힘을 구축해 떵떵거리고 산 친일파들이 얼마나 많았던가. 그들은 생물학적 수명을 다해 사라졌지만, 그 혈연적, 사상적 후예들은 여전히 건재하다. 친일 청산이 여전히 시대적 과제인 또 다른 이유다.

박시백, 『친일파 열전』 (비아북, 2021)

성서에서 예수는 '눈에 보이는 것만 믿느냐, 보이지 않는 것을 믿는 자가 복되다'라고 했다. 보이지 않는 것은 그렇다면 실재하지 않는 것일까? 구원과 내세는 믿음의 영역이니 있다고 해도 좋고, 없다고 해도 좋을 것이다. 그러나 보이지 않고 잡히지 않을 뿐 실재하는 것도 있다. 친일파도 그 중 한 가지다. 1945년 8월 15일 해방 이후에 남아있던 생물학적 친일파들은 모두 사망했을테지만 그들의 생물학적 후손, 사상적 후손, 경제적 후손들은 한 치의 피해없이 건재할 뿐 아니라 그 세력을 날로 넓혀가고 있다. 모두 이 민족이 반민족행위자, 친일파 청산을 하지 못한 대가이다.

서울시청부터 광화문 앞 도로가 리모델링 되어 광화문 광장이 기존의 섬처럼 유리되어 있는 형태에서 세종문화회관 앞으로 드넓은 진짜 광장이 조성되었다. 그 기념으로 버스정류장마다 광화문거리의 시대별 일러스트레이션이 걸렸다고 한다. 그 중 하나를 문제 삼고 싶다. 사진을 첨부하지 못하지만 인터넷에 검색하면 쉽게 찾을 수 있다21). 일장기와 욱일기를 넣고, 인왕산을 후지산으로 대체하고, 사쓰마번(도고 헤이하치로)과 조슈번(이토 히로부미, 아베신조)의 상징물인 흑두루미와 녹나무잎을 넣은 일러스트가 이순신 장군 동상 옆에 세워져있다는 사실이. 이 나라는 아직도 독립이 요원한 것임을 새삼 느끼게 한다.

프랑스의 드골 대통령이 대독 반민족행위자들을 대숙청한 사건에 대해서 세계는 비판적으로 보고 있고 심지어 프랑스조차도 그 일에 대해 정의가 아니었다고 생각하고 있다. 무고한 사람까지 절차없이 모두 죽였기 때문이다. 그러나 반민족행위자를 솎아내지 않아 일제치하 35년이 아닌 115년 가까이 친일파가 판을 치는 모습은 어떤 선택지가 옳은지 고민케 한다. 그래도 프랑스의 길이었다면...

---

21) https://youtu.be/wrZQBzdeMao 황현필 한국사 출처. 제목〈충격입니다. 서울시... 대체 왜이럴까요?〉

저항운동에 지속적으로 참여한 사람들이 인구의 3.5%가 넘는 '모든' 저항운동은 성공했다는 것이다. 3.5%가 적은 숫자는 아니다. 5,000만 명이 넘는 우리나라라면 거의 200만 명. 미국이라면 무려 1,000만 명이 넘는 숫자다. 흥미로운 점은 더 있다. 3.5%를 넘긴 모든 저항 운동은 하나같이 다 비폭력적이었다는 점이다. 즉, 비폭력 저항운동의 성공률이 더 높을 뿐 아니라, 참여자의 숫자도 더 많았다. 비폭력 저항운동의 평균 참여자 수는 폭력적인 저항운동의 무려 4 배였다.

김범준, 『관계의 과학』(동아시아,2019)

나는 편견을 나쁘게 보지 않는다. 즉 편견을 가지고 산다는 말이다. 사람들은 정치적 올바름(political correctness, PC) 혹은 윤리적인 측면에서 편견을 갖는 사람을 올바르지 않다고 여긴다. 그러나 편견은 우리의 생존을 위한 하나의 무기로 발전해 온 감각이다. 험상궂은 인상을 가진 100명의 사람 중 과반수 이상이 실제로 폭력적이었다면, 험상궂은 인상을 가진 사람은 폭력적이라고 간주하는 것이 좋다. 왜냐하면 확률이 근거가 되어주기 때문이다. 사람들은 예외가 있다고 말한다. 물론 예외가 있다. 그러나 10개로 영역이 구분된 과녁에 9개는 1억원 당첨이 적혀있는 파란색 영역이고 1개는 꽝이라고 적혀있는 붉은색 영역이다. 당신은 다트 1개만을 가지고 있다. 어느 색의 영역에 걸겠는가?

　화살 100발을 쏘면 화살 1발을 쏘는 것보다 많은 화살이 과녁에 꽂힌다. 통계는 진실하다. 그렇기에 편견은 당연하고 옳다. 소수의 예외 사항을 가지고 법칙을 흔들 수는 없다(물론 소수의견이 무슨 말을 하고 싶어하는 지는 충분히 알고 있다). 이렇게 작은 차원에서의 통계가 아니라 사회전체 영역에서의 빅테이터를 가지고 낸 통계도 편견에 그치게 될까?

　사회전체 구성원이 생물처럼 움직이는 유기체로서의 사회는 우리에게 새로운 가능성을 제시하기도 한다. 단순히 다트에 던져지는 경우의 수가 아니다. 통계를 통해 나타나는 결과는 십중팔구 실제로 그러하게 나타난다. 그렇다면 그런 통계가 나타나게끔 조건을 충족시킨다면 우리가 원하는 결과를 사회에 구현할 가능성이 있다. 기술이 사회 변혁에 기여하는 방식은 이렇게 세련되었다.

모든 도덕적 자질 가운데서도 선한 본성은 세상이 가장 필요로 하는 자질이며 이는 힘들게 분투하며 살아가는 데서 나오는 것이 아니라 편안함과 안전에서 나오는 것이다

버드런트 러셀, 『게으름에 대한 찬양』(사회평론, 2005)

조던 피터슨이라는 캐나다의 임상심리학자가 있다. 상당히 유명한 사람인데 그의 저서가 서점마다 매대에 '서'있다. 매대에 누워있는 책들보다 우등한 명예의 전당에 서계신다. 피터슨은 2030의 남성들에게 선풍적인 인기를 끌고 있다. 그 심리와 이유가 무엇인지 알 것 같아 웃음이 나온 적이 많다. 그는 나태와 무기력함 등을 악덕으로 말하며 유명한 Guru(권위자)처럼 남성들에게 메시지를 전한다. 그 나이대의 남자들은 멋있는 삶에 대한 동경, 멋진 남성성에 대한 선망을 가지고 있기 때문에 피터슨은 그들 사이에서 세계구급 슈퍼스타가 되어있다.

  산업사회만 해도 똑같았다. 부지런함과 근면성실은 최고의 선이었다. 17세기 중반, 산업혁명이 일어난 영국에선 5세나 6세 아니도 광산에서 일을 했다. 게으름은 사람의 도덕과 삶의 차원에서 악덕으로 규정된 것이 아니라 돈을 더 벌지 못하게 하기 때문에 악덕으로 규정된 것이다. 그런 사회의 분위기와 질서가 잡혀가자 사람들은 성실을 선으로 내면화했다. 그 결과 자신이 누구인지도 모르고 일하고, 자신이 무엇을 좋아하는지도 모르고 일하며, 왜 일하는 지도 모르고 일했다. 러셀은 진정으로 행복한 삶은 이런 가짜 근면에서 벗어나야 한다고 말한 것이다.

  『게으름에 대한 찬양』은 우리가 많은 일(노동)을 하는 이유는 그 업무가 좋아서, 그 업무가 선해서가 아니다. 업무를 통해 얻는 부를 사용해 얻는 여흥, 여가, 쉼이 선하기 때문이다. 오직 여가를 통해서만 사람은 자신이 누구인지 성찰할 수 있다. 맑스의 창조적 노동과는 정반대에 있는 지점이다. 맑스는 누군가가 시킨 노동이 아니라 자기가 하고싶어 하는 창조행위노동이야말로 인간을 참 인간답게 만든다고 했다. 나는 두 사람의 말이 같은 말임을 알고 있다. 쉼을 통해서만 비로소 누구에게도 강요받지 않는 참된 자유의 노동을 펼칠 기회가 열리기 때문이다.

오늘날 과학은 이전까지 많은 사람들이 직관적으로만 알고 있었던 것, 즉 우리 인간이 지구에서 사고하고 느낄 수 있는 유일한 존재가 아니라는 것을 '증명하기' 시작했다. 이러한 사실은 우리와 함께 살아가는 다른 동물들에 대해 새로운 관점을 갖게 해준다. 찰스 다윈도 말한 바 있지만, "살아 있는 모든 생명체에 대한 사랑이야말로 인간의 가장 숭고한 본성이다."

제인 구달, 『제인 구달 생명의 시대』(바다출판사, 2021)

인간은 직립보행을 한 이후로 해방된 손을 통해 도구를 만들었다고 한다. 그렇다면 인간만이 도구를 만들 수 있을까? 침팬지도 부분적이지만 이족보행을 한다. 그리고 침팬지도 도구를 사용한다. 제인 구달은 그녀의 스승 루이스 리키에게 침팬지가 도구를 사용한다는, 당시로서는 충격적인 사실을 전했고 루이스는 구달에게 말한다. "인간의 정의를 바꾸든지, 도구의 정의를 바꾸든지, 침팬지를 인간으로 인정하는 수밖에 없겠군"

　침팬지는 인간의 유전자와 98.5% 동일한, 지구 생태계에서 인간과 가장 가까운 생명체다. 침팬지 역시 포유동물답게 자식을 양육해낸다. 침팬지는 인간의 양육방식과는 다른 방식을 취해 다소 충격적이었는데 인간에게는 일종의 부끄러운 일이라고 할 수 있다. 구달에 의하면 어린아이에게 탐구는 그 자체로 아이에게 학습이다. 한번은 구달이 2살짜리 어린아이와 아이 어머니가 식사를 하는 곳에 합석하게 되었다. 아이가 접시에 물을 붓고 손으로 저으며 놀자 아이 엄마는 아이를 화장실에 데리고 가 맞아야겠다고 훈육하더라는 것이다. 구달은 충격을 받아 말을 이을 수 없다고 회고한다. 침팬지는 어린 침팬지에게 절대 체벌을 하지 않는다. 어린 침팬지가 엄마의 도구를 뺏으려 하면 엄마 침팬지는 도구를 뺏으려 하는 아이의 손을 간지럽혀 관심을 돌린다. 어린 침팬지는 간지러움에 웃다가 이내 도구를 뺏으려는 걸 잊는다. 아이가 옳고 그름을 배우는 과정을 인간은 스스로 파괴하고 있다.

　그런 침팬지가 인간과 가장 흡사하단 이유만으로 남획되어 실험당하는 모습을 본 구달은 자신이 원하든 원하지않든 그날 활동가가 되었다고 회상한다. 누구든 어떤 지향점을 상정해놓고 활동가나 개혁자가 되지 않는다. 그저 불의하고 틀린 현실을 보고 자동적으로 그렇게 되었을 뿐이다. 시대와 양심이 불러낸 것이다.

시리아·팔레스타인 지역은 동아프리카의 대지구대 북쪽 출구에 해당하는 황량한 사막지대에 위치해 있다. 과거 굶주림과 갈증에 시달리던 이 지역의 주민들은 상업으로 생계를 꾸리며 이집트와 메소포타미아 문명의 번영을 시샘했다. 그들은 때때로 재난을 가져다주는 사막의 절대신에게 전적으로 귀의하지 않으면 살아갈 수 없었다.

'최후의 심판' 신앙을 계승한 사막의 종교, 유대교는 배타적이고 관용 없는 유일신 신앙을 중심으로 발달하였다. 사막에서의 생활과 엄격한 신은 떼려야 뗄 수 없는 밀접한 관계에 있었다. 사람들은 가혹한 요구를 반복하는 유일신에게 귀의하는 것 외에는 마음의 평안을 유지할 수 없었다

미야자키 마사카츠, 『처음부터 다시 읽는 친절한 세계사』 (제3의공간, 2017)

많고 많은 나의 독서편력 중 한 가지는 저자의 국적별로 편식하는 습관이다. 1순위는 한국 작가이다. 한국인 작가의 어순과 어휘 그리고 어감은 유명한 번역자와 옮긴이들이 이길 수 없는 산과 같다. 그들이 드는 예시조차 외국의 사례가 아니기에 훨씬 실제적이다. 2순위는 어쩔 수 없이 영미권 작가다. 방대하고 유익한 내용이 출판되는 양 자체가 압도적이니 안 볼 수가 없다. 3순위는 일본 작가다. 일본의 출판물은 굉장히 독특하다. 나는 이것이 일본의 실용적인 문화와 말투 등이 섞인 굉장히 일본색이 짙은 글임을 단번에 알아볼 수 있다.

남에게 체신머리 있게 혹은 교양있게 보이고자 하는 욕망, 타인에게 있어 보이고자 하는 욕망은 한국인이 상대적으로 더 커보인다. 일본인 작가의 글은 그런 면에서 훨씬 시원시원하다. 교양 때문에 교과서의 순서대로 세계사를 나열하는 진부한 책들과 순서를 과감하게 병렬식으로 배치한다. 삽화도 어느 책에서나 볼 수 있는 사진자료를 배제하고 작가가 독특하고 개성있게 그려넣었다. 다른 책들이 역사적 사료와 사실만을 짜깁기하여 넣은 죽은 책이 아니라 틈틈이 작가 자신의 주장과 의견을 용기있게 개진한 부분이 인상 깊었다.

인기있는 일본 출판물들은 대개 이런식이다. 후줄근하고 잡다한 글을 늘어놓지 않는다. 실제로 작가는 책 부피를 늘리기 위해 한 마디해도 될 일을 열 마디로 늘려 적어놓는다. 독자는 바보가 아니기 때문에 단번에 그런 글을 인지한다. 그런 면에서 일본 출판물들은 꼭 한번씩 손이 가곤 한다. 보물이 나올 확률이 상당히 높기 때문이다. 한번 입덕한 작가의 책은 또 기다리게 되는 것은 덤이다.

인간이여! 항상 자신의 직무를 다하면서 마땅히 백 년을 살아갈 소망을 가져라. 인간으로서 그렇게 살고 싶으면 업보에 얽매이지 않고 사는 길 외에 다른 길이 없도다. (...) 이제 내 호흡은 저 불멸의 곳, 바람으로 되돌아가느니 이제 내 몸은 불 속에서 한 줌의 재가 되리니 오옴(옴), 내 마음이여 기억하라. 살아 생전에 내가 했던 이 모든 일들을...

이재숙, 『우파니샤드』 (풀빛, 2005)

'미망으로부터 진리로 나를 인도하소서. 어둠으로부터 빛으로 나를 인도하소서. 죽음으로부터 영원으로 나를 인도하소서.' 시인 타고르가 즐겨 인용하는 구절이자 『우파니샤드』의 유명한 구절이다. 사람들이 즐겨하는 요가부터 상가철학, 불교, 자이나교 모두 힌두교 경전 『우파니샤드』에서 나왔다는 사실을 아는 사람은 많지 않다. 힌두교의 출발은 브라만교다. 우리가 인도 카스트제도에서 배운 그 브라만이 맞다. 브라만교는 기원전 1,500년 경에 인도에 정착한 아리아인들에 의해 창시되었다고 본다. 그러나 브라만교의 각종 제사와 의식, 의례 절차로 대다수의 민중들은 고통을 겪었고 제사장 계급인 브라만만 호의호식하는 종교로 변질되어갔다. 브라만교는 점차 사람들과 유리되어 갔다. 이를 극복하기 위해 나온 경전이 『우파니샤드』다.

흔히 『우파니샤드』에는 윤회나 해탈의 가르침이 가득한 줄 알지만 그렇지 않다. 윤회를 말하는 것은 맞지만 그렇다고 내세를 걱정하거나 혹은 내세만을 기대하며 현실을 포기하는 삶을 권하지 않는다. 힌두교에서 파생된 종교인 불교는 색은 공이고 공은 색이라 말한다. 색은 물질이고 공은 연기법22)이다. 불교에서 물질은 곧 홀로 존재하지 않고 모든 것에 의존해 존재한다. 불교 역시 업(카르마)을 버리고 해탈을 바라지만 윤회바퀴의 한 살인 인간계에 육체를 입고 있는 한 현실에서 중생구제의 선업을 쌓으며 살길 권고한다. 불교사상의 근원이 되었던 『우파니샤드』도 현실을 강조한다. 윤회와 내세를 강력하게 주장하는 그들도 현실을 열심히 살길 강권하는 데서 역시 인간은 미래를 먹으며 오늘을 산다는 생각을 한층 더 견고하게 하게된다.

---

22) 산스크리트어 Pratitya-Samutpada, 모든 것은 서로 의존하여 발생한다. 상호의존성을 의미한다.

내 아들 키케로야, 이제 너는 아버지인 나에게서 큰 선물, 즉 나의 위대한 사상을 받았다. 그렇지만 그 선물은 네가 받아들일 수 있는 정도의 것이다. 그러나 그 가치는 네가 그것을 받아들이는 정신 상태에 달려 있게 될 것이다. 이 책들을 통해서 내 목소리가 네게 전달되었으니, 너는 네가 시간을 낼 수 있는 한 실제로 정성을 들여 많이 읽도록 하여라. 거듭 말하거니와 그 책들 속에는 도처에서 내 음성이 들릴 것이기 때문이다.

키케로, 『의무론』 (시공사, 2006)

조지 오웰은 글을 쓰는 이유를 네 가지로 적었다. 순전한 이기심, 미학적 열정, 역사적 충동 그리고 정치적 목적이라고 했다. 모든 글에 이 네 가지 목적이 들어가는 것은 아니다. 때로는 한 가지, 때로는 두세 가지가 들어가기도 한다. 그러나 나는 한 가지 목적을 더 추가하고 싶다. 바로 후대에 남길 목적으로 쓰는 글이다. 조용필의 노래 『킬리만자로의 표범』의 가사처럼 '바람처럼 왔다가 이슬처럼 갈 순' 없는 것이 인간의 본능일까? 그래서 프랑스 라스코 벽화와 스페인 알타미라 벽화처럼 구석기인들도 자신들의 흔적을 그렇게 남겼는지도 모른다.

그 어떤 책도 키케로의 『의무론』만큼 아들에 대한 사랑을 표현하고 있지 않다. 마치 집을 나설 때마다 '차 조심 해라', '뛰지 말아라', '멀리 가지 마라'를 외우시는 부모님의 목소리가 들리는 듯 하다. 나이가 지긋해지면 부모님의 잔소리가 그리워진다고 한다. 키케로의 글을 읽으면 그 날이 머지 않았음을 느낀다. "그러므로 약속은 때로는 지켜서도 안 되며, 반드시 맡겨진 것을 되돌려 주어서도 안된다. 어떤 자가 정상적인 상태에서 너의 집에 검을 맡겼는데 만일 그가 정신이 나간 상태에서 검을 돌려달라고 요구한다면 돌려주는 것은 잘못을 범하는 것이요 돌려주지 않는 것이 너의 의무인 것이다." 키케로가 하나하나 아들을 향한 교훈과 훈계를 마치 잔소리처럼 적어두어도 그 글에선 애정이 뚝뚝 떨어진다.

부모 마음에 쏙 드는 자식과 동시에 자식의 마음에도 쏙 드는 부모가 만나는 일이 있을까. 키케로처럼 로마의 국부로서 도덕적인 삶을 지향하는 동시에 자식에 대한 애정을 동시에 지닌 아버지. 꼭 그런 이상적인 아버지 밑에선 배신하는 아들이 나온다. 그 반대의 예도 너무 많다. 아들의 정치적 배신으로 옥타비아누스에게 참혹한 죽음을 맞이한 키케로는 그래도 끝까지 아들을 사랑하며 죽었을 것이다. 그를 기리며 숭고한 글쓰기를 이어간다.

정도전이 말한 궁궐 건축에 대한 이런 정신은 일찍이 김부식이 『삼국사기』〈백제본기〉 온조왕 15년(기원전4) 조에서 "새로 궁궐을 지었는데 검소하지만 누추하지 않았고, 화려하지만 사치스럽지 않았다"라고 한 것을 이어받는 것이었다. 결국 '검이불루 화이불치'는 백제의 미학이고 조선왕조의 미학이며 한국인의 미학인 것이다.

유홍준, 『유홍준의 한국미술사 강의 4』 (눌와,2022)

산사에서 행하는 발원은 불자가 아니면 쉽게 가져볼 수 없는 경험이다. 그러나 불자라 해도 경주 불국사를 비롯해 유명한 산사와 자신의 절 안에 있는 부처가 누구를 모신 지를 모르는 사람이 많다. 마치 기독교인이 교회를 다니면서 교리도 모른 채 주일에 자리만 채우다 나가는 것과 비슷하다. 산사에선 대웅전이면 석가모니, 극락전이면 아미타여래[23], 대적광전이면 비로자나불[24]을 모신 곳이다. 많이 들어본 전각과 부처님 말고 또 중요한 전각이 있다. 관음전과 명부전이다. 관음전은 관세음보살[25]을 모신 곳이고, 명부전은 지장보살[26]을 모신 곳이다.

관세음을 염하는 것은 현실의 구제와 복을 구하는 기도다. 그래서 다짜고짜 절에 들어가 대웅전이나 극락전에 비는 것은 옳지 못하다. 석가모니불이나 아미타불이 "그건 내 소관이 아니니 행정 절차상 처리해줄 수 없다"고 하시는 낭패를 겪으면 어떡하나. 다음부턴 동사무소, 아니 관음전에 서류를 잘 제출하도록 하자.

특별히 마음이 가는 부처님(땡!), 보살님은 지장보살이시다. 현세를 관음보살이 담당해준다면 내세는 지장보살이 담당하신다. 그 유명한 명부의 왕인 염라대왕도 지장보살 앞에선 한 수 접고 들어간다. 염라를 비롯한 10명의 명부왕도 지장보살의 일을 돕는 왕이다. 지장보살이 이런 높은 위치에 있는 것은 모든 중생을 구제하려는 간절한 마음으로 자신의 해탈까지도 뒤로 미룬 고귀한 마음씨 덕분 아닐까. 서양의 그리스도교도 신이자 인간인 예수의 철저한 자기희생 덕분에 전인류의 구원이 이루어졌다고 하지 않는가. 동양에는 지장보살이 있다. 동서양을 막론하고 자기희생의 가치는 숭고하다.

---

23) 서방 극락정토의 주인이 되는 부처
24) 삼천대천세계의 모든 부처 중 가장 중앙에 있는 부처
25) 자비로 중생을 구제하는 보살
26) 지옥에 빠진 모든 중생을 제도할 때까지 성불하지 않는 보살

두 우주인이 달에 착륙한 지 50년이 지난 지금 미국은 제2의 아폴로 프로그램인 아르테미스 달 탐사 프로그램을 추진하고 있다. (...) 아르테미스의 중심에는 미국항공우주국과 같은 국가기관이 아닌 민간 우주기업이 적극적으로 우주탐사에 참여한다는 이른바 뉴 스페이스가 놓여 있다. (...) 바야흐로 호모 스페이스쿠스의 시대가 도래했다. 우주에서 돈을 벌겠다는 새로운 인류의 시대 말이다.

이성규, 『호모 스페이스쿠스』(플루토,2020)

'아는 만큼 보인다'는 이제 식상하고 한 물 간 격언이다. 여러 번 언급되는 최재천 교수의 '아는 만큼 사랑한다'는 그래도 아직까진 신선하다(비록 2000년도에 나온 말이지만). 직장과 집만 오가는 평범한 사람들은 들여다볼 시간이 없겠지만 2022년의 기술발전은 말 그대로 한 해가 갈수록 가시적인 발전을 거듭하고 있다. 가랑비에 옷 젖듯 지구온난화라는 말에 미동도 없던 사회는 어느새 기후위기로 발전한 현재의 기후변화에 전세계와 기업들이 반응하고 있다. 물론 지금도 콧방귀나 뀌는 수준이지만. 전기차와 신재생에너지는 말할 필요도 없는 기술혁신을 이룩했다. 가장 두드러지게 보이는 것은 우주개발이다.

〈제임스웹 우주망원경〉이 얼마 전 4장의 충격적인 관측사진을 선보이며 우주의 장엄함을 새삼 환기해냈다. 그 사진은 그저 미학적으로 아름답다는 수준을 넘어 사진의 가치를 아는 사람에게는 눈물을 흘리게끔 만드는 일종의 서사시였다. 우리나라에서 쏘아올린 한국형발사체 KSLV-2 〈누리호〉도 얼마 전 발사에 성공했다. 달 관측 위성 〈다누리〉도 미국의 스페이스X의 팰컨9 로켓에 실려 달 궤도를 향해 가고 있다. 과학상상에만 의존하던 달 기지, 한국에서 제작한 넷플릭스 시리지 〈고요의 바다〉가 보여주듯 지금 그 기지의 첫 걸음이 될 〈아르테미스 프로그램〉27)도 미항공우주국 NASA를 통해 실현되고 있다. 어설프게 예상한다면 내 대에서는 달과 화성에 기지가 세워지기까지의 과정을 볼 수 있지 않을까. 더 나아간다면 그 기지에 연구원들이 상주하는 모습까지 볼 수 있길 바란다. 그러나 인류가 고향인 지구를 버리고 화성에 가려는 일에만 집중하길 바라지 않는다. 우주에 생명체가 사는 유일한 행성은 지구뿐이다.

---

27) 달에 유인 착륙을 목표로 하는 프로그램. 〈루나 게이트웨이〉라는 달 궤도상의 기지를 만들어 화성으로 가는 전초기지를 세우는 미션의 일환. 2022년 9월 4일 발사는 한달 뒤로 연기되었다.

나라의 재앙과 행복은 군주에게 달려 있지, 결코 하늘의 시운에 달려 있지 않습니다.

태공망, 『육도·삼략』 (홍익, 2005)

동양의 전설적인 경영자들 예컨대, 우리나라의 아산 정주영 혹은 일본 교세라(교토세라믹)의 이나모리 가즈오 같은 사람들은 현대판 전국시대의 영주와 비슷하다. 시장은 전국시대와 비견될 수 있다. 그 정글 속에서 수많은 군웅들이 뜨고 또 진다. 그래서인지 기업을 일궈낸 회장님으로 대접받는 사람들은 동양고전을 자주 인용하곤 한다. 고전에 대한 소양이 자본주의적 군웅으로 살아남게 한 동력 중의 하나인지 아니면 군웅이 되고나서 명필을 사무실에 걸 듯 고전에 대한 소양역시 한 쪽에 챙겨두는 것인지는 알 수 없다. 인용되기 쉬운 고전은 손자병법 그리고 육도와 삼략이다.

 육도와 삼략이 오늘날에도 일명 먹힌다(!)는 점은 세상사, 인간사가 시간이 지나도 특정한 패턴 안에서 돌아감을 시사한다. 이순신 장군이 읽었다는 오자병법은 중국 전국시대 초기에 나왔고 유명한 손자의 병법도 전국시대 말에 나왔다. 육도와 삼략은 『봉신방연의』에도 나오는 주의 군사 태공망이 지었다고 전해진다. 그러나 실제로 태공망이 지었다기보다 글을 쓴 저자가 일신의 안위를 걱정한 나머지 유명인인 태공망을 적었을 것으로 보인다. 전국시대와 위진남북조라는 혼란 그 자체인 시기에 나온 책인 만큼 그 때보다 인간 군상이 더 번잡하고 혼란한 지금에도 이 책이 먹히는 것은 어찌보면 당연하다. 고전을 우습게 봐선 안 된다. 그 안에는 이제나 저제나 똑같았던 인간들의 수많은 행동거지의 표본이 들어있다. 이익 앞에 사람은 결국 두 가지 선지에서 갈등하다 선택한다. 죽음의 공포, 사면초가의 형국, 부유하고 안전할 때의 태도 등은 현대라고 변한 것 하나 없다. 그래서 고전에는 길의 흔적이 남아있다. 앙각 조각칼로 깎아 물이 흘렀던 길처럼 나있는 흔적. 수없이 서점 매대에 쏟아지는 허접한 자기계발책보다 육도와 삼략에 나있는 파진 조각흔적이 더욱 값지다. 나 이제 나이가 많이 든걸까?

몽골의 대평원에 섰을 때 대부분의 사람들은 묵묵히 입을 다물고 육체적 긴장에 사로잡힌다. 그 벌판을 대하는 순간, 그동안 머리 속에 저장되어 있던 생존 방법이 단 하나도 먹혀들 것 같지 않은 어떤 한계 상황을 만나는 것이다. 정착문명 속에서 누려온 생존의 방법이 그 황량한 곳에서는 전혀 쓸모없는 것이 되어버린다. 그랬을 때 인간은 무슨 생각을 하게 되는가? 그곳에서 역사는 어떤 의미를 갖는가?

김종래, 『유목민 이야기』(꿈엔들, 2005)

성서에 보면 신구약 66권을 막론하고 사람이름과 지명이 독자를 배려하지 않고 쏟아져 나온다. 독자를 매우 힘들게 하는 장애물로 유명하다. 사람의 이름으로서의 유다도 앞의 유다와 뒤의 유다가 다른데 지명에도 유다가 있다! 이처럼 독해를 어렵게 만드는 일은 내용을 이해하지 못하게 하는 동시에 내용에 대한 흥미를 급격하게 냉각시킨다. 개신교의 단일 경전에서도 이런 지경인데 그 범위를 세계로 넓히면 오죽할까.

가장 대표적인 예가 '한국(칸국)'이다. 내가 배우던 7차교육과정까지만 해도 지도엔 온통 '킵차크 한국', '오고타이 한국', '일 한국'이라고 쓰여있었다. '이 한국은 우리 한국인가 아닌가' 하는 질문이 스스로도 부끄러워 물어보지도 못했다. 질문하는 일을 스스로 내면에서조차 부끄러워하다니 '한국'(대한민국)의 나쁜 교육문화의 일부다. 생소했던 저 한국들은 몽골 제국의 분열된 나라였다. 하긴 로마보다 거대했던 몽골 제국이 하루아침에 사라질 리가 없는데 교과서의 순서대로 바로 송나라, 명나라.. 이렇게 외웠던 내가 한심해 보인다. 그만큼 교육도 엉망이라는 이야기지만..

교과서의 세계사에서는 아예 다루어지지 않지만 칸국의 영향력과 영토는 실로 어마어마했고 그 속이야기는 더욱 흥미진진하다. 칭기즈 칸의 장남 주치의 나라 주치울루스는 킵차크 칸국이 되고 주치의 아들이자 그 유명한 몽골의 바투가 정복한 유라시아 영토는 실로 가공할만한 크기였다. 지금 우크라이나 전쟁으로 사람들에게 강제로 인지된 키예프도 당시엔 러시아의 모태 키예프 루스였다. 푸틴이 탐내는 비옥한 영토 키예프 또한 킵차크 칸국의 영토였다는 사실은 매우 놀랍다.

유목민의 역사는 남의 이야기가 아니다. 원간섭기와 호란의 아픔을 딛고 그들을 알아야한다. 동아시아인이라면 유목민에 대한 깊은 관심과 공부가 필수교양이다.

천도와 지리가 서로 상응하므로 우주가 변화하고 만유가 생성하는 법칙을 이룬다. 또한 만물 중 사람이 가장 신령하므로 이 우주의 법칙을 밝혀내고 또 실천해 나가는 것이 곧 인사(人事)이다. 천(天), 지(地), 인(人) 삼재(三才)의 의의와 그 관계를 피력하고, 동시에 동양적 사유인 삼재(三才)와 오행(五行)을 통하여 우주와 만물의 원리를 설명한 단락이다.

최제우, 『동경대전』(모시는사람들,2014)

전주를 돌아다니다가 발견한 동학농민혁명 기념관. 〈고부백산격문〉은 늘 볼 때마다 가슴이 두근거리는 문장이다. '우리가 의義를 들어 이에 이름은 그 본의가 단연 다른 데 있는 것이 아니고 창생을 도탄에서 건지고 국가를 반석 위에 두자는 데 있다. (...) 만일 기회를 잃으면 후회하여도 미치지 못할 것이다' 호남창의대장소 재백산 在白山. 이처럼 우리나라에서도 프랑스혁명에 버금가는 민중혁명이 있었다는 사실에 자랑스럽고 당당하다. 그러나 프랑스혁명과 달리 실패하였다는 사실에 슬프고 또 관군과 외세에 의해 학살28)당했다는 사실이 슬프다.

　대한민국 헌법 전문에는 3.1운동으로 건립된 대한민국임시정부의 법통과 불의에 항거한 4·19 민주이념을 계승한다고 적혀있다. 동학혁명은 왕정을 뒤엎고 근대를 지향하는 혁명이 아니었다. 전주화약의 내용처럼 왕을 존중하며 개혁과 시정을 요청하는 혁명이었다. 처음에는 봉건제의 폐단을 개혁하고자 했고 이후에는 외세를 몰아내고자 했다. 그런 면에서 동학혁명은 의병 운동으로 이어지고 항일 무장 투쟁의 첫 역사라고도 할 수 있다.

최근에 개봉한 영화 〈한산〉에서는 '임진전쟁은 도대체 무엇이냐'고 묻는 항왜29)의 질문에 이순신 장군은 "의義와 불의不義의 싸움이지." 라고 답한다. 우리 대한민국의 헌법 전문은 불의에 항거한 4·19혁명의 민주이념을 계승한다고 한다. 불의에 항거한 혁명이 이 나라 역사에 한 두 군데인가. 나라로부터 받은 것이 없음에도 위기에 떨쳐 일어나는 기질은 이 나라 민중의 특성이다. 지금도 한국사회에 흩뿌려져 있는 불의에 창의의 깃발은 언제 다시 일어날 것인가.

---

28) 우금치 전투. 동학군은 구식 화승총 몇 자루에 일부만이 쟁기와 죽창으로 무장했으나 일본군은 레밍턴과 개틀링포와 암스트롱 야포까지 동원해 우금치에서 동학군을 학살했다.
29) 조선에 항복한 왜인. 벼슬까지 한 항왜장 김충선이 대표적이다.

요즘은 내가 현재의 중국 법 중에도 배울 만한 것이 있다고 말하면, 모두들 들고일어나 비웃는다. 나는 우리가 중국의 오랑캐를 내쫓기는커녕 우리가 갖고 있는 오랑캐 같은 풍속조차 문명화시키지 못할까봐 걱정이다. 그러므로 오랑캐를 몰아내고자 한다면 먼저 오랑캐가 누구인지를 알아야 하며, 중국을 존대하고자 한다면 그 나라의 법이 훨씬 훌륭함을 알아야 한다

박제가, 『북학의』 (서해문집, 2003)

2001년에 방영한 MBC 드라마 〈상도〉는 내가 가장 좋아하는 사극 중 하나다. 조선후기의 사상私商30)들의 각축전을 그려낸 작품으로 조선판 경영·경제 드라마다. 극 중에서 순조는 박제가의 『북학의』를 인용하며 '조선의 백성이 부지런하고 검소함에도 그 생활이 나날이 궁핍해지는 이유는 재화를 이용할 줄 몰라서'라고 말하는 장면이 나온다. '재화는 우물과 같아서 우물의 물은 퍼서 쓸수록 가득 채워지는 것이고 이용하지 않으면 말라버린다고 한다.'고 말하는 장면은 경제와 통상에 관해 자본주의의 핵심원리를 관통하고 있는 박제가의 혜안이 돋보였다. 박제가는 조선이 중국이나 왜에 비해 좁디좁고 산간이 많아 유통이 쉽지 않은 영토의 한계로 재화의 원활한 유통과 소비가 일어나지 않는다고 보았다. 그렇기에 그는 외국과의 통상을 촉진해야 하며 그들의 기술과 문화를 배워야한다고 주장했다. 바로 북학파의 주장이었다.

북학파를 박해한 사람들은 청은 한낱 오랑캐에 불과하다며 깔보았다. 성리학자들은 언제까지나 명나라가 자신들을 지켜줄 것이라 생각하고 친명親明에서 숭명崇明까지 했다. 결국 그 여진31)은 조선에게 정묘호란과 병자호란의 참극을 안겨주었다. 지금도 언제나 미국이 한국을 지켜줄 것이라 생각하고 친미일색의 생각을 하는 사람이 많다. 한국전쟁을 거친 어른들은 물론이거니와 2030에도 그런 생각을 하는 사람이 많다. 북학파의 교훈은 다른 데 있지 않다. 영원한 것은 없다. 열린 태도와 열린 마음으로 자신보다 진일보한 대상에게 배우고 자신을 계발하는 것. 그것이 친미든 친중이든 겉멋이 든 채로 죽는 명분보다 고개를 숙인 채 손에 쥐는 실리가 더 귀하다.

---

30) 민간의 상단을 일컫는다. 개성의 송상, 한양의 경상, 의주의 만상, 평양의 유상, 동래의 내상 등이 그것이다.

31) 만주족. 후금(12C에 아골타가 세운 금과 구분하기 위해 후금이라 칭)을 세우고 이후에 청으로 나라이름을 바꾼다.

'우주의 시간'에서 보면 모든 것이 '헛되고 또 헛된' 일이지만 '역사의 시간'에서는 그렇지 않다. 인간은 그 무엇도 영원하지 않다고 믿으면서 불합리한 제도와 관념에 도전했다. 때로 성공했고 때로는 실패했지만, 그렇게 부딪치고 싸우면서 짧고 부질없는 인생에 저마다의 의미를 부여했다. 20세기는 이렇게 말한다. 그렇게 사는 거야. 불가능은 없어. 아무것도 영원하지 않아! 그럴지만 나는 의심한다. 영원한 건 없어도 지극히 바꾸기 어려운 것은 있지 않나? 나는 '역사의 시간'과 '우주의 시간' 사이에 '진화의 시간'이 있다고 생각한다. 어떤 것은 '진화의 시간' 속에서만 달라질 수 있다. '역사의 시간'에서는 바꾸기 어렵다.

유시민, 『거꾸로 읽는 세계사』(돌베개,2021)

나의 글쓰기 역사는 꽤나 오래되었다. 초등학교 1학년의 일기를 글쓰기의 시작이라고 보는 것에 야유를 던진다면 초등학교 3학년의 독서감상문과 소논문부터 시작하도록 하자. 5학년이 되면 이미 방과 후에 반성문을 작성하는 수준에 다다른다. 반성문을 무시하지 말자. 무려 A4용지 사이즈의 갱지에 글씨를 8포인트 가량의(참고로 지금 글자는 10포인트다)크기로 앞뒷면 포함 4쪽에서 많을 때는 10쪽을 써야했다. 200자 원고지로 따지면 최소 35장에서 많게는 80장에 이르는 막대한 분량의 글쓰기다. 게다가 동어반복을 금지하는 포고령(!)까지 있었기에 말썽의 전말을 논리정연하게 시간 순대로 나열하고 범행 동기까지 기술, 나의 소감과 이후의 대책까지 논하고 평가하는 종합적 글쓰기였다. 모르긴 몰라도 나의 글쓰기 훈련은 이 때 시작되었다고 봐도 손색이 없다.

유시민을 세상에 알린 글은 보통 그의 『항소이유서』로 알려져 있다. 그러나 계간 청소년 잡지에 기고되던 그의 단편 글꼭지였던 '드레퓌스 사건'에 독자들이 열광해 다른 글도 써달라고 독자서신이 빗발쳤던 일은 잘 모른다. 그 성원에 다른 제재로 썼던 여일곱 개의 글이 모여 『거꾸로 읽는 세계사』가 세상에 나왔다. 글을 썼을 당시 유시민의 나이는 스물여덟이었다.

잘게 나넌 토막글을 모아 출판(제본했다고 해야 마땅하다)한 일로 따진다면 나는 스물다섯 즈음에 했다. 블레즈 파스칼의 『팡세』처럼 평소 생각의 편린을 모아 놓은 책이다. 그러나 유시민의 글 중에서 가장 못났다고 하는 글 앞에 내가 가장 잘 쓴 글을 들이밀어도 낫다고 할 부분이 없을 것 같아 부끄럽다. 혹독한 시대를 살며 방에서 손전등을 키고 책을 읽고 쓴 글과 나처럼 편한 글쓰기를 한 사람의 글이 같을 순 없다. 그러나 굴욕을 느낄 필욘 없다. 나에겐 나의 시대가 있고 나의 글쓰기가 있는 법이다. 굴하지 않고 여전히 글을 쓴다.

갈릴레오는 몰상식의 세상에서 상식적인 사고와 행동을 하는 외톨이였던 것 같다. 그러면서 기존의 질서 속에 편입되려고 부단히도 힘썼던 또 다른 의미에서의 외톨이였다. 평생을 투병을 하면서 지냈던 외톨이였다. 많은 시간을 감금당한 채 고립되었던 외톨이였다. 신분상의 문제 때문에 사랑하는 사람을 아내로 맞아들이지 못했던 외톨이였다. 사랑하는 딸을 옆에 두지 못하고 수녀원에 보내야 했던 외톨이였다. 코페르니쿠스의 학설을 받아들였지만 함부로 이야기할 수 없었던 외톨이였다.

이명현, 『이명현의 과학책방』(사월의책, 2018)

책을 읽는 사람들에게 무엇보다 중요한 과제는 책을 사는 일이다. 책을 빌려 보는 사람은 책을 사랑하는 사람들의 마이너한 부류다. 대부분은 책을 결국 사고야만다. 아무 책이나 살 수 없다. 아무 책이나 장바구니에 넣다보면 파산을 면치 못한다. 책에 관해서는 그들도 새벽같이 백화점이 오픈할 때까지 기다렸다 매장을 향해 달려가는 종족과 다름이 없기 때문이다. 책이라고 다 같은 책이 아니라 진짜 '책'이 있다. 그런 책을 가려주는 데서 멈추는 게 아니라 진짜 '책'을 골라 모아두어 소개해주는 책이 있다. 이건 일종의 미슐랭 가이드다.

 실제로 저자가 제대로 된 인물임을 알면 그가 추천사를 쓰거나 그가 글 속에서 제시하고 있는 책, 또는 추천하는 책은 대개 진짜 책일 확률이 지극히 높다. 올바른 사람은 올바른 사람과 만나고 올바른 일을 할 확률이 그렇지 않을 확률보다 높기 때문이다(대개 그렇다는 것이다). 또는 부처 눈엔 부처만 보이고, 그 다음은 줄이도록 하자. 이렇게 추천 목록에 오른 책들은 식객처럼 야금야금 읽어가는 맛이 있다. 개중 실패하는 일도 간혹 가다 있으나 성공 확률이 더 높은 것이 사실이다. 이명현은 검증된 저자 중 한 사람이다.

 과학 커뮤니케이터는 내 생각보다 훨씬 중요한 사람들이었다. 과학자의 성과가 더 중요하지 자신은 연구하지도 않은 채 사람들 앞에서 과학자인 척하며 스포트라이트는 다 받아가는 역할이 때론 우스웠다. 그런데, 그들이 없으면 나 같은 일반인은 무슨 수로 고도의 과학적 성과를 알아들을 수 있을까? 이 책이 아니었으면 권오철의 『신의 영혼 오로라』나, 박창범의 『인간과 우주』등 과 같은 책은 어떻게 알 수 있었을까. 그리고 내가 판단하고 골라 읽은 책도 목록에 들어있을 때 스스로를 '너도 이제 스스로 믿어줄만 한 위치에 섰구나'라고 다독여주는 효과도 있다. 한마디로 뿌듯하다 이 말이다.

어리석은 사람은 틀에 얽매이지만 현명한 사람은 자신의 틀을 만들어 가는 법이다. 십사 년간 북중국을 유세하며 다닌 공자는 우리가 알고 있는 성인의 모습만 보인 것이 아니다. 이 장면을 통해 노련한 정객 공자의 모습을 엿볼 수 있다. 공자가 강조하는 '인(仁)'의 문제도 결국은 군자의 기본적 틀을 강조하는 셈이다. 궁하면 변해야 하고, 변하면 통하고, 통해야 존재하며, 존재하면 강해지는 법이다. 세상일이 변화무쌍한데 자신만 변하지 않으면 무슨 소용이 있겠는가?

사마천, 『새로운 세대를 위한 사기』 (휴머니스트, 2017)

한 때는 굵직한 세계의 고전과 경전을 모두 읽겠다는 포부가 있었다. 야훼 유일신교의 코란과 성서, 힌두교의 베다와 우파니샤드, 불교 경전인 숫타니파타와 금강경, 법화경 등이다. 그러다가 '중국 고전이라도 잘 읽자'라는 마음으로 쪼그라들었고 또 그 안에서 삼국지와 수호지, 초한지와 십팔사략 그리고 사기에 이르는 성과 밖에 거두지 못했다. 그래도 삼국지를 읽지 않은 사람과는 인생을 논하지 말라고 했는데 그 말에는 해당하지 않아 다행이다. 재미로 따지자면 『삼국지연의』를 따라갈 책이 없지만 『사기』만큼 진중하게 재미를 주는 책도 찾기 어렵다.

　마치 생떽쥐베리의 『어린왕자』를 읽듯, 매해가 지나며 쌓이는 조잡한 경륜도 경륜이라고 그것이 누적될 때마다 『사기』가 새로 읽힌다. 가장 인상 깊은 부분은 이장군열전李將軍列傳이다. 이광李廣은 활쏨씨가 뛰어나기로 유명한 명장이다. 흉노에게 그의 이름을 들려만 주어도 덜덜 떨었다고 전해진다. 그는 청렴하고 검소하여 상을 받으면 모두 병사들에게 나누어주었다. 한가로울 때는 땅에 군사진형을 그려보고 활쏘기 내기를 하여 술을 마시곤 했다. 전해 오는 말에는 '자기 몸이 바르면 명령하지 않아도 시행되며, 자기 몸이 바르지 못하면 명령을 해도 따르지 않는다.'는 말은 이광을 두고 한 말이라고 한다. 그는 이러한 청렴과 능력에도 불구하고 제후의 반열에 들지 못하고 조용히 죽었다.

　만약 그가 제후나 대장군이 되고 사람들의 칭송을 받았다고 끝나는 영웅전기의 한 인물이라면 내게 큰 감흥이 없었을테다. 그러나 그렇게 영웅에 버금가는 사람이 모두 명예의 전당에 앉아있지 않고 조용히 세상을 살다갔다는 사실(?)은 더욱 큰 울림을 준다. 자기 자신이 당당한 삶은 드러내지 않아도 모두가 따르고 인정한다. 아마 세계사에 기록되지 않은 수천, 수만의 청정한 영혼들이 이광처럼 잠들었으리라.

어떤 훌륭한 지도자가 나타나서 정의를 실현할 능력 있는 국가를 만들어주기를 기대하는 것은 헛된 일이다. 아무리 뛰어난 개인도 혼자 힘으로 훌륭한 국가를 만들지는 못한다. 훌륭한 국가를 만드는 것은 주권자인 시민들이다. 어떤 시민인가? 자신이 민주공화국 주권자라는 사실에 대해서 대통령이 된 것과 똑같은 무게의 자부심을 느끼는 시민이다. 주권자로서 마땅히 누려야 할 권리가 무엇이며 어떤 의무를 수행해야 하는지 잘 아는 시민, 자신의 삶을 스스로 설계하고 책임지면서 공동체의 선을 이루기 위해 타인과 연대하고 행동할 줄 아는 시민이다. 그런 시민이라야 훌륭한 국가를 만드는 데 기여할 수 있다.

유시민, 『국가란 무엇인가』 (돌베개,2011)

정치 성향을 가지게 되는 주된 이유는 특정 정치 이념이 지배하는 공동체를 꿈 꿔서가 아니다. 처음부터 그런 지향을 가지고 정치 성향을 생성하는 경우도 있겠지만 그런 경우는 소수다. 대개는 상대 이념의 진영에 있는 사람들이 잘못해서, 도덕적으로 옳지 못해서, 도저히 상식적으로 용인하기 어려운 일들을 하기 때문이다. 그에 대한 자연스러운 반대급부로서 정치성향을 가지게 된다. 주로 진보적 징치성향을 가지는 사람들이 그러하다. 유신독재와 군부독재를 행한 사람들이 틀렸기 때문에 자연스레 소위 좌파, 용공, 사회주의 세력이 되었다. 지금도 마찬가지다. MB정부의 출범 이후 내 또래의 90년대생(위아래로 5살)은 대부분 MB덕분에 정치적 정체성을 갖게 되었다. 우리에겐 MB가 박정희고 전두환인 셈이다.

586 세대들이 어떻게 탄생했는지 설명을 듣지 않아도 몸으로 느낀다. 말하지 않을 수 없고, 말할 수 밖에 없는 일들에 대해선 자연스레 반응한다. 4대강 사업이 그랬고, BBK가 그랬고, 남일당 용산참사가 그랬고, 노무현 전 대통령의 죽음이 그랬다. 국가가 국민을 지켜주는 존재에서 국민 위에 군림하는 존재가 될 때 국민은 국가를 더 이상 자신의 편이라고 생각하지 않는다. 박근혜 전 대통령의 탄핵이 이뤄지던 촛불정국도 마찬가지다. 세월호 이후 국가가 국민의 안위에 관심이 없고 그들만의 배후와 조종으로 국가가 국민과 동떨어져있다 느낄 때가 그 때다.

영화 〈변호인〉에서 송강호는 '국가는 국민입니다' 라고 일갈한다. MB와 박근혜를 탄생시킨 것도 국민이고 그 대가 역시 좋든 싫든 국민이 치러냈다. 문제는 마땅히 더 대가를 치러야할 사람이 대가를 치르지 않고 죄없고 애꿎은 사람이 치른다는 것이 문제다. 그러나 이런 지지부진한 민주정이 자신의 애환과 모순을 품고도 유지되는 것은 아직까지 우리가 보유한 가장 '민주적'인 정치체제이기 때문이다.

불교는 우리가 일반적으로 생각하는 것처럼 허무하지도 않고, 미신적이지도 않으며, 오히려 진취적이고 삶에 활력을 가져다준다. 우리가 불교를 올바르게 알게 되면 삶에 대한 의욕이 생기고, 인간으로 태어나 최선을 다해 살아 보자는 각오를 다지도록 한다.

동국대학교불교대학, 『불교입문』(동국대출판부, 2021)

이력서와 같이 자기자신을 소개하는 서류 대부분에는 종교를 적는 란이 있다. 얼핏 보기에 주변의 많은 사람이 종교를 가지고 있는 듯 보이지만 실제로 대한민국의 과반 이상은 종교가 없다. 대한민국의 2021년 종교분포도를 보면 기독교가 23%, 불교가 16%를 차지하고 무종교가 59%라고 한다. 전 국민의 과반이 무종교인데다 2030 세대로 갈수록 무종교의 비율은 가파르게 높아진다. 그렇기에 그들은 '갓OO', 'O느님', '보살' 등의 용어를 기탄없이 사용하는 데 거리낌이 없다. 종교를 가지고 있는 사람에게는 신적 모독으로 느껴질 수도 있는 데도 말이다.

특히나 그리스도교의 인기가 날로 줄어드는 점이 주목할 만하다. 2019 코로나 사태에서 신천지 같은 사이비 종교집단과 보수 개신교 단과 개교회들이 이기적인 태도로 사회에 악덕을 끼친 일이 인기감소에 가속도를 더했다. 그에 비해 상대적으로 불교가 사회에 끼친 악행은 쉽게 찾아보기 어렵거나 매우 소수이다.

조선 시대는 성리학의 나라, 유자의 나라였기에 전통적으로 숭유억 불崇儒抑佛 정책을 펴왔다. 심지어 유생들이 절에 들어가 마음대로 사찰의 물건을 훔치고 승려를 폭행하는 일들을 저지르는 일도 다반사였다. 겉만 잰 체 하고 속은 썩은 성리학의 모습이 잘 드러난다. 명종의 어머니였던 문정왕후는 불교에 대해 매우 관대했다. 왕후는 승려 보우를 등용해 선종과 교종을 재건하여 통합하는 노력을 했고 과거시험에 승과를 부활시키며 도첩제를 다시 실시하기도 했다. 왕후의 실각이후 보우는 기다렸다는 듯 성리학자들과 제주목사에게 곤장을 맞아 사망하였다. 보우의 제자인 휴정(서산대사)과 휴정의 제자 유정(사명 대사)가 이후 임진 전쟁의 영웅으로 나라를 구한 것과 백성들보다 먼저 도망친 유학자들의 모습이 대조되는 것은 나만의 편협한 시각인지 궁금하다.

혁명의 길은 파괴부터 개척할지니라. 그러나 파괴만 하려고 파괴하는 것이 아니라 건설하려고 파괴하는 것이니, 만일 건설할 줄을 모르면 파괴할 줄도 모르지며 파괴할 줄을 모르면 건설할 줄도 모를지니라. 건설과 파괴가 다만 형식상에서 보아 구별될 뿐이요, 정신상에서는 파괴가 곧 건설이니 (...)

신채호, 『조선혁명선언』 (범우사, 2010)

다음 담화문을 한 번 읽어보자. "비인간적인 일을 기억하고 싶지 않은 사람은 다시금 이러한 위험에 감염될 가능성이 많은 사람입니다. 유대인들은 기억하고 있고, 계속 기억할 것입니다. 우리는 인간으로서 화해를 청해야 합니다." 또 다른 담화가 있다. "우리나라는 머지 않은 과거의 한 시기에 정책을 그르치고 전쟁으로 나아가 국민을 존망의 위기에 빠트렸으며 식민지 지배와 침략으로 많은 나라들 특히 아시아 제국의 여러분께 막대한 손해와 고통을 주었습니다. 저는 미래에 잘못이 없도록 의심할 수 없는 역사를 겸허히 받아들이고 다시 한 번 절실하게 반성의 뜻을 표하며 진심으로 사죄하는 마음을 전합니다."

첫 번째 담화는 1985년 독일의 바이츠제커 대통령의 연설이고 두 번째 담화는 1995년 일본 무라야마 총리의 발표문이다. 나는 과거사 문제에 대해 두 가지 의문점을 늘 품고 있다. 첫째는 왜 피해자가 이렇게 지속적으로 사과를 먼저 해달라고 요청하는, 심지어는 매달리기까지 하는 모양새를 취해야 하는지에 대해서다. 둘째는 우리나라가 가해자였던 적을 생각하지 않고 왜 우리는 사과를 독일처럼 철저히 하지 않는가 하는 점이다. 가령 베트남 전쟁이 그러하다.

피해자가 용서해야 진정한 화해가 일어난다고 한 말은 고 김대중 전 대통령의 말이다. 그 말은 응당 옳다. 그러나 사과하기 싫어 죽겠는 표정과 몸부림을 온몸으로 부리고 있는 가해자에게 받는 사과가 무슨 위로가 되며 그 사과를 받은 영령들의 멍과 한이 탄식이 과연 풀어질까? 일본도 한국도 독일처럼 가해자의 철저하고 통렬한 반성 없이는 얼마 전의 총격으로 사망한 아베 전 총리의 결말을 맞이할지도 모른다. 2013년 아베의 인상 깊은 말 한마디가 기억 속에 남았다. "침략에 대한 정의는 학계에서도 국제적으로도 정해져 있지 않습니다. 국가 간 관계를 어느 쪽에서 보느냐에 따라 다릅니다."

가공할 만한 국가의 범죄에 참여한 사람들은 우리와 다른 괴물들이 아닙니다. 우리와 똑같이 정상적인 교육을 받고, 사회 속에서 늘 칭찬받으며, 윗사람 말에 잘 순종하는 사람들이었습니다. 어른들 또는 권위자들이 시키는 일이라면 ˝왜?˝ 라고 묻지 말고 그냥 ˝예!˝ 라고 말하라는 가르침을 충실히 따랐던 사람들이었습니다. 그렇게 사는 것만이 이 사회에서 왕따당하지 않고 원만하게 살아가는 길이라 생각했던 사람들이었습니다. 윗사람, 어른, 권력자, 권위를 가진 사람의 명령이나 가르침에 대해서, 그들의 말이기 때문에 옳은 것이 아니라 정말 옳은 것인지를 판단할 수 있는 사람이라야 진짜 시민이 될 수 있습니다.

김두식, 『헌법의 풍경』 (교양인, 2004)

2019년 2월, 양승태 전 대법원장에 대해 검찰은 중간 수사결과를 발표했다. 공소장에 적힌 그의 범죄사실은 47개에 달했다. 헌정사 최초로 구속 수감된 대법원장의 스케일은 달라도 확실히 달랐다. 그가 사법농단 파동 속에서 남긴 말이 잊혀지지 않는다. "법정은 신성한 곳입니다." 이 말 뜻은 무엇인가? 서기호 전 판사의 말에 의하면 '법정은 인간이 재판하는 곳이지 신이 재판하는 곳이 아님에도 양승태에게 있어 법정은 신적 공간'이라고 말한다. 그렇기 때문에 인간들의 재판거래는 있을 수 없고 자신은 죄가 없다는 말이다. 법정과 세상이 분리되어 있는 좋은 예였다.

이러한 예는 수도 없이 많다. 나는 입시에서 〈법과 사회〉라는 생활법 과목을 선택했기 때문에 여러 판례의 원문과 법 용어를 접할 기회가 있었다. 법을 공부하는 일은 영어나 독일어처럼 새로운 언어를 공부하는 일과 다름 없었다. 세속에서의 선의善意는 선한 뜻, 올바른 뜻, 좋은 의도 등으로 통용된다. 그러나 법 용어로서 선의善意는 몰랐다는 뜻이다. 모르고 한 일은 善意, 알고서 한 일은 악의惡意다.

법은 세속과 거리를 좁혀나가고 싶어하지 않는다. 이렇게 법 용어가 세상과 유리된 원인은 독일 대륙법을 받아들인 일본에서 다시 한번 우리나라로 수입해 들어오며 번역한 투가 남아있어서다. 그러나 이는 일차원적 이유일 뿐이며 만약 법과 세상의 거리를 좁히고자 하는 본의本意와 의지가 있었다면 지금까지 그런 용어를 쓸 이유가 없다. 검사와 변호사 그리고 판사는 자신들의 왕국에 좋든 실 든 신민이 된다. 처음에 말그대로 선의善意였든, 악의惡意였든 그 안에서 그들은 모두 같은 종류의 사람으로 변모한다. 바로 권력과 특수계급이라는 황제의 신민이다. 권력에 속성에 대해 비로소 아는 것만으로도 그 사람은 인생의 큰 언덕을 넘었다 보아도 과언이 아닐 것이다.

사실 더욱 놀라운 것은 그처럼 단순한 시작으로부터 이렇게 엄청난 생명의 다양성이 진화한 과정을 설명하는 이론이 어쩌면 이렇게도 단순할 수 있을까 하는 점이다. 그래서 나는 이 장의 제목을 '진화론, 그 간결미'라고 붙였다. 다윈의 진화론이 갖고 있는 가장 큰 매력은 우선 간결함이다.

최재천, 『다윈지능』 (사이언스북스, 2011)

진화론의 핵심은 다음 하나의 명제로 축약할 수 있다. '자연 선택은 개체의 건강과 행복에는 관심이 없다. 오직 유전자를 후대에 전달하는 일에만 관심 있다.' 우주에는 물리학이 말해주듯 아무 의미가 없다. 그곳은 늘 심심하게 돌아가는 법칙과 질서만 있을 뿐이다. 일체의 의미는 모두 인간이 상상하여 만들어낸 산물이다. 돈을 많이 벌어 미래에 생길지 모르는 위험을 대비하는 생물학적 본능도 미래의 위험으로부터 살아남아 생식을 더 할 기회를 가져 유전자를 더 퍼트릴 횟수를 늘리는 일이다. 우리는 유전자를 남기는 일만을 위해 태어난 존재일 뿐이다.

다만 인간이 조금 다른 것은 이런 매카니즘을 알아챈 유일한 생명체라는 점이다. 아직까지 우주에서 생명체가 존재하는 행성이 지구 밖에 없다는 사실에 기초한다면 우리가 아는 우주 안에서 자신이 존재하는 근원적 이유를 알아낸 생명체는 인간이 유일하다.

유전자가 각 개체의 행복과 건강에 관심이 없다는 말은 우리가 목표를 향해 늘 달려가고 있는 것과 또 그 목표를 달성했을 때의 행복이 일시적이라는 데서 알 수 있다. 행복감을 오래 지속시키는 건 유전자의 목표가 아니다. 행복감이 짧아야 또 다른 목표, 먹이를 찾는 목표로 돌입시키고 목표를 달성했을 때 행복감을 느끼게 하는 싸이클을 반복시킨다. 이렇게 고대의 호모종은 말 그대로 생존과 생식만이 삶의 목적이자 목표였다. 그러나 현대의 인간은 매슬로우의 욕구이론[32]의 최상층을 달성하기 위해 살아간다. 그렇기에 자연선택의 유전자의 목표와 현대 인간 이성의 목표가 엇나가고 늘 우리는 불행을 자주 겪는다. 적어도 왜 우리가 불행한지를 알면 덜 불행해질 가능성도 찾을 수 있지 않을까?

---

32) 1943년 심리학자 매슬로우가 주장한 욕구 위계이론. 가장 낮은 생리적 욕구부터 안전 욕구, 소속감 및 애정 욕구, 존중 욕구, 자아실현 욕구, 자아 초월 욕구로 나아간다.

벤치에 앉아있던 예멘 아저씨에게 그림을 그려 줄 테니, 시간을 좀 내줄 수 있느냐고 물었다. 그는 시간 따위 중요치 않다며 가만히 앉아 그림이 완성될 때까지 기다려 주었다. 언제나 시간에 쫓기지 않는 아랍인들은 누구에게나 자신의 시간을 열어 놓는다. 얼마든지 자신의 시간에 들어올 수 있도록 유연성을 발휘한다. 낙타를 타고 사막을 누비며 시간의 흐름에 자신을 맡기던 아랍 선조들의 DNA가 고스란히 남아있기 때문일 것이다

손원호, 『이토록 매혹적인 아랍이라니』 (부키,2021)

그동안 일본과 중국을 통해 동아시아의 일부를, 인도네시아와 싱가폴을 통해 동남아의 일부를, 러시아와 서유럽 몇 개의 국가를 통해 유럽의 일부를, 미국을 통해 아메리카의 일부를 여행했다. 서울에 잠깐 들렀다는 이유로 한국을 알았다고 하기는 만무하다. 그럼에도 그 나라의 영토 위에 서서 맡는 공기와 물, 음식과 문화와 사람의 향은 책에서는 도통 찾아볼 수 없는 일에 틀림없다. 아직 가보지 못한 나라 아니, 문화권 중에 아랍문화권이 있다. 대표적으로 이집트와 예멘과 사우디아라비아, 이라크와 아랍에미리트가 그렇다.

이 나라들은 이슬람 나라라고 표현해도 되지만 단순히 이슬람 문화권을 경험하기 위해 가보고 싶은 것은 아니다. 인도네시아야말로 세계에서 가장 큰 이슬람 인구를 보유한 이슬람 국가기 때문이다. 이집트에서 만나볼 피라미드와 알렉산드리아 도서관과 아부심벨 대신전과 다합의 다이빙 포인트까지. 그러나 내가 가고 싶다고 해서 쉽게 갈 수 있는 나라들이 아니다. 가는 데도 큰 결심이 필요하지만 예멘같은 곳은 여전히 치안이 불안하기 때문이다. 요즘 유튜브에는 세계여행을 하는 유튜버들이 큰 인기다. 그들은 호텔에서 묵고 호화스러운 디너 파티를 즐기지 않고 배낭여행족 특히나 더 짠돌이 배낭여행족의 여행 스타일을 고수한다. 그래서 현지의 분위기를 실감나게 느낄 수 있다. 그것만으로도 만족하는 나는 부러움과 더불어 실제로 가지 않아도 된다는 안도감도 같이 느끼는 중이다. 그 옛날 실크로드로 당시의 아시아라고 알려진 중동지역을 누볐던 상인들의 모험심은 오늘날로 따지면 웬만한 탐험가 못지 않았을거라 추정할 수 있다. 위험을 무릅쓰고서도 새로운 부를 찾아 길을 개척하던 사람들이라 낭만이 있고 감동이 있는지도 모른다. 편안하게 유튜브와 책을 읽는 사람에겐 위험은 없고 낭만이 없을 뿐이다. 그 중간은 없는지 누구 해답을 줄 수 있는 사람 없을까?

푸틴은 메르켈의 자세를 무너뜨리려는 시도를 끊임없이 계속했다. 그는 회동에 지각하고는 했는데, 그건 자신이 가진 권력을 과시하려는 전형적인 시도였다. 언젠가 독일 관료가 그의 지각을 꾸짖자 푸틴은 어깨를 으쓱하며 대꾸했다. "으음, 우리는 이런 식으로 살아요." 거기에 메르켈은 이렇게 대꾸했다. "우리는 이런 식으로 살지 않아요." 시간 엄수라는 미덕은 겸손함 및 의무감과 더불어 목사의 딸에게 어렸을 때부터 주입됐다. 그는 그런 미덕을 갖지 못한 사람들을 참을 수 없는 사람들로 여긴다

케이티 마튼, 『메르켈 리더십』(모비딕북스,2021)

앙겔라 메르켈. 한 때는 독일인으로 태어나지 못한 게 슬펐을 때가 있을 정도로 그녀의 팬이었다. 성별과 국적과 나이를 떠나 멋있다는 말은 메르켈을 두고 써야하는 표현이라고 생각했다. 가해자였던 과거사를 과할 정도로 곱씹는 윤리, 이성적이고 합리적이면서도 도덕적인 정치지도자(!)를 보는 일은 국내에서는 물론이거니와 세계를 통틀어서도 보기 요원한 일이다. 그 진흙에 피어난 연꽃이 메르켈이다(비단 여자라고 해서 연꽃을 비유한 의도는 전혀 없다).

메르켈은 매스컴에 화두가 되지 않도록 행동을 극도로 조심하는데 그녀가 한번 화제가 된 적이 있다. 독일로 피난 온 난민들과의 대담 중 팔레스타인 출신 소녀 림 사월과의 대화였다. 림은 "제 앞날이 어떤 모습일지 모르겠어요. 언제든 독일에서 추방될 수 있기 때문에 너무 힘들어요. 학교 생활도 쉽지 않습니다." 소녀의 말에 메르켈은 조금은 냉정하고 조금은 짜증이 묻은 투로 답했다. "이 나라에 온 수만 명의 사람들이 있는데 전쟁을 피해서 온 게 아닌 사람들은 독일을 떠나야 해요. 어떤 이유에서건 독일에 오고 싶다고 하면 우리는 상황을 도저히 감당하지 못할 거에요." 그러자 림은 울음을 터트리며 흐느끼기 시작했다. 메르켈은 "Gott(하나님).." 한마디를 작게 내뱉고 림에게 다가가 그녀를 껴안았다. 그리고 림에게 "자자, 너는 참 착한 아이 같구나. 너는 오늘 무척 좋은 말을 했어."라며 다독여주었다. 여론은 메르켈을 맹공격했다. 공감능력이 없다고. 그러나 메르켈은 동정심 없는 냉혈한이 아니다. 이후 메르켈은 늘 림이 마음에 걸렸다. 베를린에 림을 두 번 초대하여 만났다. 림은 메르켈이 자신만큼이나 힘이 없는 분이었다고 회고하며 그녀를 측은하게 여겼다. 메르켈은 힘이 없다기보다 그릇된 일을 하지 않는 사람이다. 오바마가 그녀를 윤리의 나침반이라고 말한 것은 유별스러운 말이 아니다. 이성과 윤리를 갖춘 정치지도자라니. 합리와 도덕을 갖춘 정치인이라니. 그런 사람도 실존한다.

어떤 인간이나 국민이 권리를 침해당할 때 취하는 태도는, 그의 품격을 평가하는 가장 확실한 시금석이다.

루돌프 폰 예링, 『권리를 위한 투쟁』 (범우사,2002)

아침공기가 신선한 초등학교 운동장에서 국민체조를 하던 날이 생각난다(나는 요즈음 젊은 친구들의 생각보다 나이가 있다). 지금의 청소년 친구들은 '새천년 건강체조'조차도 구식의 체조로 생각하는 모양인데, 나는 5060 아저씨들이나 하는 국민체조를 하던 어린이였다. 체조가 끝나고 나면 국민의례를 했다. 독자는 좋든 싫든 높은 확률로 국민의례를 외우고 있다. '나는 자랑스러운 태극기 앞에 조국과 민족의 무궁한 영광을 위하여 몸과 마음을 바쳐 충성을 다할 것을 굳게 다짐합니다.' 나는 지금 이 의례문을 인터넷이나 문서를 참고하지 않고 일필휘지로 막힘 없이 적어냈다.

그러나 글로 적어낸 후 읽어보는 국민의례는 얼마나 으시시한가? 자랑스러운 태극기까지는 좋다. 불의에 항거한 대한민국 헌법 전문의 정신에 기반한 자랑스러움이다. 그 이후부터가 혼미해진다. 조국과 민족, 무궁한 영광, 몸(!)과 마음을 바쳐, 충성을 맹세. 나는 제2차 세계대전 당시 일본제국의 격문을 읽는 줄 알았다. 맑디 맑은 초등학생의 정신으로 장난감과 군것질에 눈이 멀어 살던 그 시절을 보낸 나에게 감사한다. 초등학생이 미간에 일자로 주름을 만들고 국민의례를 곰곰히 생각하는 모습은 더욱 소름 돋는다.

일제와 박정희 이후의 잔재가 곳곳에 남아있다. 국가가 절대적인 선이라는 주입식 교육을 받아온 경험은 절대적인 권력이 휘두르는 일은 모두 선하다는 왜곡된 인식을 갖게 된다. 그런 인식을 의지적으로 인식해 발언하고 사고하지 않는다 하더라도 은연중에 모든 생각과 혈액 속에 미분되고 녹아 들어가는 것이다. 지금은 국민의례가 수정되었다. 그 명백한 수정 사유에 대해서도 나라가 시끄러울 정도로 반대가 많았다. 예링의 말, 법의 목적은 평화이고 수단은 투쟁이다. 역사에는 늘 투쟁이 필수적일 수밖에 없는 이유다.

자왈, 군자정이불량(子曰: "君子貞而不諒.")
자왈, 군자화이부동 소인동이불화(子曰: "君子和而不同, 小人同而不和.")

공자께서 말하기를, 군자는 곧고 바르지만 자기 믿음만을 고집하지 않는다.
공자께서 말하기를, 군자는 남과 조화를 이루지만 이익에 따라 남과 동일한 행동을 하지 않으며, 소인은 이익에 따라 남과 같은 동일한 행동을 하지만 남과 조화를 이루지 못한다.

공자, 『논어』 (홍익, 2020)

1991년 개정되기 전의 〈국가보안법〉에는 제10조에 불고지라는 항목의 죄가 있었다. 반국가단체의 구성원이거나 그 지령을 수행하는 사람 즉, 간첩을 신고하지 않거나 숨겨준 죄를 가리킨다. 5년 이상의 징역이나 200만 원의 벌금을 받는 중죄로 여겨졌다. 만약 나의 가족 구성원이나 절친한 친구가 간첩이라면 나는 어떻게 행동할까? 신고하는 마음은 정직일까?

　공자는 다음과 같이 말했다. '정직이란 아버지는 아들을 위해 감추고, 아들은 아버지를 위해 감추지만 정직함은 그 사이에 있는 것이다.' 사랑을 인仁 사상의 핵심으로 가지고 있는 공자님의 마음다운 말이다. 무엇이든지 다짜고짜 가리지 않고 세상에 들추어 내는 것은 정직이라 보기 어렵다는 게 내 생각이다. 단어의 뜻 그대로 만을 맹목적으로 따르는 일은 반대로 그 가치에 맞지 않게 많은 사람을 다치게 만든다. 가령 심폐기능이 좋지 않아 조용히 보조 장치를 달고 다니는 친구에게 '야! 심폐장애인!'이라고 부르는 것은 말로 다 할 수 없는 폭력행위다. 공자께서도 아버지가 아들을 고발하고 아들이 아버지를 고발하는 사회에서 누가 과연 행복할 수 있는지를 되묻는다.

　살면서 우리는 거듭 선택을 강요받는다. 공자와는 정반대의 생각으로 정직하게 고발하지 않으면 형벌로 다스리고 가족보다 국가를 중요시했던 한비자. 공자와 한비자의 생각 사이에서 갈등한다. 자비와 공의로 각각을 대표해 말하면 과장일까? 언뜻 자비와 공의는 같은 물줄기 위에 있으면서도 때로는 하천이 갈라지듯 멀어졌다 다시 한 무리의 물길로 합쳐진다. 삶이란 성선설이네 성악설이네 자비네 공의네 하며 나누는 일이 무색한 일임을 자주 느낀다. 얽히고 설킨 인생의 시간이 많아지고 더 복잡해질수록 혼란 속에서 얻는 지혜가 있다고 믿는다. 그 고뇌의 끝 길에서 공자를 만날지 누구를 만날지가 궁금하다.

다시 말해서, 끈이론이 말하는 끈이란 물질을 이루는 가장 궁극의 최소단위인 것이다. (하지만 이 끈은 길이가 너무도 짧기 때문에 플랑크 길이와 비슷하다) 최첨단의 관측장비를 동원한다 해도 마치 점 입자처럼 보인다. 끈이론은 만물의 최소단위를 점 입자에서 끈으로 대체시켰을 뿐이지만, 그 여파는 상상을 초월할 정도이다. 끈이론의 가장 뛰어난 특징은, 그것이 일반상대성이론과 양자역학의 충돌을 무마시킬 수 있는 가능성을 지녔다는 점이다. 앞으로 차차 보게 되겠지만, 끈이라는 것은 점 입자와 달리 공간상에 어떤 특정 길이를 갖고 있다.

브라이언 그린, 『엘러건트 유니버스』 (승산,2002)

우리가 사는 세계는 가장 작은 단위인 원자로 구성되어 있다는 사실을 모르는 사람은 없다. 그러나 원자도 더 쪼개진다는 사실은 그다지 많이 알려져 있지 않은 것 같다[33]. 2013년 3월, 유럽입자물리연구소(CERN)은 '우리가 힉스 보손을 발견한 것 같은데 맞는지 확인하는 중'이라는 발표를 내었고, 7개월 뒤 이 입자가 힉스 보손임을 확정 발표했다[34].

'힉스 입자(힉스 보손)'란 기본 입자들의 관성 질량을 부여하는 입자다. 질량을 보존한다니! 힉스 입자가 '신의 입자'라고 불리는 이유다. 크리스퍼9 유전자 가위를 통해 생명을 조작하는 데 멈추지 않고 물질에 질량을 부여하는 신의 영역을 직접적으로 침범하기 시작했다. 힉스 입자의 발견은 '초끈이론(superstring Theory)'을 더욱 강하게 뒷받침하는 근거가 되었다. 초끈이론은 우리의 세계가 원자 같은 형태의 점이 아니라 진동하는 끈으로 이루어져 있다고 보는 주장이다. 우리의 우주는 3차원이 아니라 X,Y,Z의 3축이 실제로는 각각 3차원인 9차원의 세계라고 한다. 거기에 시간축까지 더해져 총 10차원의 세계라고 보는 게 초끈이론의 시각이다. 점점 우리의 생각과 아득해지고 이해하고 싶은 마음이 떨어지는 걸 공감한다. 그러나 우리는 과학자가 아니고 일반인이다. 수식과 계산은 그들에게 맡기고 우리는 그들이 맺어낸 결과물인 열매만 음미하면 된다.

저자 브라이언 그린은 초끈이론의 대가이자 칼 세이건과 같은 저명한 과학 커뮤니케이터다. 그의 글솜씨 덕분에 벽돌 같은 그의 책을 3권이나 사고 말았다. 당신도 그렇게 될 것이다.

---

33) 화학원소로서의 특성을 잃지 않는 범위 내의 최소단위다. 물질의 기본적인 최소 입자는 기본 입자이고 그 안에 페르미온과 쿼크, 힉스 보손이 들어간다.
34) 연합뉴스, 2012.10.04.08:11 "힉스입자 존재, 국제연구진 실험 통해 확정"

'우리는 어디서 왔는가, 우리는 무엇인가, 우리는 어디로 가는가?'

에드워드 윌슨, 『지구의 정복자』 (사이언스북스,2013)

진화론이라는 과학이 이미 세상의 비밀을 드러낼 만큼 드러낸 마당에도 여전히 창조론은 득세하고 있다. 이는 단순히 과학적 사실을 무시할 만큼 광신자가 많아서라기보단 창조론 자체에도 자기들 나름의 이론체계가 있기 때문이다. 체계 중 하나는 '열역학 제2 법칙;엔트로피'에 관한 것이다. 열역학 제2 법칙에 의하면 우주의 모든 물질은 질서에서 무질서로 나아간다. 모여 있는 물질은 비어있는 모든 공간으로 확산되어 분배된다. 고에너지는 저에너지로 흘러갈 수 있지만 저에너지가 고에너지로 갈 수는 없다. 즉 창조론에 의하면 처음 신이 창조한 고에너지에서 갈수록 저에너지로 가는 질서로 세상을 설명하고 있다. 실제로 우주는 이렇게 흘러간다. 그런데 생명체, 그 중에서도 인간이 문제다. 원시지구에서 광합성을 처음으로 시작한 시아노박테리아가 바닷속에서 출현하고서부터 이 박테리아는 낮은 질서의 생명체부터 시작해 인간이라는 높은 질서와 복잡도를 지닌 고등생물로까지 진화했다. 엔트로피 법칙을 정면으로 위배하는 순간이다.

　그러나 엔트로피 법칙은 영원하다. 인간이 엔트로피에 반하게 더욱 진화하고 고등생물다운 면모를 갖추어 갈수록 반대로 자연은 무질서하게 바뀐다. 인간이 고등생물이 되는데 필요한 대가는 자연의 파괴로 인한 무질서였다. 지구의 정복자는 인간인가? 아니면 제레드 다이아몬드 교수의 『총,균,쇠』처럼 균일까? 윌슨교수는 우리를 '우리는 동물적 본능의 요구에 좌지우지 되는 지능에 의존해 살아가는 진화적 키메라이다.'라고 말한다. 진정한 고등생물이라면 스스로 자멸하지 않게 하는 이성까지 도달해야 마땅하다. 지구를 정복했던 한 종에 그칠지, 아니면 그 명성을 더 이어갈지 역시 우리 손에 달린 일이다.

˝ 확실히 박규수의 안목은 보기에 따라 넓고, 깊고, 높
았다. 그런데 가만히 생각해 보니 같은 안목이라도 분야
마다 그 뉘앙스는 조금 다른 것 같다. 역사를 보는 안목
은 깊어야 하고, 현실 정치, 경제, 사회를 보는 안목은
넓어야 하고, 미래를 보는 안목은 멀어야 하고, 예술을
보는 안목은 높아야 한다는 생각이 든다. ˝

유홍준, 『안목』(눌와,2017)

흔히 '금동미륵보살반가사유상'하면 국보78호와 국보83호의 두 금동상을 떠올린다. 국보118호의 반가사유상은 이건희 회장의 소장품으로 리움박물관에 자리해 있어 사람들에게 많이 알려지지 않았다. 대중에게 많이 알려진 두 반가사유상. 화려한 옷가지와 금관을 쓴 78호가 처음엔 시선을 더 끄는 듯 보이지만 볼수록 소박한 모습의 83호가 마음속을 파고든다. 화려함보다 조각의 세밀함과 유려한 표현기법 등에서 83호가 조금 더 앞서나가는 것은 물론이거니와 국적이 고구려, 백제, 신라 삼국의 어디인지 모르는 78호에 비해 83호는 신라에서 제작되었다고 결론이 난 상태다.

국립중앙박물관에는 두 반가사유상을 한번에 전시해두지 않았다. 한 개가 나와있으면 다른 하나는 수장고에 들어가 있었다. 그러던 박물관은 '사유의 방'이라는 독립관을 따로 만들어 두 반가사유상을 동시에 전시하기 시작했다. 프랑스 루브르 박물관의 시그니처 작품인 〈모나리자〉처럼 우리도 반가사유상을 한국과 국립중앙박물관의 시그니처 작품으로 만들고자 하는 의도라 생각한다.

프랑스 오르세 미술관에 갔을 때가 생각났다. 인상주의 화가의 작품 원본이 걸려있는 곳에서 실제로 오리지널 작품을 마주하게 되니 이 작품이 진짜인지 레플리카인지 내가 속고 있는 것은 아닌지 의심부터 들었다. 발터 벤야민이 말한 '아우라'가 이 작품에서 나오는지 그렇지 않은지 느껴야만 한다는 압박감이 미술품을 관람하는 내 심기를 온종일 괴롭혔다. 그러나 반가사유상은 그렇지 않았다. 이 조각품 앞에 서면 실로 장엄한 분위기에 압도된다. 서양의 모나리자가 짓는 웃음과는 차원을 달리하는 우주적 관념의 세계가 있다.

마음이 울적해지면 반가사유상을 찾아오는 마니아들이 꽤 있다고 한다. 나도 그 중의 한 사람이다. 찾아오는 중생을 차별없이 환대하는 그 미소에 인간은 무장해제될 수밖에 없다. 그 차이를 아는 것이 바로 안목일 것이다.

나는 동료가 괴로워하는 소리를 듣고 잠에서 깼던 어느 날 밤의 일을 결코 잊을 수 없다. 잠을 자면서 몸부림치는 걸 보니 악몽을 꾸고 있는 게 분명했다. 평소에도 악몽이나 황홀경에 시달리는 사람을특히 딱하게 생각하고 있었던 나는 그 불쌍한 사람을 깨우려고 했다. 그러다 갑자기 내가 무슨 짓을 하려고 했지 놀라면서 그를 깨우려던 손을 거두었다. 그 순간 꿈을 꾸지 않는다는 것은, 비록 나쁜 꿈일지라도 우리를 둘러싸고 있는 수용소의 현실만큼이나 끔찍한 일이라는 사실을 깨달았던 것이다. 그런 끔찍한 곳으로 그를 다시 불러들이려고 했다니...

빅터 프랭클, 『죽음의 수용소에서』 (청아출판사, 2020)

고통이 가장 고통스러울 때는 이 고통이 언제 끝날지 모를 때다. 눈 앞에 불길이 있다고 해도 그 뒤에는 연못이 있다고 하면 사람들은 두 눈을 질끈 감고서라도 불길 속으로 뛰어든다. 뒤에 곧 찾아올 시원한 물이 있기 때문이다. 반대로 평평하고 드넓은 대지가 눈 앞에 있어도 사람은 눈을 감고서는 열 발자국을 걷지 못한다. 불확실성에서 오는 절망은 사실 희망이 없을 수도 있다는 데서 오는 절망이다.

아우슈비츠에서 기적적으로 살아남은 의사 빅터 프랭클은 회고한다. '수용소에서는 항상 선택해야 했다. 매일같이, 매시간마다 결정을 내려야 할 순간이 찾아왔다. 그 결정이란 당신으로부터 자아와 내적인 자유를 빼앗아 가겠다고 위협하는 저 부당한 권력에 복종할 것인가 아니면 말 것인가를 판가름하는 것이었다. 그 결정은 당신이 보통 수감자와 같은 사람이 되기 위해 자유와 존엄성을 포기하고 환경의 노리개가 되느냐 마느냐를 판가름하는 결정이었다.' 죽음에 근접한 사람이 회고하듯, 인간에게 남는 최후의 가치는 과연 자유다. 빅터는 회고록 중에 사랑의 가치에 대해서도 논하고 있지만 사랑할 자유조차도 자유에 속한다. 조지 오웰의 『1984』에서는 마지막으로 빅 브라더를 사랑하게끔 정신을 붕괴시키는 장면이 나온다. 겉으로만 빅 브라더를 찬양하고 속으로는 그러지 않으면 된다고 하는 주인공 윈스턴의 생각은 얼마나 순진했던가.

소중한 무엇인가는 잃어보아야 그 가치를 알게 된다고 한다. 톨스토이도 『사람은 무엇으로 사는가』에서 철저히 그것을 말했다. 빅터는 아우슈비츠에서 살아 돌아와 인간에게 가장 소중했던 것을 회고한 것이다. 인간은 때론 복종하기를 좋아하는 생물학적, 유전적 속성을 가졌지만 인간을 단순한 생식적 동물종에서 벗어나 인간이게 만들어 해방한 가치는 바로 자유다. 자유를 알게하는 현대의 아우슈비츠는 어디이며 나는 그 여전히 수용소 안에 있는지 생각한다.

내가 바라는 것은 성인을 배우는 일이다. 비유하자면 달이 물속에 있어도 하늘에 있는 달은 그대로 밝은 것과 같다. (…) 거기에서 나는 물이 세상 사람들이라면 달이 비춰 그 상태를 나타내는 것은 사람들 각자의 얼굴이고 달은 태극인데 그 태극은 바로 나라는 것을 알았다. 이것이 바로 옛 사람이 만천의 밝은 달에 태극의 신비한 작용을 비유하여 말한 뜻이 아니겠는가. 그리하여 내가 머무는 처소에 '만천명월주인옹'이라고 써서 나의 호로 삼기로 한 것이다. 때는 무오년 12월 3일이다.

유홍준, 『나의 문화유산답사기 9』 (눌와, 2017)

문화유산해설사가 된 이유는 우연에 가까웠다. 나는 배우 류진의 두 아들의 일상을 찍어 올리는 유튜브 채널 찬브로tv를 구독한다. 아버지가 아들 두 명과 친구처럼 어울리며 아이들이 하고 싶어하는 활동을 적극 지원하며 응원하는 모습이 내 딴에는 매우 보기 흐뭇했다(나의 아버지도 버금가는 지원과 응원을 아끼지 않으셨음을 밝힌다). 〈아빠 어디가〉라는 프로그램에도 나왔던 장난꾸러기 어린 아들은 유튜브 채널에서 어엿한 초등학생이 되어있었다. 그런데 학구열에 불타는 첫째가 여전한 개구쟁이 모습을 보여줌에도 채널 앞에서는 보이지 않게 일상에서 틈틈이 공부하여 문화유산해설사라는 자격에 도전했다. 그것도 영어로(!). 단순히 자격시험을 위해 수험생활을 한 게 아니라 적극적으로 사진과 영상자료를 수집하고 스크랩하여 브리핑 보드와 발표 카드를 만들기도 했고 현장을 답사하며 해설 시연을 시뮬레이션하기까지 했다. 그 노력엔 우리 문화유산을 사랑하는 마음이 담겨있다고밖에 볼 수 없었다.

어린 친구도 이렇게 진심을 담아 하는데, 문화유산과 좋아하고 내심 잘 알고 있다고 건방진 태도까지 갖고 있던 내게는 큰 반성거리가 되어주었다. 서울 5궁과 종묘사직을 해설할 수 있다는 자부심은 꽤나 큰 만족을 주었다. 새삼 서울이라는 최첨단의 메트로폴리탄에 고궁이 저렇게 보존되어 있다는 사실이 경외롭기까지 하다. 여기서도 역시 '알면 사랑한다'는 말이 적용된다. 그리고 역사를 껌을 씹듯 나만 질겅질겅 곱씹는 경험보단 다양한 수준의 사람들과 함께 맛보는 게 더 유쾌하다는 사실도 알았다. 식견이 있는 사람과 대화할 때는 나의 지식과 해설기술의 일천함을 알고 정진할 수 있음에 좋았고, 일반 대중과 함께 할 때는 점점 역사와 문화유산에 깊이 매료되어가는 표정을 보고 나도 흥이 올랐다. 이 고궁도 자신들을 찾는 사람이 없으면 흉가처럼 변해갔을 것을 생각하면 사람의 관심에는 생명이 깃들어 있는 것이 아닌가 하며 미소를 짓게 된다.

그러나 40년이 흐른 지금도 여전히 잘못을 인정하지 않는 전두환을 비롯한 쿠데타세력과 이에 동조하는 극우파 때문에 유가족들과 항쟁의 참여자들은 계속해서 고통받고 있다. 이는 가해자들과 5.18 민주화운동을 의도적으로 왜곡하려는 세력에게 일차적 책임이 있지만, 이러한 사태를 방치하고 관심을 두지 않는 보통의 사람들에게도 강력한 주의를 환기시킨다.

민주화운동기념사업회, 『아무리 얘기해도』(창비, 2020)

어른들이 입에 달고 사는 말이 있다. '세상이 어떻게 되려고...'혹은 '요즘 것들은...' 이런 어법이 고대 이집트 벽화에도 똑같이 나온다는 사실이 이상하게 느껴지진 않는다. 하지만 실제로 지금은 그런 말이 가장 적절하게 해당되는 시대가 아닐까 싶다. 어떤 시대도 지금처럼 정보가 빠르게 각 개인에게 전달되지는 않았다. 옳은 정보는 상대적으로 뉴스에 덜 올라온다. 성격상 옳은 말이기 때문에 더 왈가왈부할 말이 없기 때문이다. 그러나 이른바 가짜뉴스는 백 개, 천 개 등 얼마든지 만들어낼 수 있다. 유발 하라리의 『사피엔스』가 말한 인지혁명 덕분에 우리 호모 사피엔스는 상상력을 동원해 얼마든지 거짓말을 만들어 낼 수 있고 또 사람들은 옳고 평화로운 소식보단 폭력적이고 쾌락적인 이야기에 끌리게끔 진화했다.

나는 처음에 인터넷 상에서 전두환을 '전땅크'라 칭하며 5.18민주화운동을 비하하는 사람들을 지긋이 보며 이들이 진심으로 하는 소리는 아닐거라 생각했다. 취업도 되지 않고 양극화도 심해지다보니 답답하고 울적한 마음에 괜시리 과한 말이라도 인터넷에 뱉어보자 하는 심리가 아니었을까 추측했다. 그것이 나이브한 착각이었는지 실제로 그들이 사람의 탈을 쓴 악독한 '악의 평범성'[35]이었는지는 확신할 수 없다.

그들의 정체를 밝혀내고 세상에 신원을 드러내는 일이 중요하다고 생각하지 않는다. 그보단 여전히 가슴에 커다란 가슴이 난 채로 신음하고 있는 사람들의 멍과 한과 탄식을 채워주지 못하는 것이 더욱 가슴 아프다. 오월영령 앞에 누구도 사과하지 않는데 그들의 영혼이 갈 곳이 어디 있겠는가. 그들과 가족들의 원혼이 구천을 떠돌게 되는 일 만큼은 막는 것이 남은 자들의 최소한의 속죄일테다.

---

35) 한나 아렌트의 정치 개념. 악은 무시무시한 괴물이 따로 존재하는 게 아니라 평범한 사람들의 생각없음, 무조건적 복종으로 인해 커다란 악으로 발전한다.

아아! 행복하다는 것, 사랑받는다는 것이 결국 이런 것에 불과한가? 자기 방에 들어서면서 쥘리엥의 머리에 떠오른 첫 생각은 이런 것이었다. 오래 갈망하던 것을 막 획득하고 난 다음에 으레 그렇듯이, 그의 마음은 놀라움과 불안한 동요의 상태에 빠져 들었다. 그 마음의 상태란, 무엇을 갈망하는 데 습관이 들었다가 더 이상 갈망할 것을 찾지 못하게 되었으나 아직 추억에 잠기기는 이른 그런 상태를 말하는 것이다.

스탕달, 『적과 흑』 (민음사, 2004)

『적과 흑』을 집어 들고 으레 적군과 백군처럼 혁명파와 왕당파의 은유인가 하는 생각을 했다. 처음엔 주인공 줄리앙이 출세하고자 했던 군인의 붉은 제복과 이후 사제가 되어 입은 검은 수단36)을 뜻하는 구나 싶었다. 그러나 책을 완전히 읽고 덮은 후에도 제목이 뜻하는 명확한 의미를 알지못했다. 책을 읽고나서도 이런 모호함이 남으면 나의 감수성과 이해력을 탓하다가도 저자를 흘겨보기도 한다. 권위 있는 명작의 저자들은 대개 이 세상에 없기에 맘껏 저주할 수 있다.

 저자의 일부 불친절함과 별개로 소설은 꽤나 흥미진진하게 전개된다. 우리 나라에선 귀여니라는 작가가 2000년대 초에 소위 인터넷연애소설이라는 장르를 개척해 상당히 유명해졌는데 스탕달이 그 당시의 귀여니가 아니었을까 싶다. 나는 주로 톨스토이나 도스토예프스키 같은 진중하고 무겁고 어두우며 일종의 진리를 구도하는 문학장르를 좋아한다. 그런 면에서 스탕달의『적과 흑』은 읽으면서 일부 당황스러움을 감추지 못하게 하는데 충분한 글이었다. 명저라고 역사에서 평가되는 소설은 주로 인간의 실존과 위선, 삶의 의미와 허무에 대해 논하고 진정한 가치를 찾는 노력에 대한 글이 주를 이룬다. 그런 면에서『적과 흑』을 독파하는 일이 내겐 더욱이 쉽지 않았음은 두 말 할 필요가 없었다.

 그러나 주인공 줄리앙의 사형선고가 있던 마지막 재판과 죽음이 임박해오는 감옥으로 찾아온 그의 연인 레날 부인이 만나는 장면은 역시 명저는 이유가 있다는 것을 알았다. 스포일러를 할 필요는 없기에 굳이 적어내지 않는다. 그러나 레날 부인의 한 마디는 인간을 구원케 하는 마음이 무엇인지 인간은 어디서 구원을 받는지 짐작할 수 있게 해준다. "만약 당신이 감옥으로 나를 만나러 와주지 않았다면, 나는 결국 행복을 알지 못한 채 죽음을 맞이했겠죠."

---

36) 그리스도교 계열 종교의 성직자 복장. 사제복이라고도 하며 검정색 긴 코드 형태를 하고 있다.주로 카톨릭 사제의 수단을 떠올리면 된다.

내가 내린 최종적인 결론은 우리는 극히 조금밖에 알지 못한다는 것이지만 그럼에도 우리가 알고 있는 것 자체에 놀라지 않을 수 없었다. 더 놀라운 점은 이처럼 미약한 지식이 이토록 많은 힘을 우리에게 부여한다는 사실이다.

데니세 데스페이루,『좋아하는 철학자의 문장 하나쯤』
(지식의숲,2015)

한 사람의 철학자를 아는 일은 큰 산을 등산하는 일과 비견해도 좋다. 산 아래서 정상을 쳐다볼 때의 막연함, 그럼에도 출발하는 미세한 열병과 같은 흥분, 처음 보는 산세와 풍경에 놀라며 걸어올라가는 고단하고도 상쾌한 기분은 철학자의 세계를 탐험하는 일과 매우 비슷하다. 어떤 철학자는 뒷동산같은 언덕으로 올라오게 해주고 어떤 철학자는 레펠과 등산장비 없이는 엄두도 못낼 칼 같은 산등성이만을 길로 내주기도 한다.

　등산을 하는 사람에게 '왜 산을 오르냐'고 물으면 '산이 거기에 있기 때문이다'라고 한다고 한다. 철학을 왜 공부하고 왜 읽는지 묻는다면 나는 '혹시 떡볶이 좋아하지 않으세요?'라고 되묻고 싶다. 무슨 엉뚱한 소리를 하냐고 하겠지만 정말 그렇다. 솔직히, 좋아하는 철학자 따위 없어도 된다. 책의 저자 역시 그렇게 고백한다. 불친절하고 딱딱하기 그지없으며 독자가 이해하든 말든 자신이 고집스럽게 만든 세계관을 쏟아내기에 바쁜 철학자들을 우리가 애써 이해해야 하는 이유는 뭐란 말인가? (실제로 말하고 나니 더욱 화가 난다) 떡볶이처럼 한겨울에 먹어도 땀이 흐르고 혀는 얼얼하지 탄수화물 덩어리라 살은 분명 찔테고 이에 고춧가루라도 끼면 이런 낭패가 없다. 그래도 우린 떡볶이를 찾는다. 오죽하면 『죽고 싶지만 떡볶이는 먹고 싶어』[37]라는 에세이가 서점에서 대박을 치겠는가?

　떡볶이 철학자들은 그렇게 우리를 유혹하고 있었던 것이다. 똑똑한 철학자들인만큼 역시 교활하기 그지없다. 자신의 세계관을 이해한 순간부터 끊을 수 없는 사유의 희열을 맛보게 처음부터 설계한 셈이다. 그 그물에 걸려서 이젠 들어보지도 못한 철학자, 에밀 시오랑, 아서 단토, 뤽 페리, 시몬 베유같은 사람들의 이야기까지 귀 기울여 듣고 있으니 내 인생도 고달프기 그지 없다.

---

37) 백세희, 『죽고 싶지만 떡볶이는 먹고 싶어』흔,2018. 본 책과 같은 독립출판물이지만 입소문을 타 베스트셀러가 된 독립출판계의 성배와 같은 책.

신호가 도달하는 데만 수백 년 걸릴 곳에 하염없이 전파를 흘려보내며 온 우주에 과연 '우리뿐인가'를 깊이 생각하는 무해한 사람들. 나는 그런 사람들을 동경한다. 그리고 그들이 동경하는 하늘을, 자연을, 우주를 함께 동경한다.

심채경, 『천문학자는 별을 보지 않는다』(문학동네,2021)

에세이는 양날의 검이다. 에세이는 수필인만큼 누구나 자유로운 주제를 자유로운 문체에 실어 독자에게 전달할 수 있다. 말투가 퉁명스럽거나 불친절할 수도 있고 반대로 유려하고 다정할 수도 있다. 즉 글쓰기의 본성상 글은 거짓을 드러낼 수 없기 때문에 자신의 성정을 있는 그대로 투영할 수밖에 없다. 그런 점에서 글쓰기는 가장 거룩한 행위이기도 하다. 기도와 같이 신적 존재 앞에 고해성사를 하듯 자신의 감정과 생각을 고스란히 제단에 올려두는 행위다. 그래서 글쓰기를 하는 사람들은 미약하게나마 늘 성장하는 경향을 보인다. 자신을 세상에 내놓는 일과 또 그 이야기를 읽고 들려오는 말에 응답하는 일은 실제로 기도의 작동원리와 동일하다.

심채경 작가, 그녀는 실은 한국천문연구원의 달탐사 연구원이다. 그녀의 책을 읽으며 마음 속 깊은 질투를 가져본다. 글을 읽으면 이 사람이 실제로 이런 사람인지 아니면 글쓰기를 위해 작위적인 연출을 하고 있는지가 보인다. 그것은 마트에서 물건을 수차례 사면 살수록 쌓이는 미량의 마일리지처럼 여러 저자들의 책을 읽으면 쌓이는 마일리지다. 1%도 안되는 마일리지는 의식하지 않고 수 년이 지나면 어느새 한 덩어리의 돈이 되어 있다. 저자를 간파하는 눈도 같다. 심채경 작가의 심성이 부럽다. 세상을 살수록 믿을 사람은 아무도 없어지고 친구조차도 나의 고민을 약점으로 듣고 킥킥거리는 것이 현실이다. 그런 건조한 세상에서 심채경 작가같은 아름다운 마음씨를 가진 능력 있는 사람을 목격할 수 있다는 점만으로도 이 책은 돈 값을 충분히 넘어서고 있다.

나의 글을 긴피히고 있는 독자들 앞에서 부끄러움과 당당함을 동시에 내놓는다. 글쓰기는 자체로 일부의 검열을 품고 있다. 작가의 역할은 이미 존재하는 검열을 당당히 직면하고 뛰어넘는 일이다. 분명 이 안에 존재하는 정직과 빛나는 별을 독자들이 찾아내 인정해주리라 믿고 있다.(그렇죠?)

보설1,

신관에 대한 단상

신관에 대해 논해보는 일은 상당히 유구한 일이다. 나는 이전에도 여러 번 유신 논증을 했기 때문이다. 신적 존재에 대해 논하는 일이 실질적 유익이 있는지를 따지는 일은 사실상 무의미하다. 어떤 사람에게는 신의 존재가 자신의 목숨을 걸 만큼의 가치가 있는 일이기도 하지만 어떤 사람에게는 일말의 가치가 없는 일이기도 하다.

유신론과 무신론을 말하기 전에 '믿음'이란 무엇인지에 대해 말하는 게 좋다. 신학자 폴 틸리히는 자신의 저서 『믿음의 역동성』에서 믿음을 '대상에 대한 궁극적 관심'이라고 표현했다. 믿음에 대한 각각의 정의를 나열하는 사변적인 논의는 내 관심사가 아니다. 믿음을 한마디로 단언하자면 '그렇다고 치는 것'이다. 믿는다는 것은 무엇인가? 추상적인 대상에 대해 실제로 그러한지 아닌지 실증하거나 증명할 수 없는 일 또는 미래의 일로서 현재는 도저히 알 수 없는 무엇에 대해 지금 결론을 내리는 일이다. 나에게 돈을 빌려간 사람을 믿는다는 말은 그 사람이 장차 내게 돈을 갚는 행위를 할 것이란 미래의 결과를 확신할 수 없음에도 불구하고 지금 그렇다고 치는 일이다.

믿음은 그렇게 미래의 대상에 대해서 갖는 막연한 신뢰의 표현이다. 또한 보이지 않는 추상적인 가치나 초월적 존재를 향한 표현이기도 하다. 민주주의나 사회주의를 향한 믿음은 신념으로서 기능하는 믿음이다. 민주주의를 통하면 민의가 반영되고 국민이 주인이 되는 나라가 구현되고 작동될 수 있다고 믿는다. 사회주의를 통하면 모든 만인이 평등하고 차별받지 않는 동등한 세상이 도래할 수 있다고 믿는다. 정치적 신념 역시 추상적인 가치를 믿음으로서 현재에 믿음을 구체화시키는 행위다.

종교적 믿음을 우리는 신앙이라 부른다. 믿음이 신앙이란 이름으로 바뀌는 순간 믿음이라는 단어가 가지고 있던 철학적이고 실존적인 사유행의 성격이 사뭇 사라지고 맹목적이고 공격적인 믿음의 모습으로 변질되는 경향이 있다. 종교인들은 이런 경향을 비웃거나 비판할 수 없다. 왜냐하면 이런 경향이 있다고 여기게끔 만든 원흉은 종교인이기 때문이다. 구구절절 논하기엔 지면이 아까운 것을 독자와 저자 모두 안다. 개신교인들이 사찰을 '땅 밟기'하고 사찰의 재물을 손괴하는 일을 자행하고 국가의 권고를 무시하고 선교여행을 가 마음대로 휘젓고 다니다 피랍된 '샘물교회 사건'은 두 말 할 필요가 없다.

신앙은 '그렇다고 치는 것'을 종교적 범위까지 넓힌 일이다. 신의 존재가 있을 것이라고 믿는 것이 유신론이고 신이 없을 것이라 믿는 것이 무신론이다. 우리는 여기서 무신론 또한 하나의 믿음이자 신앙체계임을 알 수 있다. 신의 존재 유무는 과학적으로 증명될 수 없기 때문이다. 아니 조금 더 정확히 이야기하면 아직까지 신이 있다는 증거도 없었고, 신이 없다는 증거도 없었다. 2013년에는 유럽입자물리연구소에서 '힉스 보손'입자를 발견하며 이 입자의 발견은 신의 존재 유무를 밝혀낼 수도 있다고 화제가 되었다. 힉스 보손은 물질에 질량을 부여하는 이른바 '신의 입자'라 불린다. 그러나 아직 힉스 보손의 발견만으로 신의 존재 유무를 완벽하게 판단할 근거는 되지 못한다.

무신론자의 믿음은 종교라고 먼저 서술했다. 한국 사회에서 일반인들이 말하는 무교는 엄연히 이야기해서 틀린 말이다. 무교는 무교巫教라는 무속신앙을 믿는 종교를 일컫는다. 물론 일반인들이 무당이 속한 무교를 믿는다는 의도는 아니었을 것이다. 그들은 종교가 없다는 단순한 사실을 말하고 싶었을 뿐이다. 그렇다고 해도 그 입장에는 두 가지가 있다. 말 그대로의 '종교가 없음'이 있고 방금 말한 '무신론'이란 믿음이 있다. 이 논의에서는 입장 혹은 스탠스라 표현되는 자신의 위치를 잘 파악할 필요가 있다. 왜냐하면 유신론을 믿는다고 해도 그 안에서 다양한 입장에 서있는 선택지가 있기 때문이다. 예컨대, 신의 존재를 인정하더라도 하나의 신을 믿는 일신론이 있을 수 있다. 그 안에서도 여러 신 중의 진짜 신은 하나다라고 믿는 단일신론이 있고 이슬람이나 그리스도교처럼 처음부터 야훼 하나의 유일신만이 신이라고 주장하는 종교도 있다. 신은 여럿이라고 주장하는 다신론, 이성으로 파악하는 이신론, 만물에 신이 깃들어 있다는 범신론, 반대로 만물이 신의 부분이라는 범재신론, 심지어 신이 있지만 신 존재를 증오하고 혐오하는 입장도 있다. 즉 유신론이라고 해서 신을 긍정하는 것과는 구별된다는 말이다.

신이 있다고 하는 입장은 다양한 견해차를 만들어내는데 비해 무신론은 매우 단촐하다. 신은 없다고 믿는 사람들인 무신론과 신은 있어서는 안된다며 신의 존재를 반박하고 공격하는 입장이다. 이를 반신론자라고 하는데 들어본 적 없을 것 같아도 유명한 사람들이 반신론자였다. 『이기적 유전자』를 쓴 리처드 도킨스, 『차라투스트라는 이렇게 말했다』를 쓴 프리드리히 니체, 『자본론』을 쓴 칼 맑스가 반신론자다. 맑스의 '종교는 인민의 아편이다', '신은 죽었다'라고 말한 니체의 말은 모두가 알고 있다.

그러나 내가 진정으로 말하고 싶은 입장은 바로 '불가지론'이다. 나는 전통적인 유신론자 그중에서도 유일신론에서 이 불가지론중 유신론적 불가지론에 서있는 상태다. 복잡한 이야기를 단순하게 풀어볼 필요가 있다. 불가지론不可知論은 말그대로 어떤 대상, 여기서는 특히 신에 대해 진위여부나 실체를 현재로선 알 수 없다고 보는 '철학적' 관점이다. 불가지론은 종교가 아니다. 즉 믿음의 영역을 벗어났다. 철학적 관점이라는 것은 언제든 반증되거나 입증되면 입장을 선회할 수 있는 유연한 위치에 있다.

정확히 말을 하면 나는 '유신론적 불가지론'의 입장에 서있다. 범주를 나누자면 다음과 같다.

철저한 무신론자->무신론적 불가지론자->불가지론자->유신론적 불가지론자->유신론자(종교인)

즉, 유신론적 불가지론은 불가지론과 교집합을 형성할 수 있음과 동시에 유신론과도 교집합을 형성할 수 있다. 박쥐와 같이 기분에 따라

끼고 싶은 쪽에 끼는 것 아니냐는 비판도 가능하다. 그러나 그런 비판을 제기하는 사람에게도 묻고 싶은 것은 세상의 수많은 일 특히나 종교와 같이 형이상학적 문제에 대해선 칼날로 가를 수 없는 연속적인 영역이 반드시 존재할 수밖에 없다는 사실을 인정하지 않느냐는 것이다. 만약 어떤 사람이 정치적으로 '녹색당'의 지지자라고 가정해보자. 그 사람은 환경문제에 대해서는 녹색당의 기치와 정책을 적극 지지하고 찬동한다. 그러나 인권문제 있어 성소수자를 전폭적으로 지지하는 일부 행보에 대해선 반대한다. 그런 반면에 여성권리신장에 관한 운동은 강하게 찬동하고 또 신자유주의 질서에 대해 긍정적으로 바라보고 있기도 하다. 이렇듯 모든 부분이 녹색당의 정책과 가치에 100% 들어맞아 녹색당원으로 존재하는 사람은 없을 것이다. 유시민 작가의 말처럼 기성정당이란 기성복이다. 대략 나의 신체사이즈와 비견하여 맞다고 생각하면 그 옷을 입는다. 도저히 자신은 기성복을 입을 수 없다면 사서 줄이는 수선을 통해 즉 내부개혁과 운동을 통해 쇄신을 해 자신에게 맞추는 방법이 있을 수 있다. 자신이 원하는 바를 철저히 구현하려면 맞춤옷을 입는 게 제일 좋다. 압도적으로 많은 비용과 시간이 지출될 뿐이다. 이는 종교와 사상의 선택에 있어서도 마찬가지다.

유신론적 불가지론은 기본적으로 신의 존재를 믿는다. 그러나 조금 마뜩찮아 할 뿐이다. 그런 유신론적 불가지론자는 신이 존재한다는 사실을 검증할 수 없고 또 없다는 사실을 반증할 수도 없어서 그렇다. 또 한 유신론적 불가지론자는 신의 존재를 조금 더 푸근한 마음으로 믿는다. 그러나 신을 위해 종교적 의식을 불필요하다고 여긴다. 신의 존재 자체가 불확실한 일인데 거기에 대고 기도를 하는 행위조차도 불확실한 일이라는 결론을 내렸기 때문이다. 나는 두 번 째 입장에 가까우면서도 다른 요소들을 영향을 미친 사례다. 두 가지의 강력한 요소가 있다. 하나는 내가 속한 한국개혁교회 교단과 개교회의 지극한 악행이다. 나머지 하나는 자연과학의 세계를 탐구하며 자연히 이르게 된 결과이다.

한국 교회가 지금까지 저지른 악행은 참을 수 없이 많고, 셀 수 없이 많다. 한 때는 '신앙을 사람을 보고 갖느냐 해당 종교의 참 뜻을 보고 믿어야한다'는 치기어린 생각을 한 적이 있었다. 그러나 그 말은 말만 번드르르한 기성교인과 기성교단의 좋은 궤변 중 하나를 그대로 외는 것에 불과했다. 월간지 『복음과 상황』은 한국 개신교 운동의 하나였던 '성서 조선'의 정신을 계승하는 잡지다. 하나님의 말씀은 세상과 동떨어져 단독으로 존재하지 않고 언제나 상황 속에서, 현장과 더불어 이해되어야 한다는 뜻을 갖고 있다. 장로교단이 그토록 숭배하는 신학자 칼 바르트도 '한 손에 신문, 한 손에 성서'를 외쳤음은 말할 필요가 없다.

서학이 조선에 들어온 이후 만들어진 한국 교회는 수 백년동안 엄청난 해악을 안겼음에도 왜 이제야 마음을 돌리는지 묻는 사람도 있을 수 있다. 이유는 단순하다. '참는 데도 한계가 있기' 때문이다. 더욱 극단적인 표현으로 말하자면 이러한 악덕을 일삼는 조직에도 불구하고 여전히 그 조직에 속해 조직을 지탱하는 역할을 수행하는 사람 역시 악의 일원이라는 생각에 미쳤다. 숭실대 김회권 교수는 적극적으로 선에 찬동하지 않고 선을 행하는 사람을 곁으로 응원하고 지지하지 않는 사람을 '악의 예비군'이라 칭했다. 깊이 동의하는 바이다. 자신은 악을 행하지 않는다 하더라도 악을 행하는 사람을 묵묵히 지켜보고만 있는 행위는 그를 암묵적으로 지지하는 행동이다. 지나가던 초등학생을 이유없이 때리고 가지고 있던 학원비를 빼앗는 무뢰한을 보면서도 태연히 음료를 마시며 빤히 쳐다보며 걸어가는 사람은 선한 사람이 아니다. 또한 그런 무뢰한을 제지하고 그의 행동을 크게 나무라는 사람 옆에서 이 사람 말이 옳다고 거들지 않는 사람도 선한 사람이 아니다. 악인을 제지하는 사람을 홀로 두는 행동은 그를 외롭게 만듦으로 인해 선한 사람들의 기를 죽게 한다. 마치 무뢰한을 제지한 행동이 틀린 것인 마냥 만드는 행위다. 그리하여 용기를 낸 사람은 풀이 죽어 다음부터는 악행을 목도한다 해도 그 일을 제지하려 나서지 않게 된다. 이렇게 악의 질서를 생성하는 무뢰한과 더불어 악의 질서를 유지,보존하는 역할은 침묵하는 '악의 예비군'이 맡게 된다.

나는 그동안 개교회에서 많은 목소리를 내어 교단과 교회의 틀린 행동과 생각을 바로잡도록 비판해왔다. 그 과정에서 나의 부족함이 드러난 것도 사실이다. 비판해야할 것만 비판하지 않고 굳이 필요하지 않은 화제까지 끌고 들어와 비난한 것은 사리분별이 없었던 탓이다. 그런 치기를 거룩한 분노에 휩싸여 앞이 보이지 않았다고 변명한다면 그 역시 치졸한 일임에 분명하다.

그러나 매해 성장해 나갈수록 깊어진 생각과 동지들의 연합으로 인해 비판은 더욱 정교해졌다. 때론 치밀하게 때론 때와 장소를 가려서 했다. 종국에 이 비판에는 큰 한계가 있다는 점을 깨달았다. 내부의 교역자 혹은 외부의 평신도, 어떤 입장에서도 이 공고한 체제는 그들을 신경도 쓰지 않았다. 정치를 통해 세상을 개혁하려는 사람들과 세상을 혁명으로 바꿔야한다는 사람들의 목소리가 새삼 기억났다.

나는 더 이상 '악의 예비군'으로 기능하기 싫었다. 예컨대 영락교회가 4.3사건을 반성하지 않는 것과 서북청년단을 묵인한 한경직 목사를 신적 대상으로 추앙하는 행위, 그리고 영락교회를 여전히 한 교파의 주된 교회로 생각하는 여러 가지 행위들이 복합적으로 얽혀 구역질이 났다. 그것은 실제 제주 4.3 기념관을 가서 만행을 보기 전에는 실제로 알지 못한 것과 진배없었다. 4.3기념관에서 느낀 감정은 세상에서 처음 느껴보는 공분과 애통이었다. 이 책을 읽는 누구도 4.3기념관에 가보지 않았을 것이다. 아우슈비츠에 가보지 않고서 아우슈비츠를 논할 수 없다고 했던 테오도어 아도르노의 말을 그제서야 알 게 되었다.

비단 4.3사건만이 문제가 아닌 것은 당연한 일이다. 코로나 사태의 개교회들의 악행은 일일이 나열할 필요도 없다. 내가 어딘가에서 그리스도교라고 불린다면 카톨릭과 성공회, 정교 등이 들어와 희석되어 그나마 낫다. 그러나 개신교인이라고 불리는 것을 참지 못한다. 교회 안에서 교회를 다니지 않을 충분한 이유를 넘치게 제공해준 셈이다.

교회의 악덕이 물리적으로 교회를 떠나게 해준 이유라면, 내면에서 질적으로 교회를 떠나게 한 요소가 있다. 바로 자연과학이다. 오해를 하면 안된다. 과학주의 무신론자가 된 게 아니다. 그건 저자를 창조과학론자로 매도하는 일과 같은 일이다. 자연과학의 장엄한 질서와 현대과학의 발견이 내게 조금은 더 넓은 곳을 바라볼 기회를 줬을 뿐이다. 내가 여전히 유신론적 입장을 고수하고 있는 것은 도킨스의 『이기적 유전자』와 『만들어진 신』를 여러 번 읽어도 무신론자 혹은 반신론자가 되지 않은 것을 봐도 알 수 있다. 나는 교회와 종교시스템에 신물이 났을 뿐 신적 존재에 대한 증오심은 없다.

자연과학의 어떤 위대함이 영향을 주었는가 묻는다면 생물학에서는 유전자, 물리학에서는 상대성이론과 양자역학 그리고 천체물리학이다. 이 분야에서 어떤 감동을 받았는지는 본문에 여러 권의 책을 통해 서술해두었다. 특히 유전자에 대해서는 전권의 『파도』에서 한 챕터를 사용해 내용을 말한 적이 있다. 자연과학은 성서의 내용을 파괴하지 않았다. 오히려 자연과학은 성서에 기반한 믿음을 철저히 지켜주었다. 우종학 교수가 『과학시대의 도전과 기독교의 응답』에서 말하듯 자연은 하나님의 일반계시다. 자연이라는 책에 그려진 창조적 섭리를 적어도 부정하진 않는다. 왜냐하면 그 자연질서가 신적 존재 없이 만들어진 증거가 아직 없기 때문에 섭리라고 마음대로 부를 수 있다. 혹여 힉스 보손 입자가 정말 신의 창조행위를 밝혀내는 과감한 과학적 사실로 확장된다면 그때의 내가 취하는 유신론적 불가지론은 한층 더 건조해질지 모른다.

아무쪼록 물리적으로 나를 교회로부터 멀어지게 한 주체는 역설적이게도 교회 자신이었고, 교회를 떠나게 한다고 교회가 두려워 하던 과학은 오히려 나의 신앙을 지켜주었다. 내가 무엇이 옳고 그른지 믿고 생각하는 바가 모두 옳음을 한번 더 반증하며 나는 자신감에 차 교회를 떠났다. 그러나 내 안에 신적 존재를 여전히 종교적 믿음으로서 보존하고 있고 쌓여가는 자연과학적 계시가 공존하고 있는 한 내가 교회 밖에서 적어도 얼토당토 않는 길로 갈 확률은 매우 낮다. 과학은 늘 확률로 이야기하기 때문에 나도 이 부분에 대해선 확률로 스스로에게 이야기하고 있다. 참고로 나의 정신건강은 교회 안에 있을 때보다 현저하게 맑고 청정함을 알린다.

보설2,

책을 쓰는 작법과 그 일과에 대하여

글쓰기에 관해 간혹 질문을 하곤 한다. 사람들은 모두 자기 자신을 표현하고 싶어한다. 다만 이전처럼 친구들을 만나 많은 말을 쏟아놓을 시간과 여건이 되지 않는다. 코로나 때문에 편히 카페에서 가지각색의 표정과 제스쳐를 자유롭게 취하며 떠들 수가 없다. 상황이 많이 나아졌음에도 여전히 카페를 비롯한 실내공간은 모두 마스크를 강제하고 있다. 겨울에 옷을 많이 껴입으면 그만큼 심리적으로 위축되고 방어적이 되어 진심을 털어놓기 어려운 법인데 1년 365일을 모두 마스크만 끼고 있으면 그 답답함이 이루 말하기 어려울 지경일테다. 오프라인 만남에서의 한계가 이렇듯 많게 되니 자연히 온라인 상에서의 만남에 공을 들인다. 유튜브나 줌, 트위치같은 수많은 대화 통로에도 불구하고 만족하지 못하는 것은 어디에 기인하는 것일까? 많은 사람들은 화상으로 대화를 하며 표정과 목소리를 편하게 주고받음에도 오랜 시간 대화하는 일이 피곤하다고 한다. 대화의 당사자가 앞에 있지만 그것은 뇌가 모니터에 비치고 또 헤드폰을 통해 들려오는 상대를 가상으로 인식하고 있다는 사실을 알기 때문이다. 즉 실제적인 만남에서 오는 어떤 감각을 놓치고 있다는 사실이다. 그렇기에 피곤함을 느끼고 오래 대화를 지속할 수 없게 되어 늘 아쉬움이 남는다고 한다.

여전히 사람들은 자신의 생각과 감정을 충분히 토로할 방도를 찾지 못했다. 그래서 SNS로 시선을 돌린다. 가장 많은 사람들이 사용하는 SNS는 인스타그램이다. 그러나 인스타그램은 사진과 그림을 통한 이미지 위주의 소통을 하는 플랫폼이다. 사람들은 인스타그램에 사진과 웹툰같은 이미지가 아니라 글로만 이루어진 카드형 이미지가 나오면 바로 스크롤을 내려버린다. 이런 이미지 위주의 독해가 주는 문제점은 강력하지만 여기서 논하고자 하는 주제가 아니다. 소통을 위해 가장 많은 사람들이 찾는 플랫폼에 글을 쓰는 일은 현명하지만 아무도 텍스트에 관심이 없다면 이는 반쪽짜리 소통에 불과하다. 글을 쓰는 이유는 읽는 사람이 있기 때문이다. 이는 글쓰기의 가장 중요한 전제이자 이유이자 목적이 된다. 그래서 소통과 교류에 목마른 사람들은 이미지 위주의 인스타그램이 아닌 텍스트 위주의 페이스북을 찾는다. 그 곳에서는 모두 단락으로 나뉜 한 토막의 글이나 소주제를 가지고 짜임새를 갖춘 문단형식의 글이 유통되어 글쓰기에는 더 알맞을 수 있다. 그러나 페이스북을 찾는 사람은 이제 소수다. 광고와 정치에 관한 배설글들이 난무하는 곳에 자신의 진지한 감정과 생각을 토로하는 것이 꺼려질 수 있다. 그렇게 글쓰기에 대한 열망은 커져가지만 정작 쓸 곳도 없고 쓸 일도 없고 또 읽어줄 사람도 없는 슬픈 상황을 맞이한 사람들이 많아져 간다. 그들에게 책을 쓰기를 제안한다.

책을 쓰라고 하면 대개 열에 여덟은 다음과 같은 반응 중 하나를 보인다. '내가 작가도 아니고 책을 어떻게 써', '내 글 같은 것도 책이 될 수 있나', '책은 고사하고 글은 뭐부터 어떻게 쓰는거야'가 그것이다. 표현하고자 하는 생각과 감정은 있는데 글을 어디부터 써야 하는지 모르겠다고 하는 질문이 주를 이룬다. 이는 독서를 해야하는 건 알겠고 또 독서를 하고 싶은데 도대체 어떤 책부터 읽어야 할지 감이 안 온다고 하는 고민과 일맥상통한다. 오히려 아무것도 모르는 상태가 글을 쓰기 최적의 상황일 수 있다. 글쓰기에 관한 가이드를 제공하는 많은 시중의 책들은 널려있지만 그 책들을 탐독한다고 해서 글쓰기 실력이 늘지는 않는다. 한 두가지 팁을 장착한 채로 쓰는 글은 어색하기 그지없다. 뎃생을 할 때 빛이 들어오는 위치에만 집중한 나머지 정작 중요한 사람의 얼굴 형태가 일그러진다 .완성된 작품을 보고 '아 빛의 구도는 나름 잘 표현했지만 얼굴 형태를 그만 소홀했구나 이제 그 부분에도 집중해서 그리는 훈련을 해야겠다'고 유쾌하게 받아들이는 사람이 있는 반면 겨우 각고의 노력을 하고 완성한 작품이 엉망진창으로 나오면 열에 아홉은 기가 죽기 마련이다. 즉 오히려 팁이 없는 상태에서 대략의 방향만을 알고 나름대로 잘 쓰든 못 쓰든 걸어 나가는 작업이 훨씬 낫다. 적어도 자신만의 문체가 드러나는 가장 확실한 효과를 거둘 수 있다. 문체는 훈련으로 만들어지는 부분이 아니기 때문에 문체를 발견하고 보존하는 일은 매우 중요하다.

그럼에도 아무런 디렉션이 없다면 글쓰기는 여전히 막막한 작업임에 틀림없다. 백지의 도화지를 주고 원하는 그림을 그리라고 할 때의 막막함은 우리 모두 알고 있다. 삼각형이나 사각형 하나만 주어져도 그리는 일이 훨씬 수월하다. 그 팁은 먼저는 쓸거리에 관한 것이다 .소재말이다. 쓸거리의 전제는 우리 주변에 있다는 점을 인식해야한다. 저명한 작가들도 먼 곳에서 쓸거리를 찾지 않는다. 김진명의 〈고구려〉같은 소설이나 베르나르 베르베르의 〈개미〉같이 근처에서 관심이 없을 것 같은 소재도 작가에게는 깊은 관심으로 늘 지근에서 들여다 보던 소재다. 관련 서적을 읽고 또 현장답사를 하고 대상을 관찰하는 일을 통해 먼 곳에 있는 대상을 지근으로 끌어들인다. 그렇게 깊은 관심사로 발전한 대상을 옆에 두는 것 만으로도 쓸거리는 무궁하게 만들어진다. 관심사를 만드는 일에도 에너지가 소비된다면 이미 내가 알고 있는 대상에 대해 쓰면 좋다. 나의 전문 분야에 대해 쓰는 일도 추천된다. 자신의 직무 분야에 대해 가장 잘 아는 사람은 나 자신이다. 다른 사람이 누구나 아는 내용을 쓰는데는 심적 부담이 작동한다. 남들이 다 아는 영역에 대해 쓰는 것은 몇천 명 앞에서 면접을 보고 논문을 검증받는 듯한 강력한 부담감에 압도된다. 한 마디 삐끗할 수도 있는데 그 한 마디에 달려드는 사람이 수 백 명이라면 정상적인 글쓰기를 할 수 없다. 자신만의 사연이나 스토리를 적는 것 또한 좋은 방법이다. 삶은 가장 좋은 글쓰기 소재다. 전 지구의 70억 인구 중에 같은 삶을 사는 사람은 당연히 한 명도 없다. 70억 개의 스토리는 70억 개의 책이다. 누구도 함부로 비판할 수도 없고 또 감동받기도 쉬운 일명 넘사벽 글쓰기 소재다.

소재가 정해졌다면 소재를 놓고 프리 라이팅 하길 권한다. 프리 라이팅은 의식의 흐름대로 쓰는 방법이다. 브레인스토밍이나 마인드맵도 같은 개념의 방법이다. 예컨대 추석에 대해 쓴다고 가정해보자. 추석하면 성묘를 간다. 성묘에 갔는데 최근 비가 많이 와서 산소가 무너지고 범람이 되어있었다. 자연이 파괴된 현장이 보기 좋지 않았다. 인간이 의도하지 않은 기후재난에 대해 책임을 물을 수도 없었다. 그러나 정말 인간의 책임이 없을까? 우리가 최근 지구를 철저히 파괴하고 있는 행동 때문에 온난화가 심화되어 이런 변칙적이고 극단적인 기후재난이 빈번하게 일어나는 것은 아닐까? 와 같이 생각할 수 있다. 브레인스토밍과 마인드맵은 글쓰기 소재를 생성해내는 방법이다. 프리 라이팅, 자유 글쓰기는 이런 소재들을 실에 꿰어 내는 작업이다. 물방울이 여러 개가 되면 한 줄기의 물이 되고 한 줄기의 물은 가는 물 줄기를 만든다. 가는 물줄기는 모여 하나의 거대한 물 흐름을 만들어낸다. 어떤 글쓰기도 큰 물에서 시작하지 않는다. 물방울에서 모든 것이 시작된다는 점을 잊지말자

소재와 자유 글쓰기의 팁과 함께 마지막으로 제시할 팁은 바로 독자를 염두하는 글쓰기다. 자유 글쓰기를 하다보면 의식의 흐름에 따라 적는 바람에 자신만의 세계로 들어가 버리는 때가 있다. 자신의 내면에 집중해 글로써 구체화해내는 과정은 매우 소중하고 중요한 과정이다. 그럼에도 나만 알아듣는 이야기를 하면 안된다. 적어도 나만 아는 이야기를 써야 한다면 충분한 설명이 뒤따라야 한다. 독자를 위한 글을 쓸 필요는 없지만 독자를 염두하지 않은 글은 나쁜 글이다. 글은 다시말하지만 읽는 독자가 있기에 존재한다고 해도 과언이 아니다. 독자가 읽으면서 흥미를 잃어 금방 지루해하는 모습을 보는 작가는

얼마나 가슴이 아플까. 글쓰기에는 생각보다 많은 심적 에너지가 투입된다. 에너지가 많이 들어갔다는 말은 확장해서 표현한다면 혼의 일부가 들어갔다고 할 수도 있다. 실제로 글을 쓰는 과정은 자신을 투영하는 과정이자 자신을 글로 변환시키는 일이다. 그래서 자신의 글이 천대받는 것을 보고 마음이 아픈 까닭이다. 독자를 늘 염두하는 일과 동시에 자신을 철저히 쏟아내는 글쓰기가 병행되어야한다. 이 팁은 글쓰기의 첫걸음에서 신경써야할 일임에도 글쓰기의 가장 높은 수준에 이른 사람도 어려워하는 일이다. 그렇기에 글쓰기 훈련의 처음부터 시작해야 한다. 독자를 배려하는 마음을 가지기만 한다면 글은 몰라보게 월등하게 좋아진다.

글을 쓸 준비가 되었어도 글쓰기의 진도가 나가지 않는 이유를 알고 있다. 그것은 정말로 여유가 없기 때문이다. 아침 일찍 출근하여 저녁에 집에 들어온다. 운동을 하고 오기도 하고 저녁을 먹고 저녁을 치우고 씻으면 주어진 시간은 한 두 시간 남짓이다. 그제서야 비로소 자신만을 위한 혼자만의 시간을 갖는다. 이 귀한 시간을 글쓰기라는 고된 작업에 쏟는 게 아까울 수 있다. 편하게 맥주 한 캔과 영화 한 편을 보고 싶은 마음이 굴뚝같을 수도 있다. 나는 굳이 이런 시간에 글을 쓰라고 권하고 싶지 않다. 안도가 되는가? 글쓰기는 책읽기와 비슷해서 의지를 가다듬고 앉아 책을 피는 순간 졸음이 쏟아지고 갑자기 책상을 치우고 싶어진다. 인간은 누구나 똑같다. 그래서 프로 작가들도 하루에 회사업무처럼 정해진 시간에 정해진 곳으로 출근해서 정해진 시간을 소화하고 돌아온다고 한다. 우리는 그런 프로작가가 아니다. 우리는 정해진 시간에 쓰지 말고 일상에 흩어져 있는 조각시간을 써야한다. 출근하는 시간 지하철에서 사람에 치여 글을 쓸 수가 없다면 그 때 소재를 생각하고 모아둔다. 소재를 적어두고 소재가 많아졌으면 한 소재로 쓸 말들을 즐겁게 생각한다. 이제 비는 시간에 생각해둔 소재와 글쓰기 내용을 적어내기만 하면 된다. 이 때 타이핑을 자유롭게 쳐나가는 자신을 보며 희열을 느껴도 좋다. 글쓰기도 여타 많은 과업들과 마찬가지라서 성공하는 한 번의 경험이 매우 중요하다. 글쓰기에 실패만 하면 실패에 길들여지고 성공의 맛을 볼 열정을 잃어버린다. 한 번에 여러 개의 문단 혹은 한 문단을 한 호흡에 쓰는 희열을 맛보면 자신이 그 순간만큼은 작가가 된 기분을 맛볼 수 있다. 하루에 비는 시간을 모아 모아 써보자. 가랑비에 옷 젖듯 생각보다 여러분의 원고는 금방 깜지로 채워져 있다.

글을 마치며

추사 김정희를 생각하곤 한다. 유홍준 전 문화재청장의 저서 〈안목〉에 나오는 환재 박규수가 추사에 대해 논한 글이다.

추사의 글씨는 어려서부터 늙을 때까지 그 서법이 여러 차례 바뀌었다. 어렸을 적에는 오직 동기창 체에 뜻을 두었고, 젊어서 연경(북경)을 다녀온 후에는 당시 중국에서 유행하던 옹방강을 좇아 노닐면서 열심히 그의 글씨를 본받았다. 그래서 이 무렵 추사의 글씨는 너무 기름지고 획이 두껍고 골기가 적었다는 흠이 있었다. (…) 그러나 소식(소동파), 구양순 등 역대 명필들을 열심히 공부하고 익히면서 대가들의 신수(진수)를 체득하게 되었고, 만년에 제주도 귀양살이로 바다를 건너갔다 돌아온 다음부터는 마침내 남에게 구속받고 본뜨는 경향이 다시는 없고 여러 대가의 장점을 모아서 스스로 일법을 이루었으니, 신이 오는 듯, 기가 오는 듯, 바다의 조수가 밀려오는 듯 하였다. (…) 그래서 내가 후생 소년들에게 함부로 추사체를 흉내 내지 말라고 한 것이다.

서예를 알지 못하더라도 한국이라면 추사를 모를 수 없다. 또 그의 서체가 명필이라고 알고 있다. 그러나 위대한 예술가, 위인은 천재가 되기 위해 처음부터 천재로 나지 않았다. 추사체는 이미 있었던 서체 속으로 침잠하고 또 당대를 휩쓰는 서체 안에서 자유롭게 뛰놀았다. 그리고 그 속에서 개성을 잉태해냈다. 고전 속에서 법도를 떠나지 않았다는 말은 고전이 쳐준 울타리 안에 있었다는 말이고 개성을 꽃피웠다는 말은 그 울타리 안에서 춤을 추든 데굴데굴 구르든 물구나무를 서든 자유롭고 참으로 해방된 자신만의 새것을 만들어내었다는 뜻이다.

　나는 글쓰기로 천재나 위인이 될 마음이 없다. 내게 그런 재능이 있는지도 알 수 없지만 그들에겐 세상의 어떤 기록물에도 나오지 않는 눈물과 땀이 가득한 대부분의 시간을 노력하고 수련하고 정진하는데 바쳤을테다. 누구나 할 수 있지만 아무나 할 수 없는 일이 이것이다. 그러나 적어도 내겐 박규수 대감이 말한 '입고출신'을 행하는 작은 실천이 있다. 일천한 글에 겸연쩍어할 때 수 없이 종이를 찢고 구기며 다시 펜을 들었던 헤밍웨이가 떠오른다. 글을 왜 써야할지 도무지 알 수 없는 순간이 돌아온다면 조지오웰의 고민을 떠올린다. 모든 것을 내 안에서 새롭게 만들어 내야 한다는 강박감과 오만함에 휘둘릴 때는 추사와 박규수를 생각한다.

　이 지구에 다녀간 수많은 사람들의 고민이 지금의 나와 무엇이 다를까? 오히려 경박해진 현대의 내가 그분들의 고민에 못 미치리라. 내가 알게된 지식은 그들보다 수백 배 많아졌어도, 인간의 고뇌하는 군상은 변함이 없이 반복된다. 나의 작은 글 하나 하나에 소중함을 잇대어 쓰는 일만이 나의 책무다. 추사는 자유분방한 서체를 여럿 남겼지만 늦은 나이에 본 아들에게 남겨주고자 쓴 동몽선습은 마치 함석을 잘라 한 획 한 획을 붙이듯 정성껏 또박또박 맑은 글씨체로 썼다고 한다. 자식을 사랑하는 마음으로 쓴 글씨는 추사의 가장 높은 경지의 서체의 표준으로 취급된다. 추사가 내게 던져주는 조언이다. 사랑을 담고 애정을 담아 읽는 사람을 생각하며 한 자를 쓸 때 혼신을 다한 사랑으로 쓰는 일이다. 그렇게만 된다면 나의 글이 못났는지 노심초사하는 일은 부지불식간에 사라질 일임에 틀림없다.

또 다시 한 책을 갈무리하며 정진한 시간 동안 실로 성장했는지 돌아본다. 그렇지 않다면 읽은 책의 권수가 무슨 상관이고 투입한 시간과 비용은 어디에서 보상받는단 말인가. 오직 나 자신만이 알 그 일을 다시 한번 겸허하게 들여다보고 또 오만을 경계하며 나 자신을 끝없이 사랑하는 과제가 남았다.

우주에서 와서 우주로 돌아가는 시간까지 함께 하는 모든 글과 글쓴이들의 마음을 소중하게 간직하며 작은 글을 이만 닫는다. 독자에게 감사하며 다음 책에서 기대와 웃음을 가지고 다시 만나길 기대한다.